纳吉布·马哈福兹小说

语言中的隐喻构建与解读

吴昊 著

陕西师范大学出版总社有限公司

图书代号　ZZ13N0610

图书在版编目(CIP)数据

纳吉布·马哈福兹小说语言中的隐喻构建与解读／
吴昊著. — 西安：陕西师范大学出版总社有限公司，
2013.5
　　ISBN 978 - 7 - 5613 - 7049 - 0

　　Ⅰ. ①纳… 　Ⅱ. ①吴… 　Ⅲ. ①马哈福兹，
N. (1911 ~ 2006)—小说语言—隐喻—研究 　Ⅳ.
①I411.065

中国版本图书馆 CIP 数据核字(2013)第 073702 号

纳吉布·马哈福兹小说语言中的隐喻构建与解读

吴昊 著

责任编辑	张丽娟	
责任校对	涂亚红	
封面设计	谭涛涛	
出版发行	陕西师范大学出版总社有限公司	
社　　址	西安市长安南路 199 号（邮编 710062）	
网　　址	http://www.snupg.com	
经　　销	新华书店	
印　　制	陕西金德佳印务有限公司	
开　　本	787mm×1092mm　1/16	
印　　张	13.25	
字　　数	170 千	
版　　次	2013 年 5 月第 1 版	
印　　次	2013 年 5 月第 1 次印刷	
书　　号	ISBN 978 - 7 - 5613 - 7049 - 0	
定　　价	33.00 元	

读者购书、书店添货或发现印装质量问题,请与本公司营销部联系、调换。
电话:(029)85303622(传真) (029)85307826
E - mail: 694935715@qq.com

前　言

　　"纳吉布·马哈福兹小说语言中的隐喻构建与解读"的研究涉及四个问题：为什么要研究文学语言中的隐喻？为什么选择纳吉布·马哈福兹进行研究？本书将研究马哈福兹的哪几部小说？为什么将研究范围囿于语言层面？

　　首先回答第一个问题，文学语言中的隐喻研究是打开作家认知的一扇窗户。隐喻是认知语言学的重要研究领域，认知语言学家认为人类关于世界的共同经验储存在日常语言中，但"要想开发语言这个丰富的宝藏，就必须跳出句子结构的束缚，去研究比喻性的语言，特别是隐喻"①。因为隐喻反映了人类的认知过程和思维方式，人们常常通过隐喻将对此物的经验移植到对彼物的理解之上。自二十世纪七八十年代以来，关于隐喻与认知的研究成果颇为可观，尤以美国乔治·莱考夫和马克·约翰逊（George Lakoff ＆ Mark Johnson）合著的《我们赖以生存的隐喻》一书最具代表性，书中提出"隐喻的本质就是通过另一类事物来理解和经历某一类事物"②，他们认为"我们借以思维和行动的普通概念系统在本质上基本都是隐喻的"③。事实上，"我们仅以隐喻的方式思考，隐喻形成种种框架，我们从中接受事物、理解事物，它给了人们更流畅、更本源、更灵活的理解力"④"我们对于世界的认识，不过是一种比喻的，象征的，

---

① 参见蓝纯著，《认知语言学与隐喻研究》，外语教学与研究出版社，2010 年，第 93 页。
② Lakoff, G. & Johnson, M., Metaphors We live by, Chicago and London: The University of Chicago Press, 1980, P.5.
③ Lakoff, G. & Johnson, M., Metaphors We live by, Chicago and London: The University of Chicago Press, 1980, P.4.
④ علي أحمد الديري: ((مجازات بها نرى)) ، المؤسسة العربية للدراسات والنشر، عام 2006، ص13.

1

像煞有介事的诗意的认识"①。隐喻是和认知相连的一种逻辑能力，是深植于人们思维中的一种认知方式。

基于隐喻与认知的关系，研究文学语言中的隐喻自然成为了研究作家认知的重要切入点。文学语言不只是一种形式、一种手段，它是和内容同时存在、不可分离的，世界上没有无语言的思想，也没有无思想的语言。文学语言浸透了作家的思想，文学语言中的隐喻是作家创造力的体现，是其思维认知的结果，故从认知角度对文学语言中的隐喻进行研究，对分析作家认知的重要方式具有重要意义。

笔者从众多阿拉伯文学家中选择纳吉布·马哈福兹（1911—2006）进行研究，是因为他在小说中创作了大量特点鲜明、极具研究价值的隐喻，是一位名副其实的隐喻大师。作为迄今唯一获得诺贝尔文学奖的阿拉伯作家，马哈福兹在中国是受关注度最高的现当代阿拉伯作家之一。"回顾我国的马哈福兹研究状况，值得惊喜的是国内对马哈福兹的研究已从过去传统批评方法向文本分析转变，各种文学理论也被引入到作家、作品的研究之中，确实取得了丰硕的成果。"②但综观国内马哈福兹研究现状，存在重文学、轻语言的倾向，在"中国知网"学术文献总库中以"马哈福兹"为题名检索到的 52 篇论文中③，评介性文章约占 35%，文学研究性文章约占 40%，纯粹语言性研究仅有两篇，分别是谢杨的《马哈福兹小说语言的诗性特点》和《马哈福兹小说语言的苏菲主义倾向》，约占 4%，在"中国国家图书馆·中国国家数字图书馆"数据库中以"马哈福兹"进行搜索④，在关于马哈福兹作品和研究的 35 个记录中，仅有谢杨所著《马哈福兹小说语言风格研究》一书是关于马哈福兹语言的专门性研究，这说明国

---

① 钱钟书，"中国固有的文学批评的一个特点"，于涛编，《钱钟书作品精选》，时代文艺出版社，2000 年，第 239 页。
② 丁淑红，"中国的纳吉布·马哈福兹研究掠影"，《外国文学》，2009 年第 2 期。
③ 检索时间为 2011 年 9 月 30 日 23:47。
④ 检索时间为 2011 年 10 月 1 日 15:56。

内在对马哈福兹作品的语言学分析上存在不足。

鉴于国内马哈福兹研究重文学解读、轻语言分析的倾向和其小说语言隐喻研究确有可为的现状，笔者萌发了研究的兴趣和撰写本书的动力，期待从认知角度分析马哈福兹小说语言中的隐喻特点，进而研究作家的思维认知方式。

马哈福兹"同英国的狄更斯、俄国的托尔斯泰、法国的巴尔扎克一样，是阿拉伯人民的民族作家"① "是埃及人民的良心，也是整个阿拉伯民族之魂"②。诺贝尔文学奖评委会认为他开创了"全人类都能欣赏的阿拉伯语言叙述艺术"③，他的作品"总体上是对人生的烛明"④，时任瑞典文学院常任秘书斯图尔·艾伦在颁奖词中说道："由于他在所属的文化领域的耕耘，中长篇小说和短篇小说的艺术技巧均已达到国际优秀标准，这是他融会贯通阿拉伯古典文学传统、欧洲文学的灵感和个人艺术才能的结果。"⑤

马哈福兹生前笔耕不辍，著作等身，"犹如巴尔扎克之《人间喜剧》，马哈福兹的整个作品构成了半个多埃及社会的一幅幅风俗画"⑥。马哈福兹作品虽多，但其深邃思想、文学艺术和语言风格在《三部曲》《我们街区的孩子们》和《平民史诗》三部长篇小说里体现得更为集中，他曾说："我认为任何作家可能创作出三四十部作品，但他的精粹集中在一两部，最多三部作品上，其余的作

---

① 转引自谢秩荣，"纳吉布·马哈福兹创作道路上的转折——《新开罗》，《阿拉伯世界》，1987 年第 4 期。
② 米双全，"阿拉伯民族之魂——评纳吉布·马哈福兹的创作"，《锦州师院学报》，1991 年第 1 期。
③ 建刚、宋喜、金一伟编译，《诺贝尔文学奖颁奖获奖演说全集（1901－1991）》，中国广播电视出版社，1993 年，第 759 页。
④ 薛庆国，"智慧人生的启迪——解读《自传的回声》"，《外国文学》，2001 年第 1 期。
⑤ 建刚、宋喜、金一伟编译，《诺贝尔文学奖颁奖获奖演说全集（1901－1991）》，中国广播电视出版社，1993 年，第 758－759 页。
⑥ 郅溥浩译，"获奖之后的对话——埃及《图画》周刊对纳吉布·马哈福兹的采访录"，《外国文学》，1989 年第 1 期。

品要么是其巨作的铺垫，要么是余音的各种变奏。"①《三部曲》《我们街区的孩子们》《平民史诗》是马哈福兹最重要和最具代表性的作品，他自己也曾说"可以说《三部曲》《我们街区的孩子们》《平民史诗》是我个人最喜欢的作品"②，"如果我思考我的作品，跳入我脑海的是我说过的《三部曲》《平民史诗》《我们街区的孩子们》《我们街区的逸闻》"③。

《三部曲》是马哈福兹的成名作和代表作，它通过一家三代的生活，描绘了埃及现实生活的历史画卷，它是马哈福兹现实主义创作的高峰，也是阿拉伯现实主义小说的一座丰碑。《我们街区的孩子们》被公认为二十世纪伟大的现代寓言小说。小说史诗式地书写了街区的开拓者老祖父杰巴拉维及其数代子孙的故事，折射了从先知时代到科学时代的人类社会演进过程。诺贝尔文学奖新闻公报中评论说"《我们街区的孩子们》是部非同寻常的小说，其主旨是反映人类对精神价值永无止境的探索……在善与恶的冲突中，不同的价值体系紧张地对峙着。"④《平民史诗》是一部充满神话色彩的现代史诗，作品以高度浓缩的艺术手法写了一个平民家族近十代人的兴衰演变。鉴于《三部曲》《我们街区的孩子们》《平民史诗》的重要性和代表性，以及这几部作品中的隐喻数量丰富，特点鲜明，本书选择上述几部小说来对马哈福兹小说语言中的隐喻特点进行研究。

将本书的研究范围限定在语言层面是因为马哈福兹这位隐喻大师不仅在小说语言中使用隐喻，其笔下的人物、故事往往都具有隐喻性。比如《我们街区的孩子们》，整出戏都是沿着隐喻的方向运动，由隐喻支配的，"它是一个象征性的故事，这些象征隐藏在社会现实的外衣之后，这些象征的严重性在于其触及了宗教思想，里面的人物代表了从阿当到穆罕默德的先知，甚至有代表真主

① عبد الرحمن أبو عوف، الرؤى المتغيرة في روايات نجيب محفوظ، الهيئة المصرية العامة للكتاب، عام1991، ص.170.
② جمال الغيطاني، نجيب محفوظ يتذكر، دار المسيرة، عام 1980، ص.68.
③ جمال الغيطاني، نجيب محفوظ يتذكر، دار المسيرة، عام 1980، ص.103.
④ [埃及] 纳吉布·马哈福兹著，李琛译，《我们街区的孩子们》，上海文艺出版社，2009 年，封底。

的人物"①。由于马哈福兹小说中的隐喻系统庞杂，本书必须将其隐喻围于语言层面，仅从语言角度出发进行研究，而不涉及其他层面的隐喻。

本书以概念隐喻和概念合成理论为基础，结合马哈福兹小说语言中出现的隐喻语料进行梳理分类、探索剖析，揭示其隐喻的特点和形成该隐喻特点的原因，并试图分析解读马哈福兹小说语言隐喻的过程和读者应具备的素质。第一章从隐喻、文学、隐喻和文学的关系、文学中的隐喻层次和分布为本书研究奠定理论基础，第二章论及马哈福兹小说语言中的隐喻层次和分布，第三章对其小说语言中的隐喻特点进行归纳并分析原因，第四章探讨如何对其隐喻进行解读，最后是结论和启示。

马哈福兹的小说语言，尤其是其中的隐喻是马哈福兹别具特色的语言表现方式，对马哈福兹小说语言中的隐喻进行认知语言学考察，可以丰富对马哈福兹的研究，也可借此抛砖引玉，引起更多人对马哈福兹的关注，让马哈福兹隐喻研究不断深入下去。

---

① د. محمد يحيى و معتز شكري، الطريق إلى نوبل 1988 عبر حارة نجيب محفوظ، أمة برس للطباعة والنشر، عام 1989، ص.5.

5

目　录

第一章　隐喻与文学

在传统修辞学视阈下，隐喻仅仅是文学中的点缀；在认知语言学观点中，隐喻体现了作者的思维和认知方式。研究马哈福兹小说语言中的隐喻首先应厘清隐喻与文学的关系，为本书的研究提供理论基础。

隐喻与文学的关系包括以下几个重要问题：什么是隐喻？什么是文学？隐喻和文学之间有着怎样的关系？如何对文学中的隐喻进行分类研究？

1.1 隐喻

什么是隐喻？"修辞学家说，隐喻就是一种修辞格，是一种修饰话语的手段。逻辑学家说，隐喻是一种范畴错置。哲学家说，隐喻性是语言的根本特性，人类语言从根本上来说是隐喻性的。认知科学家说，隐喻是人类认知事物的一种基本方式。"[①]隐喻的诸多定义皆因研究者视角不同所致，不同的定义丰富了人们对隐喻的认识。今天，人们不再认为隐喻仅仅是语言中的点缀和装饰，也认识到它是认知世界的重要手段之一。

为什么作为传统修辞的隐喻会和人类认知扯上关系？要搞清楚这个问题，首先应明确语言[②]与认知的关系，因为隐喻首先是作为一种语言现象呈现在人们眼前的。

1.1.1 语言与认知

潘文国在《语言的定义》一文中列举了关于语言的 68 条定义，并在考察前人所下定义基础之上，给语言试下了新定义："语言是人类认知世界及进行表述的方式和过程。"[③]

---

① 束定芳著，《隐喻学研究》，上海外语教育出版社，2005 年，第 19 页。
② 文中所论述的语言为自然语言，不包括副语言。
③ 潘文国，"语言的定义"，《华东师范大学学报（哲学社会科学版）》，2001 年第 1 期。

笔者对这个定义持认同态度，认为它抓住了语言的本质特点，不像诸如"语言是人类特有的一种符号系统。当作用于人与人的关系的时候，它是表达相互反应的中介；当作用于人和客观世界的关系的时候，它是认知事物的工具；当作用于文化的时候，它是文化信息的载体"①这类定义那样去罗列语言的属性和功能。能成为符号系统和文化载体的不仅仅是语言，人类交际也不单单依靠语言，所以类似这样的定义没有完全抓住语言的本质，即"语言"与"非语言"的区别。吕叔湘说："一种事物的特点，要跟别的事物比较才显出来……语言也是这样。"②较之"非语言"，语言最重要的功能就是思维和认知。正如福克聂尔（Fauconnier）所说，"语言是用来构建和交流意义的，是了解人类思维的窗口"③，人类用语言交际的实质就是在交流自身对世界的认知和体验，虽然人类不是只依靠语言进行认知，但"人类社会发展到今天，语言作为认知手段的作用大大超过了非语言手段"④。

关于"认知"，国内外学者有过不同论述。莱考夫和约翰逊认为"认知"包括诸如心智运作、心智结构、意义、概念系统、推理、语言等内容，把"体验"和"语言"都包括在"认知"中了，还有许多语言学家也认同这一观点，认为我们的身体经验与思维加工密切相关，语言也是一种认知活动。⑤在认知语言学中，认知"属广义的，即包括感知觉、知识表征、概念形成、范畴化、思维在内的大脑对客观世界及其关系进行处理从而能动地认识世界的过程，是通过心智活动将对客观世界的经验进行组织，将其概念化和结构化的过程。"⑥

在考察"语言"和"认知"后，可以得出：语言本身就是一种认知活动。语言是"对客观世界认知的结果，语言运用和理解的过程也是认知处理的过程。因此语言能力不是独立于其他认知能力的一个自洽的符号系统，而是人类整体认知能力的一部分。"⑦语言是"认知对世界经验进行组织的结构，是认知的重

---

① 中国大百科全书出版社编辑部，《中国大百科全书（语言文字卷）》，中国大百科全书出版社，1994年，第475页。
② 吕叔湘，"通过对比研究语法"，《吕叔湘语文论集》，商务印书馆，1983年，第137页。
③ 转引自胡壮麟著，《认知隐喻学》，北京大学出版社，2004年，第3页。
④ 胡壮麟著，《认知隐喻学》，北京大学出版社，2004年，第12页。
⑤ 参见王寅著，《认知语言学》，上海外语教育出版社，2010年，第6页。
⑥ 赵艳芳著，《认知语言学概论》，上海外语教育出版社，2001年，第2页。
⑦ 转引自王寅著，《认知语言学》，上海外语教育出版社，2010年，第7页。

要组成部分。由于认知活动本身难以观察到，所以，语言成为观察与研究认知的一个窗口。"[①]"语言能力是人类整体认知能力的一部分；同时语言的出现和发展又促进了人类认知的发展"[②]，语言与认知相互作用、相互影响、相互推进、也相互制约。

在语言与认知的关系中有一个重要问题要明确，那就是不同语言使用者的认知方式不尽相同。人类面对的自然界是相同的，大脑的生理构造也是相同的，因而具有相同的认知能力，但这并不等于他们有相同的认知方式。洪堡特认为每一种语言都包含着一种世界观，"语言就其内在联系方面而言，只不过是民族意识的产物"[③]"一个民族的语言和思维是不可分割的，一个民族的语言就是他们的精神，一个民族的精神就是他们的语言"[④]。萨丕尔-沃尔夫假说大力发展了洪堡特的理论，认为语言是形成思维方式的源泉，不同的语言可以阐述其使用者独有的世界观，"在一个特定的语言和文化传统中成长起来的人看世界，跟一个在其他传统影响下成长起来的人看世界，其方法是不同的"[⑤]。洪堡特、萨丕尔和沃尔夫的理论在强调语言民族性上的重要贡献是毋庸置疑的。语言能力是人类共有的，但不同民族的个性语言却是其特有的精神财富。

1.1.2 隐喻与认知

语言与认知存在密切关系，隐喻作为一种语言形式，就和认知有了天然的联系。但语言中的修辞现象不只有隐喻，为何单单讨论隐喻与认知的关系？难道除了隐喻，其他修辞方式就不体现认知了吗？

问题的答案取决于如何对"隐喻"下定义，基于不同的隐喻定义会得出看似相悖的结论。亚里士多德说"善于使用隐喻还是有天赋的一个标志，因为若想编出好的隐喻，就必先看出事物间可资借喻的相似之处"[⑥]，理查兹则提出

① 赵艳芳著，《认知语言学概论》，上海外语教育出版社，2001 年，第 3 页。
② 王寅著，《认知语言学》，上海外语教育出版社，2010 年，第 11 页。
③ ［德］洪堡特著，姚小平译，《论人类语言结构的差异及其对人类精神发展的影响》，商务印书馆，2002 年，第 17 页。
④ 刘润清编著，《西方语言学流派》，外语教学与研究出版社，2002 年，第 42 页。
⑤ 伍铁平著，《语言学是一门领先的科学——论语言与语言学的重要性》，北京语言学院出版社，1994 年，第 37 页。
⑥ ［古希腊］亚里士多德著，陈中梅译注，《诗学》，商务印书馆，1996 年，第 158 页。

"隐喻无所不在"原则,认为"我们日常会话中几乎每三句话中就可能出现一个隐喻"①。这两个不同结论中的隐喻定义有所不同,亚里士多德所指是狭义的隐喻,而理查兹所指是广义的隐喻。

以汉语为例,其修辞手法有几十个大类,如果把隐喻狭义地理解为"比明喻更进一层的譬喻,形式为'甲就是乙',如'君子之德风也'"②,也许隐喻不足以成为认知语言学中的重要研究领域。但如果把隐喻定义为"通过另一类事物来理解和经历某一类事物"③,语言中只要是"以另一种更为明显,更为熟悉的观念的符号来表示某种观念,以可感知的形式来表达某种思想"④的现象都称之为隐喻,那么隐喻的范围就被空前地扩大了。当人们认识到诸如"山头""山腰""山脚""针鼻""玉米须""湖面""鼎耳""壶嘴""页眉"这类司空见惯的词语也是隐喻时,隐喻就不再是文学家的专利,而是渗透在日常生活中被人们大量使用的语言现象。

隐喻是一种认知方式,它"不是涉及语词的简单转移,而是思想之间的交流"⑤,因为"我们要认识和描写以前未知的事物,必须依赖我们已经知道和懂得的概念及其语言表达式,由此及彼,由表及里,有时还要发挥惊人的联想力和创新力。这个认知过程正是隐喻的核心,它把熟悉和不熟悉的事物作不寻常的并列,从而加深了我们对不熟悉事物的认识。"⑥隐喻"在人们用语言思考所感知的物质世界和精神世界时,能从原先互不相关的不同事物、概念和语言表达中发现相似点,建立想象极其丰富的联系。这不是一个量的变化,而是认识上的质的飞跃。"⑦

隐喻也是最根本的认知方式。莱考夫声称"社会中的很大一部分真实和个人经验中的很大一部分真实都是通过规约性的概念隐喻被构造和理解的"⑧"我

---

① Richards, I. A., The Philosophy of Rhetoric, London: Oxford University Press, 1936, P.98.
② 陈望道著,《修辞学发凡》,上海教育出版社,1997 年,第 77 页。
③ Lakoff, G. & Johnson, M., Metaphors We live by, Chicago and London: The University of Chicago Press, 1980, P.5.
④ [法国] 保罗·利科著,汪家堂译,《活的隐喻》,上海译文出版社,2004 年,第 80 页。
⑤ [法国] 保罗·利科著,汪家堂译,《活的隐喻》,上海译文出版社,2004 年,第 109 页。
⑥ 胡壮麟著,《认知隐喻学》,北京大学出版社,2004 年,第 3 页。
⑦ 胡壮麟著,《认知隐喻学》,北京大学出版社,2004 年,第 13 页。
⑧ 转引自蓝纯著,《认知语言学与隐喻研究》,外语教学与研究出版社,2010 年,第 121 页。

们借以思维和行动的普通概念系统在本质上基本都是隐喻的"①。

隐喻与认知之间相互作用，相互影响。"人的认知能力影响到对隐喻的创造使用。反之，隐喻的创造使用对人的认知能力也会有积极作用。隐喻可以扩大人们认识一些尚无名称的或尚不知晓的事物的能力。它能超越单纯依靠以规则为基础的语言的范围。"②

1.1.3 隐喻研究发展历程

"隐喻渗透了语言活动的全部领域并且具有丰富的思想历程，它在现代思想获得了空前的重要性，它从话语的修饰的边缘地位过渡到了对人类的理解本身进行理解的中心地位"③这句话概括了隐喻研究的发展过程。

西方隐喻学研究大致可分为三个阶段：修辞学研究阶段(约从公元前 300年至 20 世纪 30 年代)、语义学研究阶段(约从 20 世纪 30 年代至 70 年代初)、隐喻的多学科研究阶段（从 20 世纪 70 年代至今）。④

隐喻的修辞学研究以亚里士多德的隐喻理论为代表，他认为"隐喻字是属于别的事物的字，借来作隐喻，或借'属'作'种'，或借'种'作'属'，或借'种'作'种'，或借用类同字。"⑤古罗马语言修辞学家昆体良也认为"所谓隐喻实际上就是用一个词去替代另一个词的修辞现象。"⑥隐喻替代论被人们视为定论，从而忽略了对隐喻的进一步研究。

直到 1936 年理查兹发表《修辞哲学》一书，提出隐喻实质为"互动"的观点，西方隐喻研究才开始从传统的修辞学转向语义学研究。理查兹指出，"从本质上来说，隐喻是一种思想之间的借用和交流，是语境之间的协调。思想是隐喻性的，它依靠对比而进行，语言中的隐喻是从思想中派生而来的。"⑦理查兹

---

① Lakoff, G. & Johnson, M., Metaphors We live by, Chicago and London: The University of Chicago Press, 1980, P.4.
② 转引自胡壮麟著，《认知隐喻学》，北京大学出版社，2004 年，第 11 页。
③ On Metaphore, ed. by Sheldon Sacks, The University of Chicago Press, 1978,P.1，转引自［法国］保罗·利科著，汪家堂译，《活的隐喻》，上海译文出版社，2004 年，译者序第 6 页。
④ 参见束定芳著，《隐喻学研究》，上海外语教育出版社，2005 年，第 2 页。
⑤ ［古希腊］亚里斯多德著，罗念生译，《诗学》，人民文学出版社，1962 年，第 73 页。
⑥ 束定芳著，《隐喻学研究》，上海外语教育出版社，2005 年，第 3 页。
⑦ 束定芳，"亚里斯多德与隐喻研究"，《外语研究》，1996 年第 1 期。

认为每一隐喻陈述含有两个主词，一个主要主词和一个次要主词；次要主词应该被认为是一个系统；隐喻句通过将组成次要主词的一组"相关隐含""映射"到主要主词上，使其产生隐喻意义。①"互动论突显了隐喻中源域与目标域两者之间的互动性，并已经认识到了隐喻的认知价值，这为隐喻的认知研究方法的崛起铺平了道路。"②

隐喻的认知研究热潮兴起于20世纪70年代。美国乔治·莱考夫和马克·约翰逊合著的《我们赖以生存的隐喻》一书正式拉开了"概念隐喻"研究的序幕，完成了隐喻研究的"认知转向"，提出"人类的整个概念系统都是建立在隐喻基础之上的，人们往往参照他们熟知的、有形的、具体的概念来认识、思维、经历对待无形的、难以定义的概念，形成了一个个不同概念相互联系的认知方式，这种认知方式在本质上是隐喻性的。"③在此书中，二人提出将基于体验的经验主义哲学观作为隐喻和认知研究的基础，这种经验主义哲学观在他们1999年的《体验哲学——基于体验的心智及对西方思想的挑战》一书中得到进一步完善，并被命名为体验哲学。他们认为，不用隐喻来思考经验和推理是很难想象的，隐喻是人类正常认知世界的方式，是人类所有思维的特征，普遍存在于全世界的文化和语言之中。隐喻的性质表现在：隐喻具有体验性；隐喻是自动的、无意识的思维模式；隐喻推理使得大部分抽象思维成为可能。④

此处只选择亚里士多德、理查兹、莱考夫和约翰逊的隐喻理论，是因为他们的理论代表了隐喻研究发展历程的里程碑。隐喻理论并不仅限于此，胡壮麟《认知隐喻学》一书就介绍了"替代论""比较论""互动论""创新论""传导隐喻""概念隐喻""基本隐喻""诗性隐喻""根隐喻"等诸多理论，在此不再赘述。

1.1.4 隐喻产生原因

隐喻研究者将其产生的原因主要归于认知原因、心理原因、语言原因和其

① 束定芳著，《隐喻学研究》，上海外语教育出版社，2005年，第3页。
② 蓝纯著，《从认知角度看汉语和英语的空间隐喻》，外语教学与研究出版社，2003年，第12页。
③ 转引自束定芳著，《隐喻学研究》，上海外语教育出版社，2005年，第29页。
④ 参见王寅，"体验哲学：一种新的哲学理论"，《哲学动态》，2003年第7期。

他原因。

认知原因：束定芳提出"思维贫困假说"，认为隐喻的最初使用者因思维能力的局限（贫困），把两种实际上不一样的事物当作了同一种事物，因而产生了隐喻。这种隐喻往往产生于语言的初创时期，人类思维能力此时处于较低水平。①王寅认为概念系统的核心是直接源自我们的体验，来自感知，身体运动以及对物质、社会的经历。不直接源自体验的概念主要是在直接体验的基础上通过隐喻形成的，隐喻是形成抽象概念，并进一步建构概念系统的必由之路。②

心理原因：皮亚杰认为认识结构这一概念涉及图式、同化、顺应和平衡四个基本概念。图式指动作的结构，是人类认识事物的基础。同化是个体把客体纳入主体的图式之中，顺应是主体的图式不能同化客体，因而引起图式质的变化，促进调整原有图式或创立新的图式。平衡是指同化作用和顺应作用两种技能的平衡。人们就是通过图式、同化、顺应和平衡这套最基本的隐喻系统来认识自我和世界的。③认知心理学认为每个人大脑中都有一定的认知模式，即原型。原型是一个类别或范畴的所有个体的概括表征，是一类客体具有的基本特征，是人们经过实践后对事物特征进行抽象加工而成的。当人们遇到新的刺激时，会将它与记忆中原有的模式进行匹配，就是说，只要存在着相应的原型，新的、不为认识主体所熟悉的模式也可得到识别。④

语言原因：束定芳提出"语言贫困假说"，认为面对某一特定的新概念的出现，现有语汇中没有现成或合适的词来表达，人们往往需要借助现有的语词来表达这一新的概念。这种借用的结果就形成了大量的隐喻词汇，即具有隐喻意义的词语。⑤王寅认为语言方面的原因包括修辞上的需要和功能以及经济型的需要和功能。⑥

其他原因：王寅提出社会文化方面的原因，如一些隐喻性的委婉语和一种

---

① 参见束定芳著，《隐喻学研究》，上海外语教育出版社，2005年，第91页，第109页。
② 参见王寅著，《认知语言学》，上海外语教育出版社，2010年，第468-471页。
③ 参见［瑞士］皮亚杰、英海尔德著，吴福元译，《儿童心理学》，商务印书馆，1981年，译者前言 ii。
④ 参见彭增安著，《隐喻研究的新视角》，山东文艺出版社，2006年，第109页。
⑤ 参见束定芳著，《隐喻学研究》，上海外语教育出版社，2005年，第91页，第109页。
⑥ 参见王寅著，《认知语言学》，上海外语教育出版社，2010年，第468-471页。

特殊的隐喻性行话。[①]胡壮麟提到"目前的研究结果都表明隐喻的产生往往是有的使用者为了表示自己的特定感情,而这种感情已不能依赖常规词语表达。……对这种情景,学者们称为'传送隐喻',即把隐喻作为传送自己感情的手段。"[②]

上述隐喻生成原因都有其阐释力,但不能孤立地认为某个隐喻产生的原因只是其中之一,大多数时候,几种原因是相互作用,共同参与到隐喻生成中的。

1.1.5 隐喻工作机制

概念隐喻理论和概念合成理论是认知语言学中阐述隐喻工作机制最重要的理论,它们都是关于概念结构,阐述意义构建的。

由莱考夫和约翰逊提出的概念隐喻理论是认知语言学的重要理论,认为隐喻是在本体和喻体之间寻找两者的相互关联,并就这种关联在大脑中进行匹配的过程。《认知语言学概论》一书把概念隐喻理论的核心内容归结为如下八条:第一,隐喻是认知手段;第二,隐喻的本质是概念性的;第三,隐喻是跨概念域的系统映射;第四、映射遵循恒定原则;第五,映射的基础是人体的经验;第六,概念系统的本质是隐喻的;第七,概念隐喻的使用是潜意识的;第八,概念隐喻是人类共有的。[③]

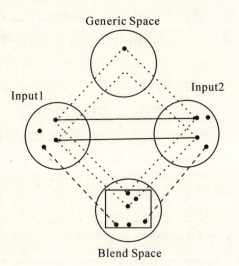

福克聂耳提出的"概念合成理论"阐释了人类的认知、语言结构在思维认知结构中的体现。所谓概念合成,就是指心理空间的合成,"心理空间"是指我们在进行思维和谈话时,为了获得局部理解而构建的小概念包,是人们在进行语言交际和思考时为了达到局部理解与行动的目的而构建的概念集。

---

① 参见王寅著,《认知语言学》,上海外语教育出版社,2010年,第468-471页。
② 胡壮麟著,《认知隐喻学》,北京大学出版社,2004年,第11页。
③ 参见李福印编著,《认知语言学概论》,北京大学出版社,2011年,第132-133页。

输入空间 1(Input1)是隐喻中的始源域(喻体),输入空间 2(Input2)是隐喻的目标域(本体),类指空间 (Gerieric Space)是从两个输入空间中抽取的、具有相似性语义特征的整合过程;合成空间 (Blend Space)是指从类指空间中所得到的相似性与相异性的筛查结果,并将两个输入空间中的成分和结构有选择地对应起来,形成一个新的有凸显性的结构,在一定程度上有别于原输入空间的概念结构。整个认知模型昭示出一个充满动态的认知运作过程。①

"概念隐喻理论主要涉及约定俗成的隐喻化概念模式,合成理论则长于解释实时的创新的意义建构。因此,两者有互补性。"②概念合成理论弥补了"映射论"的不足,不但将源域和目标域都看做是"合成空间"(实际上就是互动的结果)的"输入",而且还提出了一个"类指空间"的概念,认为这一空间也是"互动"的输入之一。③

1.2 文学

"文学" 因其内涵和外延的深广,使得学者从不同视角出发得出不同定义。根据个人感觉经验或从某种文学现象、文学样式的概括和总结中分辨"什么是文学"似乎并不困难,但要从理论上进行阐明就不那么容易了,加之文学在不断发展,更使得大家对"什么是文学"莫衷一是。那么,不妨先把"文学起源"这个问题搞清楚,犹如想了解一个人的秉性,最好先知道他的出身一样,研究事物的本质,最好也先研究它的起源。

1.2.1 文学内核:人类天性

"人类文学的起源是诗歌"这个结论在学术界得到普遍认可。那么,诗歌的起源又是什么呢?鲁迅认为诗歌起源于劳动和宗教,原因有二:"其一,因劳动时,一面工作,一面唱歌,可以忘却劳苦,所以从单纯的呼叫发展开去,直到发挥自己的心意和感情,并偕有自然的韵调;其二,是因为原始民族对于神明,

---

① 参见王文斌著,《隐喻的认知构建与解读》,上海外语教育出版社,2007 年,第 107-108 页。
② 李福印编著,《认知语言学概论》,北京大学出版社,2011 年,第 185 页。
③ 参见束定芳著,《语言的认知研究》,上海外语教育出版社,2004 年,第 431 页。

渐因畏惧而生敬仰，于是歌颂其威灵，赞叹其功烈，也就成了诗歌的起源。"①
笔者认为仅把诗歌起源归于劳动和宗教尚不够全面，诗歌也可能起源于个体向
他人表达情感等社会交往活动，所以不应拘泥于诗歌起源的外在形式，而应讨
论其内在原因。

对于诗歌的产生，一种回答是"情感说"，正所谓"诗者志之所之也。在心
为志，发言为诗。情动于中故形于言，言之不足，故嗟叹之；嗟叹之不足，故
永歌之；永歌之不足，不知手之舞之，足之蹈之也。情发于声；声成文，谓之
音。"②"诗言志"说典范地代表了源远流长的情感表现观，认为情感是诗歌的
直接表现对象，强调文学是自我感情的表现。法国文学评论家丹纳指出："一部
书越是表达感情，它越是一部文学作品；因为文学的真正的使命就是使感情成
为可见的东西。"③周作人也在《中国新文学的源流》中提到："文学具有某种
美学形式，它能表达作者独特的情感与思想，并使读者因能体验到它而获得乐
趣。"④ 所以，"人类并不是为了文学而文学，而是渴望对自己精神情感的深刻
表达才有文学的。"⑤

与"情感说"相对的是"摹仿说"，亚里士多德在《诗学》中提到"史诗和
悲剧、喜剧和酒神颂以及大部分双管箫乐和竖琴乐——这一切实际上是摹仿。"⑥亚
里士多德在《诗学》中的主要观点认为一切艺术都是对自然的"摹仿"，这种摹

---

① 鲁迅，"中国小说的历史的变迁"，见《鲁迅全集（第9卷）》，人民文学出版社，1982
年。
② 出自汉代《毛诗序》，意为"诗，是人表现志向所在的，在心里就是志向，用语言表达
出来就是诗。情感在心里被触动必然就会表达为语言，语言不足以表达，就会吁嗟叹息，
吁嗟叹息不足以表达，就会长声歌咏，长声歌咏不足以表达，就会情不自禁地手舞足蹈。
情感要用声音来表达，声音成为宫、商、角、徵、羽之调，就是音乐。"
③ 丹纳，《英国文学史》序言，见伍蠡甫、胡经之主编《西方文艺理论名著选编（中卷）》，
北京大学出版社，1986年，第154页。
④ 周作人著，《中国新文学的源流》，河北教育出版社，2002年，第5页。
⑤ 张洪仪、谢杨主编，《大爱无边——埃及作家纳吉布·马哈福兹研究》，宁夏人民出版社，
2008年，第7页。
⑥ [古希腊] 亚里士多德著，罗念生译，《诗学 诗艺》，人民文学出版社，1962年，第3
页。原文中对这句话的注解为：亚里士多德并不是认为史诗、悲剧、喜剧等都是摹仿，
而是认为它们的创作过程是摹仿。柏拉图认为酒神颂不是摹仿艺术，到了亚里士多德的
时代，酒神颂已经半戏剧化，因为酒神颂中的歌有些像戏剧中的对话，因此亚里士多德
认为酒神颂的创作过程也是摹仿。酒神颂采用双管箫乐，日神颂采用竖琴乐。此处所指
的音乐是无歌词的纯双管箫乐和纯竖琴乐，其中一些摹仿各种声响。

仿由于具有真实性而比历史更具有"哲学意味";并认为悲剧等艺术能使人的灵魂得到"净化",确认诗的摹仿起源于人的天性。"人从孩提的时候起就有摹仿的本能(人和禽兽的分别之一,就在于人最善于摹仿,他们最初的知识就是从摹仿中得来的),人对于摹仿的作品总是感到快感。……摹仿处于我们的天性,而音调感和节奏感(至于"韵文"则显然是节奏的段落)也是出于我们的天性,起初那些天生最富于资质的人,使它一步步发展,后来就由临时口占而作出了诗歌。"①

虽然"情感说"和"摹仿说"两种观点对诗歌起源的看法不同,但有一点一致,人们吟咏诗歌无论是为了"表现"内在情感,亦或"再现"外来印象,都是人类天性使然。也就是说诗歌起源即文学起源是以人类天性为基础的,"诗的起源当与人类起源一样久远"②。由此可以得出,文学是人类传达个人体验和情感的天性,表面上看它是表现情感或摹仿世界,实则是人类传达个体体验的心理需要。

1.2.2 文学载体:语言

语言作为文学载体,承载着作品的文学性、作家的思维及其文化知识。

高尔基说:"文学的第一要素是语言。语言是文学的主要工具,它和各种事实、生活现象一起,构成了文学的材料。"③胡适也曾说:"语言文字都是人类达意表情的工具:达意达的好,表情表的妙,便是文学。"④二人把语言仅仅看作交流工具是对语言认识的局限,但他们都强调了语言作为文学载体的重要功能。文学需要通过语言来塑造形象、传情达意,使难以言说或不可言说的情绪、感受获得具象化的表现,文学是通过语言媒介来实现对人生的审美把握和艺术表现的。

语言不仅承载着文学性,还承载着作家的认知思维及其文化知识。"语言不

---

① [古希腊]亚里士多德著,罗念生译,《诗学 诗艺》,人民文学出版社,1962年,第11-12页。
② 参见朱光潜著,《诗论》,广西师范大学出版社,2005年,第7页。
③ [苏联]高尔基著,《和青年作家谈话》,见《文学本文选》,人民文学出版社,1958年,第294页。
④ 胡适,"什么是文学——答钱玄同",http://wenyixue.bnu.edu.cn/html/jingdianwenben
/zhongguowenlun/hushi/2006/1127/619.html

只是一种形式，一种手段，应该提到内容的高度来认识"①，语言是思想的直接现实，只有通过语言，才能为思想赋形。语言学家通过语言来研究一个民族的文化是因为"语言也不能脱离文化而存在"②，语言是一种社会现象，是使人与文化融为一体的媒介。

语言是文学性、作家认知思维及其文化知识的载体，如何通过语言探索作家的认知思维及其文化知识？隐喻无疑是十分有效的途径。

1.3 隐喻与文学的关系

文学作为语言艺术，和隐喻有着密切联系。文学作品中存在大量隐喻，尤其是非规约性隐喻。隐喻是文学必需的表达方式，体现着作家的认知方式和语言风格。

1.3.1 文学是隐喻的集散地

文学是隐喻的集散地。

所谓"集"是指隐喻在文学作品中出现最为频繁。文学与修辞之间有某种天然的亲和力，"文学不仅是最为关注说话技术的艺术门类之一，而且文学相对自由的空间也提供了进行修辞实验的良好场所"③。莫大的创造欲望和文学话语的相对自由给隐喻提供了巨大舞台，文学语言"时常击穿常规语法，废弃标准语汇，撇下说明书式的文从字顺，竭力寻找崭新的话语可能。这时，文学对于'陌生化'的爱好显然与修辞的天性——孜孜不倦地除旧布新——一拍即合"④，隐喻作为多种修辞方式的集合渗透在各种文学作品中，诗歌基本上都是隐喻的，散文、小说等文体中的隐喻现象也相当普遍。文学作品是隐喻、尤其是鲜活的非规约性隐喻的汇集之地。

所谓"散"，是指人们往往从文学作品中汲取新的隐喻。"鸿雁传书""琴瑟

---

① 汪曾祺著，《中国文学的语言问题》，见《汪曾祺文集·文论卷》，江苏文艺出版社，1994年，第1页。
② ［美］爱德华·萨丕尔著，陆卓元译，陆志韦校订，《语言论》，商务印书馆，1985年，第186页。
③ 南帆、刘小新、练暑生著，《文学理论》，北京大学出版社，2010年，第97页。
④ 南帆著，《文学的维度》，中国人民大学出版社，2009年，第72页。

和鸣""鸡肋""鹊桥""围城"等数不胜数的词汇都源自文学作品。作家在文学作品中创造出各种鲜活新奇的隐喻,读者在记住这些隐喻的同时,也成了它们的使用者和传播者,使得有些原本的非规约性隐喻也慢慢变成了规约性隐喻。

1.3.2 隐喻是文学的根本

文学是人类传达个人体验和情感的天性,但在实际创作中常有"不可言传"和"言不尽意"的痛苦。"言"是"意"的阐释工具,"意"是"言"的最终目标。从文学角度看,必须做到"把陌生的东西熟悉化"[①],才能为他人接受并得以传播,而把陌生的东西熟悉化,本身就是隐喻。"《易》之有象,以尽其意;《诗》之有比,以达其情。文之作也,可无喻乎?"[②]隐喻是文学的必然诉求,它不仅是文学的一种表达手段,而且是必需的表达手段,文学必须借助隐喻才能成其为文学。

非隐喻的表达可以描述客观存在,但在表达主观情感和感受上就显得苍白,正如苏珊·朗格指出的那样:"陈述性的语言,在人类日常生活中是一种最平常和最可靠的交流工具,然而对于传达情感生活的准确性质来说,它却毫无用处。那些只能粗略地标示出某种情感的字眼,如'欢乐''悲哀''恐惧'等等,很少能够把人们亲身感受到的生动经验传达出来"[③],而隐喻通过"象"的手段,成为了沟通"言"和"意"的桥梁,填补了"不可言传"和"言不尽意"的空白。就像余光中的《乡愁》[④],在作者笔下,难以名状的思乡愁绪被隐喻为"邮票""船票""坟墓"和"海峡",这些具象的隐喻使得作者心中那股浓浓的乡愁得以抒发。

文学从根本上是隐喻的,文学性最初就表现为隐喻。正如海德格尔所说,"人类最初的语言是诗。其意义是说,语言中充满了根隐喻,充满了远古洪荒年

---

① [荷]F.R.安克施密特著,韩震译,《历史与转义:隐喻的兴衰》,北京出版社出版集团,文津出版社,2005年,第15页。
② 转引自钱钟书著,《管锥编(一)》,生活·读书·新知三联书店,2007年,第19页。
③ [美]苏珊·朗格著,滕守尧译,《艺术问题》,南京出版社,2006年,第108页。
④ 诗歌全文:小时候,乡愁是一枚小小的邮票。我在这头,母亲在那头。长大后,乡愁是一张窄窄的船票。我在这头,新娘在那头。 后来啊,乡愁是一方矮矮的坟墓。我在外头,母亲在里头。 而现在,乡愁是一湾浅浅的海峡。我在这头,大陆在那头。

代人们对自然/事物和人最原始、最朴素的理解。"①根据卡西尔的观点,人类原本就具备原根性的隐喻型思维,在原始人那里,语言、神话与艺术就是融为一体的,语言的原初本质正是"隐喻",语言的隐喻本质正是艺术的本质,而艺术的权力也在于隐喻的权力。②

1.3.3 隐喻是了解作家认知方式及其文化背景的重要窗口

文学语言中的隐喻是了解作家认知方式及其文化背景的重要窗口。

莱考夫通过对隐喻的研究证实,对隐喻的考察实则是对认知视角的考察。形成隐喻的根本是思维。文学中的隐喻主要来自作者的联想、想象和象征思维。在文学中,隐喻成为思维的"替身",隐喻是直观的,思维是潜在的,思维在文学中就是"制造自己的显现"③。隐喻必须依赖思维来构建,没有思维,隐喻就无法形成,所以研究隐喻就是研究作者的认知思维。

人的认知思维离不开文化环境。认知范畴的理解不仅要依靠它置身于其中的直接语境,而且要依赖与直接语境相联系的整个语境集束,语境集束是人们对某一领域储存的知识和经验,即"认知模型"。④认知模型不具有普遍性,它是由人们生于斯长于斯的文化决定的,所以"认知模型归根结底是由文化模型决定的"⑤,作家的认知自然也受其生长的文化背景的影响。

通过文学语言中的隐喻可以研究作家的认知特点,透过作家的认知特点,又可以看到其文化背景的特点,所以隐喻是研究作家认知方式及其文化背景的一个重要切入点。

1.3.4 隐喻体现作家的语言风格

同样的相思,在张先的《千秋岁》中是"心似双丝网,中有千千结",在

---

① 转引自张蓊荟著,《认知视阈下英文小说汉译中隐喻翻译的模式及评估》,中国文联出版社,2009年,第30-31页。
② 参见王一川著,《语言乌托邦》,云南人民出版社,1994年,第85-87页。
③ [法]让·保罗·萨特著,褚朔维译,《想象心理学》,光明日报出版社,1988年,第37页。
④ 参见[德]弗里德里希·温格瑞尔、汉斯尤格·施密特著,彭利贞、许国萍、赵微译,《认知语言学导论》,复旦大学出版社,2009年,第53-55页。
⑤ [德]弗里德里希·温格瑞尔、汉斯尤格·施密特著,彭利贞、许国萍、赵微译,《认知语言学导论》,复旦大学出版社,2009年,第55-56页。

周邦彦的《玉楼春》中是"人如风后入江云，情似雨馀黏地絮"，在范成大的《车遥遥篇》中是"愿我如星君如月，夜夜流光相皎洁"，在刘禹锡的《竹枝词四首其二》中是"花红易衰似郎意，水流无限似侬愁"，在陈叔达的《自君之出矣》中是"思君如明烛，煎心且衔泪"。

作家的认知会受其文化知识及背景的影响，而处在相同文化背景下的作家，在表达相同情感时也往往会使用不同的隐喻，因为每个个体在选择喻体、构建隐喻时会受到多种因素的影响，比如上面提到的认知方式，所处的文化环境，个人出身、成长环境、知识结构、学养、经历、兴趣爱好等。当然，作家的隐喻特点不仅体现在对喻体的不同选择上，也体现在构建隐喻的语言结构和隐喻整体表达效果等方面，这些隐喻特点会因为作家的个体差异而有所区别。

隐喻是文学最根本的表达方式，不同的隐喻风格自然也成了作家语言风格的一个重要标识，作家笔下的经典隐喻往往是他们的另一种标志。

1.4 文学中的隐喻层次和分布

为了更好地对文学语言中的隐喻进行研究，下文将从隐喻层次和隐喻分布两个角度进行分析。

1.4.1 文学中的隐喻层次

文学作品中的隐喻层次根据隐喻活跃程度不同可分为规约性隐喻和非规约性隐喻。

规约性隐喻即"死隐喻"，人们在使用时不再将其视作隐喻，而只作为一个普通词汇看待。人们在使用规约性隐喻时不需要使用创造性思维，不再出现相似性联想，缺少了从始源域到目标域的映射过程。比如在使用"山头"一词时，不再出现将"头"在人身体所处的位置特征映射到"山"之上的思维过程，而是直接出现"山顶位置"这样的概念。

非规约性隐喻即鲜活隐喻，其活跃程度较高，人们在使用时可以认识到其为隐喻，需要发挥相似性联想，展开丰富的想象力去认知它。它体现的是隐喻使用者的创造性思维，这种创造性思维能在世界万物之间建立联系，从而对体验和情感进行表达。

对规约性隐喻和非规约性隐喻的关系有两种不同意见。第一种认为如果对非规约性隐喻进行深入认真的分析，便可发现它们都是从一些规约性隐喻衍生出来的，因此，两者没有质的区别。第二种意见认为规约性隐喻和非规约性隐喻是完全不同的概念，不能放在同一范畴之内。非规约性隐喻要以新的方法分析，区分生动性和陈腐性，强调突出性。马丁认为隐喻是人类经验中心照不宣的成分的显示，不能用规约性语言表达清楚，两者有质的不同。[①]

笔者同意第二种观点，虽然非规约性隐喻由规约性隐喻衍生，但只强调两者的共性而不讨论其差异就否定了非规约性隐喻的价值。当然，两者之间没有不可逾越的鸿沟，非规约性隐喻使用得多了，也会变为人们熟知的规约性隐喻；规约性隐喻在特定语境下也可以被激发出新的活力，成为非规约性隐喻。

一般来说，规约性隐喻和作家语言使用者的民族世界观有关，非规约性隐喻才最能体现出作家独特的认知方式和语言风格。换言之，如果仅对文学语言中的规约性隐喻进行考察，那么对身处同一文化背景下的不同作家和不同作品的考察，最后的结果大同小异。非规约性隐喻则不然，虽然它不能脱离整个文化背景单独存在，却有着自己独特的养分，那就是作家各不相同的认知和体验，所以能成为作家鲜明的标志。基于此，本书对马哈福兹小说语言中的隐喻分析主要着眼于非规约性隐喻。

非规约性隐喻又分为一般隐喻和彰显了作者智慧和想象力的独特隐喻。非规约性隐喻不是文学家的专利，人们在日常生活中也会大量使用。非规约性隐喻中的一般隐喻虽然还没有固化成"山头""山脚"那样的词条，但人们使用时已经在头脑中形成了定向思维联系，无法引起审美思考。非规约性隐喻中的独特隐喻是作家语言风格的标志，也是衡量作家使用隐喻水平高低的标尺。人们提到鲁迅笔下的"杨二嫂"，会想到"正像一个画图仪器里细脚伶仃的圆规"；提到朱自清的代表作《荷塘月色》，会想到"微风过处，送来缕缕清香，仿佛远处高楼上渺茫的歌声似的"。对于作家来说，独特隐喻的使用最能体现其智慧和对生活的体验，对于文学语言中的非规约性隐喻研究而言，独特隐喻才是重中之重。

---

① 参见胡壮麟著，《认知隐喻学》，北京大学出版社，2004 年，第 154—155 页。

区分非规约性隐喻中的一般隐喻和独特隐喻是一个棘手的问题，不同的人面对相同的隐喻往往会得出不同的结论，这里涉及解读的问题。相同一句隐喻，由于读者的文化背景、认知水平、生活经历不同，可能会有一般隐喻和独特隐喻的不同划分。也许文化程度很低的人会认为"漂亮的姑娘就像春天的花朵一样"是独特隐喻，但文化程度较高的人会认为这是拾人牙慧的隐喻；也许中国人会认为"漂亮的姑娘像羚羊一样"是个新奇的独特隐喻，但在阿拉伯人眼中只是个一般隐喻。此外，语言在不断发展，人们的认知也在不断更新，独特隐喻会因人们的广泛、大量使用成为一般隐喻，如"闪婚""裸婚"等词刚出现时是独特隐喻，随着人们的大量使用逐渐变成了一般隐喻。

　　由于上述两个原因，要对动态发展的非规约性隐喻划分出一般隐喻和独特隐喻确实不易。由于标准的不确定性，只能说非规约性隐喻中确实存在水平高低问题，至于孰高孰低，就是仁者见仁，智者见智了。

1.4.2 文学中的隐喻分布

　　文学语言中的非规约性隐喻在分布上相对集中，一般来说，主要出现在情景描写、肖像描写、动作描写和心理描写中。

　　情景描写：情寓于景，景融于情，两者相互依存。从隐喻学的角度看，自然的对象实际是人的精神或情感的相似物或替代物，当自然的对象出现在作家视线里时，它就成了隐喻之物。比如宋祁《玉楼春》中的"绿杨烟外晓寒轻，红杏枝头春意闹"，"晓寒轻"写的是春意，也是作者心头的情意。"红杏枝头春意闹"这一绝唱与其说是画面上的点睛之笔，不如说是词人心中绽开的感情之花。"闹"字不仅形容出红杏的众多和纷繁，还把生机勃勃的大好春光点染出来，"闹"字不仅有色，而且有声，王国维评论说"著一'闹'字而境界全出"[①]。

　　肖像描写：要将作家心中的文学人物形象地展现在读者眼前，对其进行生动的肖像刻画是一种有效方式，在肖像描写中往往会运用到隐喻表达。曹雪芹在《红楼梦》中对王熙凤的描写："这个人打扮与众姑娘不同，彩绣辉煌，恍若神仙妃子；……一双丹凤三角眼，两弯柳叶吊梢眉，身量苗条，体格风骚，粉

---

① 王国维著，《人间词话》，上海古籍出版社，1999年，第14页。

面含春威不露，丹唇未启笑先闻。"这段运用了隐喻的肖像描写让王熙凤这个纸上的人物立即活灵活现地出现在读者眼前。

动作描写：作家进行动作描写时常常用到隐喻，以求更生动形象地表现人物动作。老舍的《断魂枪》中："拉开架子，他打了趟查拳：腿快，手飘洒，一个飞脚起去，小辫儿飘在空中，像从天上落下来一个风筝；快之中，每个架子都摆得稳、准，利落；来回六趟，把院子满都打到，走得圆，接得紧，身子在一处，而精神贯串到四面八方。抱拳收势，身儿缩紧，好似满院乱飞的燕子忽然归了巢。"这段动作描用人们熟悉的风筝掉落、燕子归巢的状态对人物动作进行描写，令读者有身临其境的感觉。

心理描写：是刻画人物思想、性格的重要手段之一，一般以具象的隐喻语言来描写。心理描写要做到隐喻并非易事，在艺术中它是以"可感知事物"对"纯理性事物"的暗指。[①]比如老舍在《骆驼祥子》中的这段描写："他可也觉出来，自己无论如何也不会很高兴。虽然不肯思索，不肯说话，不肯发脾气，但是心中老堵着一块什么，在工作的时候暂时忘掉，只要有会儿闲工夫，他就觉出来这块东西——绵软，可是老那么大；没有什么一定的味道，可是噎得慌，像块海绵似的。"老舍把心里噎得慌的感觉隐喻为堵了块海绵，生动形象。

通过本章的论述，得出研究文学语言中的隐喻对研究作家的认知方式、文化背景和语言风格具有重要意义，为下文研究马哈福兹小说语言中的隐喻奠定了理论基础。

---

① ［美］韦勒克、沃伦著，刘象愚、邢培民、陈圣生、李哲明译，《文学理论》，生活·读书·新知三联书店，1984 年，第 216 页。

第二章　马哈福兹小说语言中的隐喻层次和分布

　　在第一章所构建的理论基础之上，本章将对马哈福兹小说语言的隐喻层次和分布进行分析。

2.1 马哈福兹小说语言中的隐喻层次

　　文学作品是隐喻的集散地，马哈福兹的小说作品也反映了这个规律，《三部曲》《我们街区的孩子们》《平民史诗》等几部作品中遍布隐喻，尤其是大量的非规约性隐喻。马哈福兹是一位隐喻大师，仅从语言层面的隐喻来说，他自由游弋于人、物、抽象三大概念域之间，在其文学语言中创造了一个个精彩的隐喻，让读者通过隐喻走进他的思想和内心世界。

　　根据隐喻的活跃程度，可将马哈福兹小说语言中的隐喻首先分为规约性隐喻和非规约性隐喻。

2.1.1 规约性隐喻

　　马哈福兹小说语言中的规约性隐喻，不仅马哈福兹在使用，其他阿拉伯作家也在使用，普通的阿拉伯人在其日常生活中也大量使用。规约性隐喻体现的是整个阿拉伯语使用者的认知思维和文化特色，这是马哈福兹、其他阿拉伯作家和普通阿拉伯人所共有的。

　　莱考夫曾经预言："隐喻映射在普遍性上有差异：有的可能是普遍的，有的是分布广泛的，还有的可能是某个文化特有的。"[①]一方面，相似的自然对象和基本的身体经验是人类共有的，另一方面，每个语言社团所处的地理、社会、

____

① 蓝纯著，《认知语言学与隐喻研究》，外语教学与研究出版社，2010年，第129页。

文化环境不同，其语言中的规约性隐喻也会体现出带有差异性的普遍性。

由于规约性隐喻不足以识别作家的认知方式和语言风格，下文对马哈福兹小说语言中的规约性隐喻仅作简单分析。按照类别划分，主要可分为多义词隐喻、空间隐喻和容器隐喻。

2.1.1.1 多义词隐喻

多义词隐喻是马哈福兹小说语言规约性隐喻中的一种常见形式，其隐喻义已固化为词典上的一个词条，是某个多义词的诸多义项之一。多义词隐喻最早出现时也是非规约性隐喻，只是由于人们长时间的大量使用，其隐喻活性慢慢消失，变成了规约性隐喻。在词典中考察多义词的各个义项时，不难发现其从本义引申出的每个义项与本义总是有着隐喻联系。

在马哈福兹小说语言中，多义词隐喻大量存在，这和阿拉伯语中多义词隐喻现象的普遍性是分不开的。比如下面两个句子中 "أصل" 的用法，"أصل" 的本义表示 "根"，根是植物生发之源，通过隐喻，其词义从具象的 "根" 引申为抽象的 "根"，即 "根源" "起源"：

أصل الحياة آدم، مصيرنا الى الجنة أو النار. (قصر الشوق، ص. 54)

译文[①]：生命的起源是人祖阿丹，我们的归宿不是天堂就是地狱。

عندنا أصل الأنس. (قصر الشوق، ص.387)

译文：我们有慰藉之源。

又如 "الشرك"，原意为猎人为捕猎而挖的深坑，隐喻义为人们为达到某种目的而设计别人的圈套。"الهوة" 原意为 "深渊、无底洞、深谷"，隐喻义为事物间明显的界限。这两个词的隐喻义用法在其最早使用时也是非规约性隐喻，只是随着语言的发展，这种用法人们已司空见惯。如：

أنها لم تطلعه على سرك لتتمكن من إيقاعه في الشرك. (قصر الشوق، ص.314)

译文：她并未向他透露你的秘密，以便让他掉进她的圈套里。

تبقى بعد ذلك الهوة الفاصلة بين فران سيء السمعة مثله وبين كريمة المعلم عزيز ذات الأصل والأبهة. (ملحمة

---

① 文中译文主要参照以下译本，并进行了一定改动：陈中耀、陆英英译《三部曲》，译文出版社，2003 年；李唯中、关偶译，《平民史诗》，湖南人民出版社，1984 年；衷健林译，《街魂》，内蒙古少年儿童出版社，2001 年。

الحرافيش، ص. 391).

译文： 自那时起，贾拉勒这个声名狼藉的面包房老板的儿子与门第高贵的阿齐兹老板的千金小姐之间就隔了条明显的鸿沟。

再如 "طريق" "سبيل" "خطوة" 等词，原义指有形的、具体的道路和步伐，隐喻引申为无形的道路和步伐。如：

أوسعوا الطريق للأبناء فقد شبوا. (قصر الشوق، ص. 11)

译文： 孩子已长大成人，父辈给他们让路。

وبين هذا وذاك لا يجد قلبك إلى الاستقرار سبيلا. (قصر الشوق، ص. 21)

译文： 在这两者之间，你的心无法找到平静下来的办法。

علي عبد الرحيم قال: ((نظرة الى الوراء، الى حبيبات زمان، لا يمكن أن تمضي الحياة هكذا إلى الأبد، إني أعرف الناس بك)). أيقدم على هذه الخطوة الأخيرة؟.. خمس سنوات مضت وهو يأبى أن يخطوها. (قصر الشوق، ص. 14)

译文： 阿里·阿卜杜·拉希姆说："回去看看吧，看看旧日的情人吧，你不能永远这样生活下去，我最了解你。"他要大胆地跨出这最后一步吗？已经五年了，他一直不肯迈出这一步。

在前两个例句中，"طريق" 和 "سبيل" 并不是指称现实生活中具象的道路，而是指称无形的道路和方法，第三个例句中，"الخطوة الأخيرة" 也不是现实生活中真实的最后一步，而是指逾越界限，踏上玩乐之路前的最后一步。虽然马哈福兹小说中存在大量关于 "路" "步" 的隐喻，但因其已退化为规约性隐喻，不具备研究马哈福兹隐喻特点的价值。

本节从马哈福兹小说语言的众多多义词隐喻中摘取一二，仅为说明多义词隐喻作为规约性隐喻的一种类型在马哈福兹小说语言中的存在，由于人们已经感觉不到其隐喻活性，故仅作简单说明。

2.1.1.2 空间隐喻

除了多义词隐喻，马哈福兹小说语言规约性隐喻中还有两个重要类型，就是空间隐喻和容器隐喻。空间隐喻和容器隐喻都是人类对自我与世界之间认知和体验的结果，是非常重要的两个意象图式。"意象图式是存在于我们的感知和身体运作程序中一种反复出现的动态模式，它使得我们的身体经验具有了结构和连贯性。在人类的认知体系中，意象图式处于相对具体的心理意象和相对抽象的命题式结构之间。"①人们长期反复地经历和体验各种意象图式，自然地把这些意向图式用于构建各种关系，尤其是抽象概念。

空间隐喻以空间域为始源域，将空间结构映射到非空间的域之上，使得人们可以通过空间概念来理解和思考非空间概念，它是人类一种重要的认知方式和思维过程。

莱考夫和约翰逊把空间隐喻的特征总结如下："大多数的基本概念都是通过一个或数个空间隐喻构建起来的；每一个空间隐喻都有自己的内在系统性；不同的空间隐喻之间存在整体的、协调一致的系统性；空间隐喻不是随意产生的，而是植根于我们的物理和文化经验；在很多情况下空间化已经成为一个概念的核心部分，以至于离开了空间隐喻我们很难想象通过其他的隐喻来构建该概念；我们的物理和文化经验为空间隐喻的产生提供了很多可能性，但具体哪些待选空间隐喻被挑选出来，哪些又成为重要的空间隐喻，各个文化是不同的。"②

马哈福兹小说语言规约性隐喻中有大量空间隐喻，下面以"فوق（在……上）""تحت（在……下）""أمام（在……前）""وراء（在……后）"四个空间概念为例进行分析。

لا تحتقر السياسة أبدا، فالسياسة هى نصف الحياة أو هى الحياة كلها اذا عددت الحكمة والجمال مما فوق الحياة.
(قصر الشوق، ص.150)

译文：你绝不要看不起政治，政治是生活的一半，如果你把智慧和美好看做是高于生活的话，那政治就是生活的全部了。

تركتنا تحت رحمة من لا رحمة لهم. (أولاد حارتنا، ص. 126)

译文：你让一些毫无仁慈可言之人来管我们。

والناظر فوق الجميع، أما الأهالي فتحت الأقدام. (أولاد حارتنا، ص. 117)

译文：财产经管人在所有人之上，而乡亲们却遭受着践踏。

---

① 蓝纯著，《从认知角度看汉语和英语的空间隐喻》，外语教学与研究出版社，2003 年，第 58 页。
② 蓝纯著，《从认知角度看汉语和英语的空间隐喻》，外语教学与研究出版社，2003 年，第 132 页。

第一个例句用方位词"فوق", 把"上""下"的空间图式映射到"السياسة (政治)"和"الحياة (生活)"两个本不表示空间，也没有任何空间关系的抽象名词之上，"政治"位于"生活"之上，隐喻政治的地位较重，为上，生活的地位较轻，为下。第二个例句用方位词"تحت"，把"毫无仁慈可言之人"置于上位空间，把"我们"置于下位空间，隐喻毫无仁慈可言之人的地位为上，"我们"的地位为下。最后一个例句同时用"فوق"和"تحت"两个方位词，隐喻经管人的地位在所有人之上，人们则处于统治者脚下，饱受践踏。可以发现阿拉伯语中地位重要为"上"，地位轻微为"下"。这种空间图式的映射特点和语言使用者的经验和文化有关，除了远古时期积累的生活经验，也和阿拉伯人的伊斯兰教信仰有关。伊斯兰教认为在尘世之上有真主，天堂在"上"，火狱在"下"，这种宗教信仰进一步加深了阿拉伯人对于"上""下"空间中上为重，下为轻的认知。中文对"上""下"的空间认识也是一样的，比如"上天堂，下地狱""上调、下降""上级、下级""上流社会，下流社会"等等。

أَمامك ياستي يوم شاق. (قصر الشوق، ص.12)

译文：太太，你面前是辛苦的一天。

يأبى أن ينتصر على الفتوات وينهزم أمام الأسى المجهول بلا دفاع.(ملحمة الحرافيش، ص.130)

译文：他不愿去征服其他头领，也不愿意不加抵抗地在无名的忧伤面前落败。

يستيقظ من حلم الأساطير ليواجه الحقيقة المجردة، مخلفا وراءه تلك العاصفة – التي صارع فيها الجهل.(قصر الشوق، ص.328)

译文：他从各种神话的梦想中清醒过来，直面纯粹的现实，把那场暴风抛在身后，在那场暴风中他与无知进行了搏斗。

معانيها المترنمة تختفي وراء ألفاظها الأعجمية.(ملحمة الحرافيش، ص.19)

译文：歌词大意隐藏在波斯语的词句中。

上面一组例句是关于"أمام"和"وراء"的"前""后"空间隐喻，第一个例句用方位词"أمام"赋予了本无空间关系的"太太"和"辛苦的一天"之间"前、后"的空间关系，在太太的前面是辛苦的一天，第二个例句把"他"位于"忧伤"的前面。第三、四个例句用方位词"وراء"把"风暴"位于"他"之后，把"歌词大意"位于"波斯语的词句"之后，"风暴"和"他"，"歌词大意"和

"波斯语的词句" 本是没有任何空间关系的两组词。

空间隐喻把空间方位的意象图式通过隐喻映射到非空间的概念之上, 使得人们可以运用空间方位概念来认识和思维本身不具备空间关系的概念。空间隐喻在不同语言和文化中具有一定普遍性。上面提到的 "وراء" "أمام" "تحت" "فوق" 四个词在马哈福兹小说语言中出现时, 如果不是描述具象的空间关系, 则基本上是规约性的空间隐喻。

2.1.1.3　容器隐喻

容器图式是产生于人们日常生活经验的意象图式, 人们每天都要无数次经历被容器包围或作为容器包围他物的体验。

早晨, 人们从放置了床、衣柜的容器 "卧室" 中醒来, 从装满衣服的容器 "衣柜" 中拿出衣服, 用装满水的容器 "脸盆" 洗漱, 用容器 "碗" 和 "杯子" 把稀饭和牛奶吃到身体的容器 "肚子" 里, 把脚穿进容器 "鞋" 里, 把钥匙、书本等放进随身的容器 "提包" 里, 坐上装满乘客的容器 "公交车", 到达装着办公室、职员的容器 "办公楼"。人们从母亲特殊的容器 "子宫" 中孕育而生, 死后埋葬在黑暗的容器 "坟墓" 中, 从生到死, 由容器中来, 到容器中去。

人们不仅把用来盛放东西的具体物件看做容器, 也把本身不具备盛放功能的器官、自然物、人造物, 甚至抽象概念都看成容器, 通过容器图式来构造纷繁芜杂的经验。容器隐喻有着高度的概括性和灵活性, 可以隐含在千差万别的经验中。对于容器图式的普遍体验是各民族共有的。马哈福兹小说语言的规约性隐喻中也存在大量容器隐喻。比如:

ترى هل خلا من الأفكار رأس سيدي؟ (قصر الشوق، ص.13)

译文: 难道老爷的头脑里就没有这些想法?

لكن خلا قلباهما ـ أو كادا ـ من الخوف الذي كان يركبهما ـ قديما ـ في حضرة الأب. (قصر الشوق، ص.22)

译文: 但是他俩心里已经没有, 或者说是几乎没有先前在父亲面前时的那种恐惧感了。

امتلأ قلبه نحوه بامتنان عميق وسلام شامل. (قصر الشوق، ص.110)

译文: 他心中对亚辛充满了深深感激和真诚祝福。

تمتمت أمينة بصوت لم يخل من ضيق. (قصر الشوق، ص.12)

译文：艾米娜咕哝道，声音里带着烦恼。

第一个例句将人的"رأس（头脑）"作为容器，"الأفكار（想法）"是装在其中的东西，器官"头脑"本不具备容器功能，抽象概念"想法"也非能放进容器的实物，但经过容器图式的隐喻映射后，"头脑"成了容器，"想法"也成了可盛放的物品。第二个例句的容器变成了身体器官"قلب（心）"，容器中盛放的东西变成了抽象感觉"الخوف（恐惧）"。第三个例句同样以"قلب（心）"作为容器，盛放的东西变成了"امتنان عميق وسلام شامل（深深感激和真诚祝福）"，动词从上两个例句的"خلا（清空、腾空）"变成了"امتلأ（填满、充满）"。最后一个例句则是把"صوت（声音）"作为容器，把"ضيق（烦恼）"盛放在其中。

这一组例句反映了马哈福兹小说语言隐喻中把非具象容器的概念容器化的现象，若非如此，就不可能在这些概念中出现"满载着、填满了、充满了……"，"空无……"等表达。

多义词隐喻、空间隐喻和容器隐喻在马哈福兹小说语言的规约性隐喻中大量存在，但它们不是马哈福兹独有的隐喻，而是阿拉伯语使用者共有的隐喻。其中大部分多义词隐喻方式，空间隐喻和容器隐喻两种意象图式中的大部分映射方式还是全人类共有的。

2.1.2 非规约性隐喻

由于规约性隐喻中的共性因素太多，不能作为区别作家隐喻个性的标准，对于作家及其文学语言来说，非规约性隐喻，尤其是其中的独特隐喻，才真正闪烁着作家智慧的光辉。

2.1.2.1 一般隐喻和独特隐喻

非规约性隐喻根据隐喻活性可划分为一般隐喻和独特隐喻。一般隐喻，即虽能感受到其隐喻活性，但由于人们的大范围使用，其活性已大大降低的隐喻；独特隐喻，即隐喻活性很强的隐喻，是作家独具匠心的智慧结晶。隐喻的活跃程度和隐喻的张力是成正比的，隐喻的活跃程度越低，张力越低，带给人们的陌生感、新奇感越小；隐喻的活跃程度越高，张力越高，带给人们的陌生感、新奇感就越强。

非规约性隐喻，尤其是其中的独特隐喻，是研究马哈福兹独特认知方式和语言风格的重要切入点，也是本书研究的重点。独特隐喻较之一般隐喻更能给读者带来新奇陌生的感受，"在普通民众眼里，它仿佛成了'外来语'，这种语言风格也给话语提供了一种'陌生的'氛围。'因为我们钦佩遥远的东西，而激起钦佩感的东西同样是令人愉快的。'"①，独特隐喻能够集中反映作者不同于他人的认知特点，但如何区分非规约性隐喻中的一般隐喻和独特隐喻是摆在笔者面前的一道难题。

如果让马哈福兹的所有读者对其小说中的非规约性隐喻进行一般隐喻和独特隐喻的划分，也许有多少位读者就会有多少种答案。以马哈福兹小说语言中的隐喻句来说明问题：

لم يعد ثمة شك في أن الأمل جثة هامدة. هل يطمع أن يجد ولو نبضا بطينا ضعيفا ليوهم نفسه بأن جثة الأمل لم تفارقها الحياة بعد!(قصر الشوق، ص.212)

译文：毋庸置疑，希望已经是一具僵尸了。难道他还奢望在希望的尸体上摸到哪怕是微弱而缓慢的脉搏，使他心里产生幻觉，以为生命尚未离开它吗？

该例句把无望隐喻为僵尸，把尚存一丝希望隐喻为在希望的尸体上摸到微弱的脉搏，这个隐喻对于读者来说是一般隐喻还是独特隐喻？不同读者的答案可能不同，认为是独特隐喻的读者也许没有或较少接触到将无望与僵尸联系在一起的隐喻，认为是一般隐喻的读者也许较多地接触过类似隐喻，或者其生活工作中常常和僵尸打交道，对这个喻体习以为常，比如医务工作者。再如：

أراك كالحمل الوديع، لا تطلب ولا تأمر ولا تزجر. (أولاد حارتنا، ص. 341)

译文：我看你像匹驯服的骆驼，既不要求什么，也不发号施令或训斥别人。

该例句把人的无所要求、不发号施令、不训斥别人隐喻为骆驼的驯服，这样的隐喻对于阿拉伯人或其他了解骆驼习性的人来说，也许只是个一般隐喻，他们对骆驼太过熟悉，这样的隐喻对他们而言缺乏新奇感。相反，对于那些成长于农耕文化下的人，那些对骆驼习性不了解的人，这样的隐喻也许就是独特隐喻。

---

① [法国] 保罗·利科著，汪家堂译，《活的隐喻》，上海译文出版社，2004年，第42页。

从上面两个例句可以看出从非规约性隐喻中区分出一般隐喻和独特隐喻是和划分者的经历、经验、认知、文化等息息相关的，加之社会在不断发展，人们的认知在不断更新，语言也在不断变化，使得这种划分不可能一成不变，而是不断变化的动态过程。

如果本书以笔者个人观点对马哈福兹非规约性隐喻中的一般隐喻和独特隐喻进行划分，那么由于所采取的标准只是个人尺度，无法令这种划分具备普遍意义。好在划分的目的并不是为了讨论马哈福兹的每个非规约性隐喻到底是一般隐喻还是独特隐喻，而是为了通过马哈福兹的独特隐喻研究其隐喻特点。那么，可以从最终目的即分析马哈福兹小说语言隐喻的特点出发，克服上面提出的以硬性标准划分一般隐喻和独特隐喻的困难，提出其他具有实际操作性的划分方法，对马哈福兹小说中的非规约性隐喻进行另一种分类，即根据其始源域和目标域是单一概念还是事件，分为单一概念隐喻和事件隐喻。这样一来，研究就有了可操作的划分标准，单一概念隐喻和事件隐喻的划分不会因为读者的文化差异而不同，也不会因为社会、认知和语言的发展而改变。

之所以把马哈福兹的非规约性隐喻划分为单一概念隐喻和事件隐喻进行分析，是因为就笔者看来，一般来说，马哈福兹小说语言中的大部分单一概念隐喻为一般隐喻，而事件隐喻几乎都是独特隐喻。换言之，在马哈福兹小说语言中，非规约性隐喻中的一般隐喻和单一概念隐喻，独特隐喻和事件隐喻有着大范围交集，但这个观点的正确性还有待进一步证明。对非规约性隐喻进行单一概念隐喻和事件隐喻的划分，可以方便我们对马哈福兹的认知方式和语言风格进行研究。

2.1.2.2 单一概念隐喻和事件隐喻

单一概念隐喻是把单一概念特征从始源域映射到目标域,用此物理解彼物；事件隐喻则是把某一事件特征映射到另一事件，用此事理解彼事。一般来说，作家创作事件隐喻所要付出的智慧和心血要比创作单一概念隐喻更多，因为在发现两种事物的相似性和发现两件事情的相似性上，难易程度通常是不同的。

2.1.2.2.1 单一概念隐喻

单一概念可分为具体概念和抽象概念，具体概念又可分为"人""物"两大类，相应地，单一概念隐喻根据始源域的概念范畴不同，可分为人化隐喻、物化隐喻和抽象化隐喻。

2.1.2.2.1.1 人化

人化隐喻是一种常见的隐喻类型。阿拉伯语规约性隐喻中的多义词隐喻就多有用人体认识其他事物和抽象概念的现象，比如"ظهر اليد（手背）""وجه القدم（脚面）""لسان المفتاح（钥匙的齿）"等等。人化隐喻不仅在规约性隐喻中大量存在，在非规约性隐喻中也是最基本和重要的隐喻类型。

人化隐喻把"人"的各种特征作为始源域映射到非"人"的目标域之上，用自身特征认识客观物质和抽象概念世界。这时，语言在人和宇宙万物之间建立起了相互关联的人体域和目标域，它们发生关联的基础是"人与自然的基本相似性，或人与大地的视同对等。在语言和文化的衍变中，隐喻永远不变地驾驭着这个基本的真理：人与自然的统一"[①]。维柯在《新科学》中指出"值得注意的是在一切语种里大部分涉及无生命的事物的表达方式都是用人体及其各部分以及用人的感觉和情欲的隐喻来形成的。"[②]就是说，人化隐喻认知方式在所有语言里有其普遍性，人类利用自身认知世界、形成概念的现象是普遍存在于一切语言中的。

人化隐喻在马哈福兹的单一概念隐喻中占据了重要地位。一方面，人类是"体认"世界的，人化隐喻的认知过程是人们较为熟悉的一种方式。另一方面，阿拉伯语语法中性范畴的普遍性也影响了马哈福兹小说语言中的人化隐喻。在阿拉伯语中，不仅诸如男性、女性、公马、母马这样有性别之分的词语有阴阳性之分，就连本身没有生命的物体也有阴阳性的区分，比如大部分成对出现的人体器官都是阴性名词，"战争""火"等也是阴性名词，"这在某种程度上可以说明：首先，拟人化的思维方式导致闪族语中的指物名词有性的区别"[③]。阿拉伯语中性范畴的普遍存在反过来又加深了阿拉伯人的拟人化思维。

马哈福兹在小说语言中将"人"的特征映射到人体器官、动作、表情、自

---

① 耿占春著，《隐喻》，东方出版社，1993年，第5页。
② ［意大利］维柯著，朱光潜译，《新科学》，商务印书馆，1989年，第180页。
③ 国少华著，《阿拉伯-伊斯兰文化研究——文化语言学视角》，时事出版社，2009年，第365页。

然万物、生活中的各种事物和抽象概念之中。马哈福兹小说语言非规约性隐喻中人化隐喻的目标域主要有三个，第一是和人密切相关的目标域，包括人的器官、动作、表情、思想等等。比如：

إنه القلب الخائن.(قصر الشوق، ص.285)

译文：这真是颗叛逆的心！

"叛逆的心"，把"人"的叛逆性映射到器官"心"上，使心具有了人的特征。又如：

وهو يحدجها بنظرة باسمة عميقة ناطقة.(قصر الشوق، ص. 74)

译文：他用会说话的、微笑的目光凝视着她。

"会说话的微笑的目光"，把"人"会笑、会说话的特征映射到目光之上，目光也成了微笑的，会说话的。人们用自身特征进行内省认知，使自己的器官、动作、表情等也都有了人的特征。

第二个目标域是"物"，包括自然万物和人造万物。比如：

الأصص تترنح هامسة والأركان تتناجى، السماء ترنو إلى الأرض بأعين النجوم الناعسة وتتكلم.(قصر الشوق، ص.265)

译文：花盆前仰后合，叽叽咕咕，木栅栏交头接耳，满天星斗困倦地俯视着大地，倾吐心声。

该例句中，马哈福兹赋予了花盆、木栅栏、星星这些人造物和自然物人的特征，让它们有了眼睛、嘴巴、耳朵。对"物"的概念拟人化，是人们把对于自身的认知由近及远地运用在对世界万物认识之上的结果。

在对"物"进行人化认知的基础上，人化隐喻进一步被运用到抽象概念中。抽象概念域是马哈福兹人化隐喻的第三大目标域。比如：

كاشفني الحقيقة عارية عن كل تخفيف، الحقيقة الكاملة.(قصر الشوق، ص. 109)

译文：你把整个真相赤裸裸地告诉我吧，不要隐瞒什么。

"الحقيقة（真相）"是一个抽象概念，本不具备人的特征，但马哈福兹用了"عارية（赤裸的）"来修饰它，把人的一种状态特征映射到了"真相"之上。

单一概念隐喻中的人化隐喻是马哈福兹小说非规约性隐喻中十分常见的隐喻方式。一般地说，人化隐喻是一般隐喻，这种隐喻方式和句子描述的目标域究竟是什么没有太大关系。比如：

عبد المنعم: يا حمار، العصفورة تطير من السكرية الى هنا وتعود قبل المساء. عثمان: أهلها هناك وأقاربها

هنا.(قصر الشوق، ص.27)

译文：阿卜杜·蒙伊姆说："你这个笨驴，这只小麻雀是从甘露街飞到这里，天黑前要飞回去的。"奥斯曼说："它的家人在那儿，这儿有它的亲戚。"

  在这个句子中，小鸟有了家人、亲戚，是把人有社会关系的特征映射到动物身上的人化隐喻方式，但如果这个句子描述的不是小鸟，而是小猫、小狗，它们也是可以有家人、有亲戚的。人们最早就是用人化隐喻认识自身和世界的，在人们眼中，世间万物和抽象概念都可以成为"人"，在这个概念隐喻之下，不论目标域具体是什么，始源域"人"和目标域之间的联系都是成立的。以人的动作"笑"作为始源域为例，目标域可以是"眼睛""心""灵魂""花草""天空""小溪""恐惧""爱情"等等，两个域之间关联基础的单一性——人化，使得单一概念的人化隐喻基本上都是一般隐喻。

2.1.2.2.1.2 物化

  物化是人们把对于物的认识映射到人、他物和抽象概念之上的认知过程。

  马哈福兹小说语言中有大量的物化隐喻，根据目标域的不同，有把人物化、把他物物化、把抽象概念物化的隐喻，根据始源域的不同，有动物化隐喻、植物化隐喻、自然现象化隐喻、建筑物化隐喻、其他物化隐喻等等，其中有一些马哈福兹惯用的始源域概念，比如"火""水""光""风""动物""植物""食物""建筑物"等隐喻，这些隐喻将在下一章中进行具体考察。

  相对于人化隐喻，马哈福兹小说语言中的物化隐喻数量更多，始源域和目标域之间的联系也更加多样化。一方面，人化隐喻的始源域仅仅是人的特征，而物化隐喻的始源域是世界万物的特征，比人化隐喻始源域的范围要广泛得多，理论上可构建的隐喻数量自然就多，马哈福兹的物化隐喻比人化隐喻丰富也就不足为奇了。另一方面，人化隐喻不能赋予甲物和乙物不同的本质特征，"甲花在唱歌，乙花在跳舞"，虽然"唱歌"和"跳舞"是不同的动作，但其本质特征相同，因为始源域都是"人"。物化隐喻则不同，每样事物都有自己不同于他物的特征，"甲花像火，乙花像雪"，"火"和"雪"是不同的事物，有不同的特征，用这两个始源域就可以区分甲花和乙花。从表达效果来说，物化隐喻比人化隐喻更能准确表达目标域的特征。

马哈福兹小说语言中的物化隐喻中有较为常见的一般隐喻，也有很多独特隐喻。比如把人隐喻为"动物"，把姑娘隐喻为"鲜花"的一般隐喻：

ما لك وهذا الوحش؛ فلنبتعد عنه..!(أولاد حارتنا، ص. 51)

译文：你怎么了？这个畜牲，让我们离他远点。

وقعت في مخالب من لا يرحم.(قصر الشوق، ص. 102)

译文：我竟落入无情无义之人的爪子中。

جاءت في جلباب كحلي كوردة نضرة.(ملحمة الحرافيش، ص.343)

译文：她穿着一件深蓝色的长袍来了，就像一朵鲜艳的玫瑰花。

قسمات دقيقة مثل البراعم.(ملحمة الحرافيش، ص.41)

译文：面容似含苞欲放的花朵。

也有很多构思奇特，生动形象的独特隐喻。比如：

رفعت عينيها إلى السقف حتى ترامى جيدها كالشمعدان الفضي.(ملحمة الحرافيش، ص.160)

译文：她抬起眼睛望着天花板，脖子伸得长长的好像银烛台。

بدا المقهى المدفون كجوف حيوان من الحيوانات المنقرضة طمر تحت ركام التاريخ إلا رأسه الكبير؛ فقد تشبث بسطح الأرض فاغرا فاه عن أنياب بارزة على هيئة مدخل ذو سلم طويل.(قصر الشوق، ص. 67)

译文：这家地下咖啡馆犹如一头绝种动物的腹腔，它的身体日久年深埋在历史的灰烬下，只有一个大脑袋还在地面上。它张开大口，露出獠牙，那就是咖啡馆的入口，一条长长的台阶通到它的身子内部。

物化隐喻的个体差异性就在于面对相同目标域时，不同的人会选取不同的始源域来构建隐喻，这种选择上的差异主要是个人认知及其文化背景在其中起作用。关于马哈福兹物化隐喻的特点将在第三章中详细分析。

2.1.2.2.1.3 抽象化

人们借用对自身和世界万物的认识来认知抽象概念，同样的，也用自己获得的对抽象概念的认识来认知人、物和其他抽象概念。虽然人们较为熟悉的认知方式是从具体到抽象的认知过程，但当人们对抽象概念积累了一定认知后，也会把这种认知反向映射到具体事物或其他抽象概念之中。

　　马哈福兹小说语言中的抽象化隐喻与人化隐喻、物化隐喻相比数量不多，其中的很多始源域是宗教概念。比如：

غير أنه على استعداد لأن يلثم ترابها اذا صح عنده صدق هذه الشيطانة.(قصر الشوق، ص.279)

译文：然而如果能证实这个女魔鬼说的是实话，他准备俯下身子去亲吻大地。

(هى) ملاك في زيارة طارئة سعيدة للدنيا.(قصر الشوق، ص.44)

译文：她是突然下界凡间，进行幸福访问的天使。

　　无论是"الشيطانة（女魔鬼）"还是"ملاك（天使）"，都是抽象概念，虽然人们可以根据自己的想象描绘出魔鬼和天使的样子，但却无法改变它们是抽象概念的事实。人们对于魔鬼和天使的基本认识是：魔鬼是邪恶的，天使是美好善良的，把这种认识作为始源域映射到"人"这个目标域上，就有了上面两个例句。

　　当然，对于抽象概念的认识不仅可以映射到有形的"人"或"物"之上，也可以映射到其他抽象概念之上。比如：

دارت برأسه أفكار شيطانية.(ملحمة الحرافيش، ص.136)

译文：他头脑中冒出了一些邪恶的念头。

الانسان لعبة هزيلة والحياة حلم.(ملحمة الحرافيش، ص.171)

译文：人是孱弱的玩具，生活如梦。

　　第一个例句把抽象概念"شيطانية（魔鬼般的）"映射到另一抽象概念"أفكار（想法）"之上，魔鬼和想法的相似之处在于它们都是可怕的、令人恐惧的。第二个例句把抽象名词"الحياة（生活）"隐喻为抽象的"حلم（梦）"，生活和梦的相似之处在于它们都是虚无的，不真实的。

　　抽象化隐喻在马哈福兹小说隐喻中所占比例不大，这和抽象化隐喻本身是抽象概念映射到具体概念或其他抽象概念的实质有关。文学为了最大限度做到以"言"尽"意"，"象"是最好的桥梁。一般来说，人们对于自身和日常生活中经常接触的自然物和人造物最为熟悉，"人"和"物"更容易作为"象"来表达"意"，所以在马哈福兹小说语言中人化隐喻和物化隐喻的使用要比抽象化隐喻更为频繁。

　　马哈福兹小说语言的非规约性隐喻中，单一概念隐喻在"人""物""抽象概念"三大域中来回互动，出现了人化隐喻、物化隐喻和抽象化隐喻。一般来说，大部分单一概念隐喻主要体现阿拉伯人普遍的认知特点，属于一般隐喻，另外有一部分体现作家独特的认知，属于独特隐喻。与单一概念隐喻相对应的是事件隐喻。

2.1.2.2.2　事件隐喻

事件隐喻基本上都属于独特隐喻，是作家独特认知和智慧的体现。

事件隐喻的始源域和目标域不再是单一概念，而是事件，它不是用一个概念来理解另一个概念，而是用一个事件来理解另一个事件。比方说，"跑"是一个动作概念，"他跑回家"是一个事件。"他像兔子一样飞快地跑回家"是单一概念隐喻，始源域是"兔子"，目标域是"他"，把兔子跑得快的特征映射到人身上。"就像兔子看到狮子便飞快地跑回洞穴一样，他一见到那个人就飞快地跑回了家"是一个事件隐喻，始源域事件是"兔子看到狮子便飞快地跑回洞穴"，目标域事件是"他一见到那个人就飞快地跑回了家"，这个事件隐喻中有单一概念隐喻的基础，用"兔子"隐喻"他"，用"狮子"隐喻"那个人"，用"洞穴"隐喻"家"，但和单一概念隐喻始源域和目标域之间的相似性不同，事件隐喻之间的相似性和其中内含的单一概念隐喻没有直接关系，而是和各个单一概念隐喻之间的关系有关，"兔子"和"他"没有直接关系，"狮子"和"那个人"之间也没有直接的关系，但是"兔子"和"狮子"之间的关系和"他"和"那个人"之间的关系有着相似性，那就是兔子害怕狮子，他害怕那个人，"兔子看到狮子便飞快地跑回洞穴"是兔子害怕狮子对它不利，飞快地跑到洞穴，回到了安全之所，狮子就抓不到它，"他一见到那个人就飞快地跑回了家"是他害怕那个人对他不利，飞快地跑回家，回到了安全之所，那个人就危害不到他，两个事件之间存在相似性。

将非规约性隐喻区分为单一概念隐喻和事件隐喻的最大意义就在于：一般来说，事件隐喻较之单一概念隐喻，更能体现作家的独特认知，更能彰显作家的诗性智慧。

马哈福兹小说语言中的事件隐喻很多，几乎都是独特隐喻。比如：

المعبود يعبث بألفاظ الحب سادرا، يلقيها عليك غافلا عن أنه يلقي مغنسيوما على قلب يحترق.(قصر الشوق، ص.171)

译文：女神纵情地将爱情的词语向你抛来，却忽略了这等于是往炽热的心上抛

洒镁粉。

这个例句中的本体事件是"女神纵情地将爱情的词语向你抛来",喻体事件是"往炽热的心上抛洒镁粉"。这个事件隐喻中有单一概念隐喻,即把"爱情的词语"隐喻为"镁粉",把"心"隐喻为"火",但这个事件隐喻意义的获得不是通过"爱情的词语"和"镁粉""心"和"火"之间的相似性,而是通过"把爱情的词语抛向心上"和"把镁粉抛到火上"这两件事情之间的相似性获得的,女神把爱情的词语抛向凯马勒,如同把镁粉抛到炽热的心上,读者可以通过镁粉遇到火会熊熊燃烧的科学现象来理解爱情的词语会使凯马勒的心燃烧得更加剧烈。

马哈福兹小说语言中的事件隐喻根据喻体事件的来源不同,可以分为自然世界的事件隐喻和生活世界的事件隐喻两个大类。自然世界的事件隐喻主要包含了自然现象事件、动物事件和植物事件。比如:

عادت مريم- بعد خمود النزوة الجنونية - إلى سابق مكانتها من نفسه، كلا، لم تكن بارحتها، ولكن النزوة الطارئة غشيتها كما تغشى السحابة العجلي وجه القمر.(قصر الشوق، ص.127)

译文:在疯狂的欲火冷却下来以后,玛利娅又回到了他的心中,恢复了原先的地位。不,她从来就没有离开过他的心,而是被突如其来的欲念遮盖住,就像月亮被迅速聚集的浮云遮住了一样。

من عينيها نظرة تلقى إليك كالرحمة، صفاؤها يجلو روحا ملائكة، بعثت كما يبعث عباد الشمس في ضوئها المشرق، لو يدوم هذا الموقف الى الأبد!(قصر الشوق، ص.154)

译文:她对你的目光是一种恩宠,明澈的目光显示出天使般圣洁的灵魂,你像向日葵在阳光的照耀下苏醒过来一样恢复了生机。但愿这幅美景永远保存下去!

فاقتربت منه مركزة بصرها على هدفها كالقطة عندما تنقض على الفأر، استخلصت من الذؤابة شعرة.(ملحمة الحرافيش، ص.128)

译文:她就像猫抓老鼠,瞪圆了眼睛慢慢朝目标扑去,从刘海中拔出一根。

第一个例句用自然现象事件作为喻体,玛利娅从来没有离开过他的心,只是被突如其来的欲念遮盖了,隐喻为月亮一直都存在,只是被迅速聚集的浮云遮住了,句子中的单一概念隐喻是把她隐喻为月亮,把欲念隐喻为浮云,她的地位被欲念遮住正如月亮被浮云遮住一样，月亮是永恒的存在，浮云遮日只是暂时的现象。第二个例句用植物事件作为喻体，其中的单一概念隐喻是把凯马勒隐喻为向日葵，把阿依黛的目光隐喻为阳光，作者强调的不是凯马勒像向日葵，阿依黛的目光像阳光，而是描述凯马勒沐浴在阿依黛的目光下就像向日葵沐浴在阳光下一样能重新恢复生机。第三个例句用动物事件作为喻体，其中的单一概念隐喻是把妻子隐喻为猫，把丈夫隐喻为老鼠，妻子和猫、丈夫和老鼠之间都没有相似性，当把妻子与丈夫，猫和老鼠之间的关系联系在一起时，这个事件隐喻就获得了它的意义，妻子瞪圆眼睛接近目标，就像猫捉老鼠一样。

马哈福兹事件隐喻中的喻体除了有自然世界的事件，还有来自生活世界的事件。比如：

تمنيه لو كان للحب مركز معروف في الكائن البشرى لعله يبتره كما يبتر العضو الثائر بالجراحة؟(قصر الشوق، ص. 221)

译文：他真希望世界上有一个为人所知的爱情中心，也许他会像动外科手术割去患病的器官那样，把爱情割弃。

ثم تكون كلها- الضحكات والأنغام- إطاراورديا يبدو فيه القلب الحزين المترع بالوحشة كبطاقة سوداء في طاقة ورد.(قصر الشوق، ص. 300-301)

译文：后来这笑声和乐声变成了一个玫瑰色的相框，中间放着他那颗孤寂忧愁的心，恰如一束鲜花里放了一张黑色的卡片。

قد عبثت به دون رحمة وأعملت فيه دعابتها كما يعمل المصور ريشته في الخلقة الآدمية ليستخرج منها صور كاريكاتورية فذة في قبحها وصدقها معا!(قصر الشوق، ص.200)

译文：她无情地戏弄他，把他当做笑料，就像画家根据一个人的相貌，用画笔勾勒出一幅绝妙的漫画，既忠实于原型又加以丑化。

上面这组事件隐喻都是用生活事件作为喻体。第一个例句中，"爱情"和"肢体"之间本没有什么相似性，但舍弃爱情和动手术把患病的肢体割去这两件事情上就有相似性。第二个例句把笑声和乐声隐喻为玫瑰色的相框，相片是他那颗孤寂忧愁的心，把孤寂忧愁的心放在笑声和乐声的相框中如同把一张黑色的卡片放在一束鲜花中一样。第三个例句把阿依黛取笑戏弄凯马勒这件事情，隐喻为画家根据一个人的相貌，画出了既忠实于原型又加以丑化的漫画。

　　一般说来，事件隐喻的认知过程和思维方式比单一概念隐喻复杂，也比单一概念隐喻更能凸显隐喻创作者的个性。这和事件隐喻比单一概念隐喻有更多的选择性也有关系，事件域比单一概念域的范围要大得多，比如"花"只是一个单一概念，但与"花"相关的事件却远远不止一件，不同的人在使用事件隐喻中出现雷同喻体的现象就减少了，事件隐喻也就有了更多的个性。马哈福兹小说语言中的事件隐喻多为独特隐喻也就成为了很自然的事情，其事件隐喻的特点将在下一章具体分析。

　　至此，对马哈福兹小说语言中隐喻层次的分析告一段落，下文将对其隐喻的分布情况进行考察。

2.2 马哈福兹小说语言中的隐喻分布

　　根据第一章对文学语言中隐喻类型的划分，此处也将马哈福兹小说语言中的隐喻分为情景描写、肖像描写、动作描写、心理描写四个方面进行考察。需要指出的是，并非有描写的地方就一定有隐喻，只是说隐喻在文学中主要分布在上述描写中。

2.2.1 情景描写

　　文学中的情景描写，"情"和"景"两者互为对象，相互融合。因为有了"人"，"景"就无法继续成为客观的所在，而变成了人抒发"情"的对象，当人们寓情于景时，"情"同样也成为"景"的对象。同样是"雨"，喜悦时是"好雨知时节，当春乃发生"；惬意时是"青箬笠，绿蓑衣，斜风细雨不须归"；哀伤时是"清明时节雨纷纷，路上行人欲断魂"。因为有了"情"，面对相同的"景"时才会有不同的描写。

　　马哈福兹小说中的情景描写也是"情""景"交融的结果，实现的方式往往是隐喻。比如：

مع أن السماء أمسكت – بعد ذلك– الا أن تجهمها لم ينكشف وظل وجهها متواريا وراء سحاب جون أظل الأرض بمظلة قاتمة بعثت في الجو عكارة كأنها نذير ليل بهيم. (قصر الشوق، ص.312)

译文：天空虽不再垂泪，但依旧愁眉不展，她把脸藏在乌云后面，乌云像一把黑伞笼罩大地，使空气显得十分浑浊，仿佛预示着将有一个漆黑的夜晚。

该例句描写的景致是天空中乌云密布，在这个晚上，阿卜杜·嘉瓦德的好朋友穆罕默德·阿夫特前来告诉他，他的儿子亚辛已经娶了他过去的情妇宰努芭为妻这件丑事。把"情"寓于"景"之后，就有了天空"虽不再垂泪，但依旧愁眉不展"，乌云像"一把黑伞笼罩大地，预示着将有一个漆黑的夜晚"这样的隐喻，给人压抑之感，为之后发生的事情做了很好的情景渲染和铺垫。又如：

انتشرت تجمعات السحب في آفاق السماء ترسم في اللوحة العليا صورا تلقائية تعبث بها يد الهواء كيفما اتفق. (قصر الشوق، ص. 173)

译文： 片片云彩散落在天边，自然地在高高的画卷上画下图案，任凭风之手恣意地摆弄她。

这个情景描写的背景是凯马勒、侯赛因、阿依黛和布杜尔一起到金字塔游玩。在凯马勒看来，能和朝思暮想的女神阿依黛同游是多么幸福的事情，而且同行的还有自己的好朋友侯赛因和喜欢自己的可爱小女孩布杜尔，愉快幸福的心情让所见的自然景色也充满了同样的情感，风轻云淡，正是他愉快心情的写照。

فقد تجردت جدائل النخيل وتعرت شجيرات الورد، وشحبت الخضرة اليانعة واختفت ابتسامات الزهور من ثغور البراعم. وبدت الحديقة غارقة في الحزن حيال زحف الشتاء. (قصر الشوق، ص. 193)

译文： 枣椰树的树杈光秃秃的，蔷薇花凋谢了，原先苍翠的绿色变成了枯黄，花蕾嘴边的笑容也消失了，面对悄然而至的冬天，花园沉浸在哀伤中。

这个情景描绘的是由于冬天的摧残，花园失去了往日的活力，一派凄凉的景象。由于冬日里不能在花园中聚会，遗憾失望的感情令人感到花蕾的笑容也消失了，花园整个沉浸在哀伤中。

أما الأوراق الخضراء المتطلعة من الأصص وراء سور الحديقة الخشبية فافترت ثغورها عن بسمات متألقة. وأخيرا وجد البيانو آذانا متسامحة. (قصر الشوق، ص. 263)

译文： 从花园木栅栏后的花盆中探过来的绿油油的叶子，露出灿烂的微笑。钢琴终于找到了知音。

الأصص تترنح هامسة والأركان تتناجى، السماء ترنو إلى الأرض بأعين النجوم الناعسة وتتكلم. (قصر الشوق، ص. 265)

译文： 花盆前仰后合，叽叽咕咕，木栅栏交头接耳，满天星斗困倦地俯视着大地，倾吐心声。

上面两个例句是亚辛和宰努芭在喝酒调情的过程中出现的情景描写，这样的描写符合二人当时交流情感的气氛，通过描写欢乐的自然景致来烘托亚辛和宰努芭喝酒交谈的愉快情景。

ترنو إليهما من فوق أسوار القصور عيون النرجس الساجية وثغور الياسمين الباسمة. (قصر الشوق، ص. 242)

译文：一座座公馆围墙上方的水仙花安静柔和的目光凝视着他俩，还有素馨花那一张张微笑的嘴。

这个情景描写出现在凯马勒去找阿依黛解释，他俩并肩走在大街上时，这种场景让他感到幸福和美好，所以感到围墙上方的水仙花和素馨花也是喜悦的。

通过上面几个例句，可以看出马哈福兹小说中的情景描写往往运用隐喻来把"情""景"融合起来，"情"寓于"景"，"景"自然就有了人的喜怒哀乐，所以马哈福兹小说情景描写中的人化隐喻居多，但物化隐喻也时有出现，这构成了马哈福兹小说语言中情景隐喻的第一个特点，即以人化隐喻为主。

第二个特点是隐喻多为正向的"情"到"景"的映射，就是愉悦的心情对应愉悦的景，悲伤的心情对应悲伤的景。"情"到"景"的映射一般有两种形式，一种是正向的，一种是逆向的。正向映射以喜写喜，以悲写悲。逆向映射与正向映射相反，以喜写悲，以悲写喜。比如内心伤痛，却描写周围一片喜庆热闹的景致，用"悲"与"喜"之间的巨大反差来更好地渲染心中的"悲"。马哈福兹小说语言中的情景隐喻基本上都是正向映射，描写的情景都与主人公当时的心情或是事件当时的气氛相契合。

2.2.2 肖像描写

但凡人物出场，作家总少不了花费笔墨对人物肖像进行描述。肖像描写想要抓住人物特征，让读者记住是"这一个"，而非"这一群"，就必须借助隐喻，因为一般化的描写客观事实的语言不可能描绘出生动的人物形象。

马哈福兹在对人物进行肖像描写的过程中也大量借助了隐喻。比如：

ولكنها تتراءى فيما بعد في ذاكرته بقامتها الهيفاء ووجهها البدري الخمري وشعر عميق السواد مقصوص ((ألا جرسون)) ذي قصة مسترسلة على الجبين كأسنان المشط وعينين ساجيتين تلوح فيهما نظرة لها هدوء الفجر

ولطفه وعظمته.(قصر الشوق، ص.153)

译文：此后，他脑海中时时刻刻浮现出她那婀娜的身材、圆月般绯红的脸庞、浓密乌黑的法式短发，前额上垂着的像梳齿一样整齐的刘海和宛如晨曦那样安谧、宁静和崇高的目光。

上面这句肖像描写所描绘的人物是阿依黛，马哈福兹连用"圆月""梳齿""晨曦安谧、宁静和崇高的光"几个物化隐喻，通过描绘相貌中几个重要的点，如脸庞、头发、眼神，给读者勾画出阿依黛的美貌。又如：

نما نموا هائلا مثل بوابة التكية، طوله فارع، عرضه منبسط، ساعده حجر من أحجار السور العتيق، ساقه جذع شجرة توت.(ملحمة الحرافيش، ص.11)

译文：阿舒尔生得高大魁梧，酷似修道院的大门，他的胳膊像古老围墙的石头般结实，小腿似桑树树干般坚韧。

马哈福兹用了三个物化隐喻勾勒出阿舒尔最重要的外貌特征，把阿舒尔的样子惟妙惟肖地展现在读者面前。再如：

لعل القضاة أعجبوا بعملقته، وبصورة الأسد المرسومة في صفحة وجهه.(ملحمة الحرافيش، ص.80)

译文：也许法官们欣赏他的魁梧和狮子般的面庞。

غر يا وجه البومة.(أولاد حارتنا، ص. 327)

译文：滚蛋，猫头鹰脸。

وقد أظلم وجه جبل كالسماء الراعدة البارقة.(أولاد حارتنا، ص. 207)

译文：杰巴勒脸色阴沉，犹如电闪雷鸣的天空。

عند ذلك تراءت قسمات المعبودة رموزا موسيقية للحن سماوي مرموقة على صفحة الوجه الملائكي.(قصر الشوق، ص. 246)

译文：此刻，女神那天使般的面孔上的表情，就是那支来自上天的引人注目的乐曲的乐谱。

حليق الرأس مثل زلطة.(ملحمة الحرافيش، ص.326)

译文：他的头剃得光光的，活像鹅卵石。

أله لحية مثل فروة الخروف؟(ملحمة الحرافيش، ص.224)

译文：那人是不是有山羊胡子？

شارب مثل مخرطة الملوخية(ملحمة الحرافيش، ص.238)

译文：锦葵叶一样的胡子。

راح يتفحصهم هنيهة بعينيه النافذتين كأعين الصقر.(أولاد حارتنا، ص. 11)

译文：他不时用那雄鹰般有穿透力的目光审视儿子们。

وقبض على منكبه بقبضة كالمعصرة.(أولاد حارتنا، ص. 16)

译文：他被父亲压榨机般的大手抓住脖领。

عجيزتها التي كادت قمتها تبلغ منتصف ظهرها ويفيض أسفلها على فخذيها؛ فكأنها كرة منطاد!(قصر الشوق، ص.117)

译文：她的屁股上端几乎到了背脊中间，下面的肉堆积在大腿上，整个臀部像个气球！

上面一系列肖像描写中，马哈福兹通过形象的隐喻，用形态、颜色、给人感受等方面的相似性把始源域和目标域连接起来，将人物肖像的不同特征描绘得既生动又具体。

马哈福兹小说肖像描写中的隐喻多为物化隐喻，也有少数抽象化隐喻，如"天使般的""魔鬼般的"等等，物化隐喻中所选取的始源域主要来自于人们日常生活中十分熟悉的事物。在考察的几部作品中，大篇幅的肖像隐喻较少，在文中穿插的人物单一特征隐喻描写较多，这些隐喻并不集中在人物的首次亮相，而是零星地散布在人物的每次出场中。

2.2.3 动作描写

老舍说过："描写人物最难的地方是使人物能立得起来。我们都知道利用职业，阶级，民族等特色，帮忙形成特有的人格；可是这些个东西并不一定能使人物活跃。反之，有的时候反因详细的介绍，而使人物更死板。我们应记住，要描写一个人必须知道此人的一切，但不要作相面式的全写在一起；我们须随时用动作表现出他来。每一个动作中清楚的有力的表现出他一点来，他须越来越活泼，越实在。……这样，人物的感诉力才能深厚广大。"①只有成功地描写了人物的动作，才能使读者真切地感到作者笔下的是一个个栩栩如生的活人，使读者获得如临其境、如见其人的印象。

---

① http://baike.baidu.com/view/657673.htm

动作描写要做到精彩生动，有时仅仅依靠准确的动词是不够的，往往需要借助隐喻手段增强语言的生动性，使人物形象逼真鲜活、立体可感。马哈福兹小说语言中的动作描写很多，但隐喻在其中所占的比例并不多。

يجري كالثور الذبيح ثم انكب على وجهه كمصراع بوابة.(أولاد حارتنا، ص. 440)

译文： 他像一头挨宰的公牛一般冲前一步，然后像一扇门似的扑通倒地。

　　这句话里面有两个物化隐喻，把人隐喻为"挨宰的公牛"和"一扇门"，两个隐喻的始源域和目标域之间的相似性并不是外貌体征上的相似，而是两者在动作特征上的相似，"他"和"挨宰的公牛"在动作上的相似是发疯一样的冲上前，和"一扇门"在动作上的相似则是重重的扑通一下子摔倒在地。

فتساءل أبو سريع بعد سعال تقوس له ظهره كأنه سنبلة في مهب ريح عاتية.(أولاد حارتنا، ص. 142)

译文： 艾布·塞利厄咳嗽得弯下了腰去，如一株狂风中的麦穗，之后他问。

　　弯腰是人们熟悉的动作，咳嗽时弯腰也是人们常有的生活体验，这个例句把弯腰咳嗽这个动作隐喻为麦穗在狂风中吹弯了腰，用人们熟悉的自然景象生动地描绘出艾布·塞利厄当时的动作。再如下面这一组句子：

وراح الناس يولون مذعورين كالرمال أمام العاصفة.(أولاد حارتنا، ص. 28)

译文： 人们像暴风中的沙子一样惊慌逃窜。

جرى الصغير كقارب يتمايل.(أولاد حارتنا، ص. 455)

译文： 小孩像小船一样一晃一晃地跑了。

يتحدثون عن قيء وإسهال مثل الفيضان ثم ينهار الشخص ويلتهمه الموت.(ملحمة الحرافيش، ص.51)

译文： 他们说像洪水一样的上吐下泻，人就垮下来，被死神吞噬了。

اذا بمفاجأة تدهم الحارة كزلزال.(ملحمة الحرافيش، ص. 561)

译文： 突然事件就像地震一样侵袭了这条大街。

　　上面这组例句中都是马哈福兹小说语言中关于动作描写的隐喻。第一个例句把人们逃窜的动作隐喻为暴风中的沙子，第二个例句把小孩子跑的动作隐喻为小船在摇摇晃晃，第三个例句把人们上吐下泻的动作隐喻为洪水泛滥，第四个例句把突然事件侵袭大街隐喻为地震。这些动作隐喻都是物化隐喻，始源域和目标域之间的相似之处是两者在动作特征上的相似性。

马哈福兹小说语言中的动作隐喻通常是将动作执行者做物化隐喻，很少直接对动词进行隐喻，动作描写隐喻中连接始源域和目标域的桥梁是动作的相似性。

2.2.4 心理描写

与情景描写、肖像描写相比，心理描写直接描写人物的七情六欲，揭示人物的思想灵魂。人的心理活动是丰富多彩的，也是很难用一般性语言表达和描述的。通过隐喻，可以把难以表现的人物内心深处复杂的想法和情感揭示出来，使文学作品中的人物形象更为完整和真实。

心理描写是马哈福兹小说语言隐喻中浓墨重彩的一笔，其心理描写中大量运用了隐喻。比如：

سل قلبك أين مريم؟..أين الملاحة التى لوعتك؟..يجبك بضحكة كالتأوه ويقول أكلنا وشبعنا وصرنا نتقزز من رائحة الطعام.(قصر الشوق، ص.258)

译文：要是问你的心："玛利娅在哪里？让你饱尝相思的美貌在哪里？"它就会叹息似地狞笑着回答你："我吃了，也饱了，现在变得厌恶食物的味道了。"

这个例句描写的对象是亚辛，把"心"进行人化隐喻，通过人和心对话的方式对人物心理活动进行揭示，此外句中还有把玛利娅隐喻为食物的物化隐喻。又如：

رنا إليها فجذب مغناطيسها شعوره كله حتى سلبه الإحساس بالزمان والمكان والأناس والنفس، فعاد كأنه روح مجردة تسبح في فراغ نحو معبودها.(قصر الشوق، ص.152)

译文：凯马勒失神地望着她，他的全部感觉都被她的磁力吸引了，感觉不到时空、周围的人、甚至是自己，他仿佛仅仅是灵魂，翱翔在空中，飞向女神。

خفق قلبه لدى سماع الاسم خفقة تحية وحنان وشوق، فانقلب نشوان كأنما قد ثمل روحه بلحن معربد

بالطرب.(قصر الشوق، ص.195)

译文：一听到这个名字，凯马勒的心怦怦直跳，说不出的激动、思念，犹如听到一支迷人的乐曲，让他心魂俱醉。

هو يفتح عينيه في الصباح الباكر فاذا بالفكر تتخاطفه كأنما كانت على عتبة الوعي ترصده أو كأنما هي التي طرقته بجزع النهم كي تواصل التهامه كرة أخرى.(قصر الشوق، ص.212)

译文：清晨一睁开眼睛，各种想法就争先恐后地向他袭来，仿佛它们一直守候在意识的门槛边窥探，又好像是在心急火燎地敲击他，以便再次进攻，把他吞噬掉。

رقص قلبه بطرب روحاني وانبثقت منه النشوات، ثم احتضنته فرحة صافية نسي في حلمها الهادئ العميق نفسه ومكانه وزمانه.(قصر الشوق، ص. 35)

译文：他心花怒放，产生了飘飘欲仙的感觉，纯真的欢乐拥抱着他，他在平静而深沉的梦中忘却了自己，忘却了时间和空间。

على الحالين يرى كأنه ورقة شجر انتزعتها ريح عاتية من فنن غصن وألقت بها في غث النفايات.(قصر الشوق، ص. 211)

译文：无论怎样，他都觉得自己像片树叶，被狂风从枝头扫落，抛弃在垃圾堆上。

جملة ((نحن جبران منذ بعيد)) حزت في قلبه كالخنجر فأطاحت به كما تطيح النوى بالغريب.(قصر الشوق، ص.204)

译文："我们很早就是邻居"这句话宛如匕首扎进了他心里，使他心碎，就像目的地让异乡人心碎一样。

上面这一组心理描写的主人公都是凯马勒。第一个例句中，凯马勒被女神阿依黛吸引，以至于感觉不到周围的一切，仿佛自己只是灵魂向女神飞去；第二句把凯马勒听到阿依黛名字时欣喜的心情隐喻为听到一支令人陶醉的迷人的乐曲；第三句把心中的各种想法隐喻为伺伏在意识的门槛要攻击他；第四句写凯马勒内心的欢乐，他的心也在跳舞，欢乐拥抱着他；第五句用像被狂风扫落飘到垃圾堆上的树叶隐喻内心失望孤寂的心情；第六句用心里飞出愉快唱歌的小鸟隐喻畅快的心情；最后一句把心碎的感觉隐喻为匕首插进了心里，游子远离故土。七个例句把凯马勒不同的心理状态通过隐喻展现在读者面前。关于凯马勒这个人物的心理描写在《三部曲》中还有很多，基本上都运用了隐喻的方式。

通过上面的分析，可以发现马哈福兹小说语言中的心理描写大量运用了隐喻的表达方式，有单一概念的人化隐喻、物化隐喻、少量的抽象化隐喻，也有事件隐喻，所选用的始源域都是人们熟悉的事物或常有的生活体验。

分析马哈福兹小说语言中的隐喻层次和分布，是下一章分析和归纳马哈福兹小说语言隐喻特点的必要准备。

第三章　马哈福兹小说语言中的

隐喻特点

在第一、二章对隐喻与文学的关系，马哈福兹小说语言中的隐喻层次和分布进行阐述的基础上，本章将对其隐喻特点进行归纳和分析。需要指出的是，本章所指的隐喻特点，是指马哈福兹小说语言中非规约性隐喻的特点，且仅涉及马哈福兹个人创作的隐喻，不包括其在小说中援引的诗句、歌曲等所包含的隐喻。

3.1 用多元化的语言结构构建隐喻

本节将从明喻和暗喻、喻体的语言结构、相似点在隐喻句中是否出现三个方面对马哈福兹构建隐喻的语言结构进行分析，考察其特点。

3.1.1 对明喻和暗喻的考察

隐喻句根据有无比喻工具词可分为明喻句和暗喻句。明喻和暗喻从语言结构上来说区别在于：明喻是"这个像那个"，暗喻则是"这个是那个"。

马哈福兹在构建其小说语言隐喻时对明喻和暗喻都有使用，在明喻句中主要使用的比喻工具词为："（يشبه）أشبه" "ك" "كما" "كأن" "كأنما" "مثل" "مثلما" "مثلما"，表示"像……"。比如：

تحسبني هنا كالرقيق.(قصر الشوق، ص.280)

译文：你在这儿把我当奴隶。

أودع الدنيا مثل سجين.(ملحمة الحرافيش، ص.178)

译文：我像个囚徒似的告别这尘世。

ما أشبه استبداده باستبداد الشمس بالأرض الذي قضى عليها بأن تدور حولها في دائرة مرسومة ـ لا تقترب منها فتندمج ولا تبتعد عنها فتنتهي ـ الى الأبد!(قصر الشوق، ص.212)

- 45 -

译文：她对他的控制多么类似于太阳对地球的控制，地球注定要在既定轨道上围绕太阳旋转，既不能接近太阳与之合二为一，也不能与之离得太远而永远分离！

暗喻句中不出现比喻工具词。比如：

مأواه الأرض. هي الأم والأب لمن لا أم ولا أب له.(ملحمة الحرافيش، ص.18)

译文：他的住所就是大地，大地是无父无母者的父亲和母亲。

بدا (قصر) في ذلك المساء في ديسمبر في زي جديد من أزياء الحياة.(قصر الشوق، ص.297)

译文：十二月的一天晚上，公馆披上了生活的新装。

ما أحب هذا الطريق الذي يسهر الليالي سامرا الى قلبها، أنه الصديق الغافل عن القلب الذي يحبه من وراء خصاص، معالمه ملء نفسها، سماره أصوات حية تعيش في مسامعها.(قصر الشوق، ص.7)

译文：这条夜夜伴她谈心的路多么可爱，不过它是位粗心的朋友，忽略了在缝隙后那颗喜爱它的心。她心中全是马路的样子，马路上的夜谈是生活在她耳畔的鲜活声音。

明喻和暗喻这两种语言结构孰优孰劣？亚里士多德认为明喻是一种仅仅通过描述方式来显示区别的隐喻，通过对比喻项的表达分散了其活力；暗喻在主词与谓词的简单对接中包含着启发人的机会和探求的冲动，比明喻更凝练、简洁，它使人感到惊奇并且迅速发挥启迪作用。[1]

笔者认同亚里士多德认为暗喻比明喻更凝练、简洁的观点，但不完全同意其认为明喻通过对比喻项的表达分散了活力，而暗喻使人感到惊奇并且迅速发挥启迪作用的绝对看法。诚然，明喻中比喻工具词的出现会明确提醒读者句中含有隐喻，但明喻和暗喻带给人的惊奇感和启迪不完全通过有无比喻词的语言结构方式决定，也通过本、喻体之间有张力的相似性和隐喻本身留给读者的思考、想象空间决定。

"漂亮的姑娘像鲜花一样"和"漂亮的姑娘是朵鲜花"，一明一暗两个句子，由于人们对其本、喻体之间的联系太过熟悉，语言构建方式的差异并不能决定其优劣。"漂亮的姑娘像一支愉悦的乐曲"和"漂亮的姑娘是朵鲜花"，这一明

---

① 参见［法国］保罗·利科著，汪家堂译，《活的隐喻》，上海译文出版社，2004年，第31、44页。

一暗两个句子，前者给人以更多的惊奇感，因为"姑娘"和"音乐"比"姑娘"和"鲜花"之间的张力更大，带给人们的陌生、新奇感更多。"漂亮的姑娘像一支乐曲"和"漂亮的姑娘是一支乐曲，给人带来愉悦的享受"，还是一明一暗两个句子，明喻句比暗喻句留给读者的思考空间更多，暗喻句解释了"姑娘"和"乐曲"之间的相似性是给人愉悦的享受，明喻句只是把"姑娘"和"乐曲"联系起来，并未给出两者之间进行映射的相似性，给了读者思考和想象的空间，在缺少上下文语境，或虽有语境但指示不明的情况下，可以有多种解读，比如"漂亮的姑娘像一支乐曲，听得多了也就厌了""漂亮的姑娘是一支乐曲，要是改动了任何一个音符，就不再是原来那首曲子了"等等。

所以笔者认为不能对马哈福兹小说语言隐喻中的明喻和暗喻做水平高低的区分，但可以通过对语料的统计知道其在这两种语言结构中更倾向哪种构建方式。在《宫间街》《我们街区的孩子们》和《平民史诗》中出现的 1932 个非规约性隐喻中，使用明喻的有 595 处，其中"ك"和"مثل"两类工具词使用最多，"ك"一类的工具词 482 处（"ك" 282 处、"كما"78 处、"كأن"86 处、"كأنما"36 处），"مثل"一类的工具词 102 处（"مثل" 101 处、"مثلما"1 处，"أشبه / يشبه"11 处）①。通过对马哈福兹小说隐喻中明喻和暗喻数量的考察可以发现，马哈福兹对两种隐喻结构都有所使用，暗喻多于明喻，明喻中使用的比喻工具词较为丰富。

3.1.2 对喻体结构的考察

马哈福兹小说隐喻中构建喻体的语言结构可根据语法单位划分为单词、短语和句子结构。

3.1.2.1 用单词构建喻体

马哈福兹小说语言隐喻中单词作喻体有三种情况：动词、名词、形容词②。

动词构建喻体，是用描述喻体特征的动词指明喻体的方式。比如：

---

① 数据为笔者个人统计结果，难免存在疏漏。
② 汉语语法中的形容词和名词在阿拉伯语语法中同属于名词范畴，为便于本文的分析，将阿拉伯语中形容词性的名词作为形容词进行分析。

رقص قلب جبل فرحا.(أولاد حارتنا، ص. 158)

译文：杰拜勒的心高兴地起舞（欣喜若狂）。

句中本体是 "قلب جبل（杰拜勒的心）"，动词 "رقص（跳舞）" 描述的是喻体 "人" 的动作特征。

形容词构建喻体，是用描述喻体特征的形容词指明喻体的方式。比如：

استسلم أدهم إلى تيار أفكاره الوردية.(أولاد حارتنا، ص. 21)

译文：艾德海姆听任自己沉静在玫瑰般的思潮中。

句中本体是 "أفكاره（他的思想）"，形容词 "الوردية（玫瑰般的）" 描述的是喻体 "玫瑰" 的属性特征。

名词构建喻体，是用描述喻体的名词指明喻体的方式。比如：

لسانها سوط، وحبها نار.(قصر الشوق، ص. 102)

译文：她的舌头是鞭子，她的爱情是烈火。

句中本体是 "لسانها（她的舌头）" 和 "حبها（她的爱情）"，名词 "سوط（鞭子）"、"نار（烈火）" 为喻体。

用单词构建喻体的三种形式中，喻体的清晰程度为名词隐喻＞形容词隐喻＞动词隐喻，名词隐喻是直接隐喻，形容词隐喻和动词隐喻是间接隐喻。比如：

الأشرار معلمون قساة وصادقون.(ملحمة الحرافيش، ص.18)

在这个名词隐喻中，本体是 "الأشرار（坏事）"，喻体是 "معلمون（教员）"，清晰明了。下面两个形容词隐喻中的喻体就未直接出现：

الكراسة النائمة(قصر الشوق، ص. 74)

مشيته المتثائبة(قصر الشوق، ص.5)

形容词 "النائمة（睡着的）" 和 "المتثائبة（瞌睡的）" 并不是直接的喻体，它们所描述的是人的状态特征，此处真正的喻体是 "人"。下面两个动词隐喻也是如此：

قلبي جريح وان ضحك!(قصر الشوق، ص.15)

ماذا فعل الزمان بها؟(ملحمة الحرافيش، ص.229)

通过 "ضحك（笑）" 和 "فعل（做、干）" 这两个动词，将人的动作映射到非人概念之上，于是心会 "笑"，时间会 "做事情"。

形容词隐喻和动词隐喻都是间接隐喻，之所以提出在喻体的清晰程度上形容词隐喻＞动词隐喻，是因为马哈福兹小说中的形容词隐喻有使用喻体根字母派生名词的现象，这时喻体是完全凸显出来的。比如：

فضحكت ضحكة كشفت عن أسنانها اللؤلؤية.(أولاد حارتنا،ص.266)

本体是"أسنانها（她的牙齿）"，形容词"اللؤلؤية（珍珠般的）"是名词"لؤلؤ（珍珠）"派生的从属名词，通过它，喻体为"لؤلؤ（珍珠）"是一目了然的。

马哈福兹还通过添加附加成分等方式来丰富单词喻体的内容，使本、喻体之间的相似性更加明确。比如增加定语成分：

تسلل الذبول إلى الوردة الناضرة مثل عدو ماكر خسيس خائن.(ملحمة الحرافيش، ص.400)

译文： 枯萎凋谢就像狡猾、卑劣、背叛的敌人，悄悄地渗进这朵鲜艳的玫瑰花。

كنت كالخطيب الذي هم بفتح فيه فانهال عليه الحصى من جمهور المستمعين.(قصر الشوق، ص.245)

译文： 我就像一个演讲的人，刚要开口就遭到了听众投来的乱石。

3.1.2.2 短语结构构建喻体

马哈福兹用短语结构构建喻体主要有三种形式：正偏组合、介词短语和比较结构。

正偏组合的第一种情况是"正次（喻体）＋偏次（本体）"，即"偏次像（是）正次"，把正次的特征直接映射于偏次之上，正次是喻体，偏次是本体。比如：

في هاوية اليأس والحزن(ملحمة الحرافيش، ص.438)

译文： 在失望和悲伤的深谷里。

正偏组合表示的隐喻关系是"اليأس والحزن كالهاوية"，正次"هاوية（深谷）"是本体，偏次"اليأس والحزن（失望和悲伤）"是喻体，两者的相似之处在于深不见底，一旦跌入就粉身碎骨。

正偏组合的第二种情况是正次描述喻体特征，偏次是本体，喻体未直接出现，正次并非真正喻体。比如：

كانت تصغي إليه وشرر الغضب يتطاير من حدقتيها.(قصر الشوق، ص.290)

译文： 她仔细倾听他的话，一双眸子里飞出恼怒的火星。

句中的隐喻是通过"شرر الغضب（恼怒的火星）"这个正偏组合构建的，偏

次 "الغضب（恼怒）" 是本体，但喻体并不是正次 "شرر（火星）"，不是把 "火星"
映射到 "恼怒" 之上，而是把 "火" 映射到 "恼怒" 之上，"恼怒" 才会像 "火"
一样有 "火星"。正偏组合中没有直接出现喻体，但通过正次 "火星" 可以知道
是 "恼怒" 隐喻为了 "火"。

正偏组合的第三种情况是正偏组合描述事件意义，整个做喻体，其正次和
偏次之间没有本、喻体的关系。比如：

لا تحزن فالقتل في حارتنا مثل أكل الدوم.(أولاد حارتنا، ص.140)

译文：你不用难过，在我们街区杀人跟吃棕榈果差不多。

句中本体是 "القتل（杀人）"，喻体 "أكل الدوم（吃棕榈果）" 是以动词词根作
正次，宾语作偏次的正偏组合，表示事件意义，整个正偏组合作 "杀人" 的喻
体，杀人就像吃棕榈果一样，两者之间的相似之处在于它们都是普通寻常的事
情。

正偏组合的第四种情况是正次表示本、喻体之间的相似性，偏次为喻体。
比如：

يا للشباب الذي ينطوي بسرعة البرق.(قصر الشوق، ص.369)

译文：青春啊，闪电般迅速消逝。

句中的正偏组合 "سرعة البرق（闪电的速度）"，偏次 "البرق（闪电）" 是喻体，
正次 "سرعة（速度）" 表明 "闪电" 和本体 "الشباب（青春）" 之间的相似性是流
逝的速度。

介词短语结构是用介词分隔本体和喻体，结构是 "喻体+介词+本体"，常
用介词主要有 "من" 和 "ب"。比如：

فاجتاحه تيار سماوي من الأفراح أخرسه.(ملحمة الحرافيش، ص.397)

译文：从天而降的欢乐浪潮淹没了他，令他说不出话来。

انقشعت السحابة المثقلة بالحقد والمرارة والندم. (ملحمة الحرافيش، ص.530)

译文：满载仇恨、苦涩、懊悔的沉重乌云消散了。

第一个例句把 "الأفراح（欢乐）" 隐喻为 "تيار سماوي（从天而降的浪潮）"，
喻体是位于介词 "من" 之前的 "تيار سماوي"，本体是位于 "من" 之后的 "الأفراح"。
第二个例句一样，介词 "ب" 之前是喻体 "السحابة المثقلة（沉重的乌云）"，之后是

本体 "الحقد والمرارة والندم（仇恨、苦涩、懊悔）"。

比较结构是用比较级名词表现喻体的一种形式，用 "甲比乙更……" 的语言结构来把 "甲" 隐喻为 "乙"，在比较结构中，多为本体位于比较名词之前，喻体位于比较名词之后。比如：

أن هذه المخلوقة الجميلة ألذ من أنغام عودها.(قصر الشوق، ص. 102)

译文： 这位美人比她的琵琶曲更动人。

كذلك ألذ من الشهد يا نور الظلام! (قصر الشوق، ص. 62)

译文： 你这照亮黑暗的光，那样会比蜜还甜。

上面两个例句把 "姑娘" 和 "琵琶曲" "蜜" 相比较，姑娘比琵琶曲和蜜还要甜美，内含了隐喻 "姑娘像琵琶曲（蜜）一样甜美"，两者既然能够进行比较，就说明它们之间有相似的基础，只是比较的结果是姑娘比 "琵琶曲" 和 "蜜" 还要美。下面这个例句也是一样，只是本、喻体的位置正好相反：

إنه القلب الخائن، أن نزع عظامك من لحمك أهون من هجر هذه العوادة.(قصر الشوق، ص.285)

译文： 这是颗叛逆的心，将你的骨头从肉体里剥出比放弃这个女琵琶手要容易。

"（放弃这个女琵琶手）هجر هذه العوادة" 是本体，"（把你的نزع عظامك من لحمك骨头从肉体里剥出）" 是喻体，其中有 "放弃女琵琶手就像要把你的骨头从肉体里剥出一样" 的隐喻。

3.1.2.3 句子构建喻体

马哈福兹选择句子构建喻体的情况通常在事件隐喻中出现。用句子作喻体有两种情况，第一种是喻体中出现与本体相同的语言结构。比如：

تتطور الأشياء بالمناسبات كما تتطور الألفاظ بما تستجد من معان جديدة.(قصر الشوق، ص.297)

译文： 事物由于各种原因有所发展，就像词汇由于意义的更新而发展。

这个隐喻句中本、喻体之间的相同结构是 "تتطور الشيء بالشيء"，句子已有比喻工具词表明前后两句话的隐喻关系，但本、喻体在结构上的完全一致，从语言层面进一步加强了两者间的相似性。

句子作喻体的第二种情况是本、喻体之间没有相同的语言结构。比如：

ولكنها ارتطمت في النهاية بذاك الهدوء الحكيم كما تنتهي مياه الشلال المتدفقة الراغبة المزبدة في النهر

الرصين.(أولاد حارتنا، ص. 30)

译文：但是日子最终又回到明智的平静，就像奔腾的、泛着白沫的瀑布最后流进平静的河流之中一样。

通过上述分析，可以看出马哈福兹在构建喻体时采用的语言结构是丰富多样的，用动词、形容词、名词、正偏组合、介词短语、比较结构、句子等多种方式作喻体，其中有直接表现喻体的语言结构，也有间接表现的方式。

3.1.3 对相似点的考察

本、喻体之间的相似性是构建隐喻的基础，但并不是说相似性一定会作为语言结构在隐喻句中出现。马哈福兹小说语言隐喻中有相似点出现和不出现两种情况，这里的出现与不出现是指以语言结构的方式，并不是说不以语言结构出现相似点的隐喻句中的本、喻体之间就没有相似性，这时的相似点是隐性存在的。

在隐喻句中以语言结构出现的相似点是显性的，即有明确指示本、喻体相似之处的语词。比如：

بدا وجه عرفة الذي لم يذق طعم النوم منذ ارتكب جريمته كوجه ميت.(أولاد حارتنا، ص. 501)

译文：自犯下那次罪过之后，阿尔法那不知睡觉滋味的脸，就像死人的脸。

ولكنه بدا لي شخصا ليس كمثله أحد في حارتنا ولا في الناس جميعا، طويلا عريضا كأنه جبل.(أولاد حارتنا، ص. 176)

译文：可是在我看来他不像我们街区里的任何人，跟别的所有人都不一样。他身材魁梧，像山一样。

第一个例句本体 "النوم（睡觉）" 和（间接）喻体 "طعم（滋味）" 之间的相似点用 "يذوق（品尝）" 指明，睡觉像食物一样可以品尝；第二个例句本体"هو（他）" 和喻体 "جبل（山）" 之间的相似点是 "طويل وعريض（魁梧）"。

隐性相似点不以语言结构的形式直接出现在隐喻句中。比如：

الحقيقة نور.(قصر الشوق، ص.308)

译文：真理是光。

الصديق العائد بعد غيبة طويلة هو أفصح مرآة للانسان.(قصر الشوق، ص. 77)

译文：久别归来的朋友是面最真实的镜子。

第一个例句的本体是 "الحقيقة（真理）"，喻体是 "نور（光）"，句中没有第三个词指示出本、喻体之间的相似点，此时相似点是隐藏的，真理和光都发出光芒，照耀世界，这就是两者的相似之处。第二个例句的本体是 "الصديق العائد بعد غيبة طويلة（久别归来的朋友）"，喻体是 "أفصح مرآة للانسان（最真实的镜子）"，隐性的相似之处是久别归来的朋友可以像最真实的镜子一样照出自己的变化。

从上面两组例句可以看出，显性相似点作为构成隐喻句的一个语言要素存在，隐性相似点在隐喻句中不以语言的形式出现，而以思想的形式出现。马哈福兹在其小说隐喻的语言构建中，两种形式的相似点都是存在的。当然，有相似点出现的隐喻相较于相似点不出现的隐喻在读者解读隐喻句的过程中发挥的作用是不同的，这一点将在第四章中论及。

3.1.4 对马哈福兹小说隐喻语言结构的综合考察

上文对马哈福兹小说语言中的隐喻分别从明喻和暗喻，构建喻体的语言结构，相似点的显性和隐性三个方面进行了考察，发现其构建隐喻的语言结构是多元化的：明喻、暗喻，动词、名词、形容词、正偏组合、介词短语、比较结构、句子作喻体，有显性相似点和隐性相似点，说明马哈福兹并不拘泥于某种语言结构，而是使用多元化语言结构构建隐喻。

由于上文所举例句都是零星分布在马哈福兹小说语言中的，在这里，有必要对马哈福兹小说语言中连续出现隐喻时所使用的语言结构进行分析，看是否也符合多元化语言结构的结论。

كانت هالة شعرها الأسود تحدق بقذالها وعارضيها وتنوس بحركة مشيتها نوسانا تموجيا①، أما أسلاك قصتها الحريرية ②فاستكنت على الجبين كأسنان المشط③، وفي وسط هذه الهالة بدا الوجه البدري④ في طابع من الحسن أنيق ملائكي⑤ كأنه سفير سام لدولة الأحلام السعيدة⑥. تسمر⑦ في موضعه تحت تأثير التيار المغناطيسي⑧، على حال بين اليقظة والنوم، ولم يبق من الدنيا في وعيه إلا عاطفة امتنان وجيشة وجدان، وجعلت هي تقترب في خفة وتبخر كأنها نغمة حلوة مجسمة⑨ حتى سطعه من أعطافها عبير باريسي. (قصر الشوق، ص.169)

译文：一头乌黑的秀发环绕着后脑勺，散垂到两颊，随着轻盈的步伐，波浪起伏般摆动。丝绸般的刘海一根根垂在额前，像梳齿般整齐。一圈黑发的中间是一张圆月般的面孔，姣好美艳，天使般优雅，就像是造访幸福梦想之国的高贵使节。在磁力的作用下，他像钉子似的钉在了原地。他似梦似醒，在他的意识里，整个世界都不复存在，只剩下感激、激动和爱慕。她步伐轻盈地走来，犹如一首美妙的曲子，他还闻到了她身上浓郁的巴黎香水味儿。

上面一段话由共约 80 个单词的两个句子构成，其中的非规约性隐喻多达 9 处，其中，明喻 3 个（③、⑥、⑨），暗喻 6 个（①、②、④、⑤、⑦、⑧）；形容词隐喻 4 个（①、②、④、⑤），名词隐喻 3 个（①、⑧、⑨），动词隐喻 1 个（⑦），短语隐喻 1 个（③），句子隐喻 1 个（④），在 "تسمر" 这个隐喻中，仅一个单词就内含了本体 "他"，喻体 "钉子"，相似点 "钉钉子"，反映了马哈福兹用多元化语言结构构建隐喻的特点。

为什么马哈福兹小说语言隐喻的语言结构会呈现多元化特点？其中有客观和主观原因。客观原因在于马哈福兹使用的语言——阿拉伯语本身的特点，阿拉伯语本身具有的多种语言结构赋予了马哈福兹充分发挥它们去构建隐喻的空间。

如果摆在画家面前的只有黑白两种色彩，是无法作出一幅彩色画的，但当很多色彩同时摆在画家面前时，画面色调是单一还是多样就在于其选择了。马哈福兹在拥有多种语言结构的阿拉伯语中选择了用多元化方式构建隐喻，从主观上说，是受到了他本人多样化思维特点的影响。语言和思维就像一张纸的正反两面，思维影响语言。马哈福兹 "习惯于对问题做多角度综合思考，由此及彼、由内而外"[1]，这种思维方式在语言上的映射就是隐喻的多元化语言构建方式。

由于 "马哈福兹逃避谈论自己的私人生活，经常将话题转向谈论文化和文学，他认为私人生活属于秘密的半禁区，他和别人都不能在里面涉足太多"[2]，笔者尚未找到马哈福兹谈论自己多元化思维方式的直接例证，但 "马哈福兹一直不断发展其文学，不在某一学派上僵化不前，也不驻足于某一种固定的艺术形式"[3]，他在文学创作上经历了历史小说、现实小说、象征小说、诗性小说的发展，马哈福兹不拘泥于某种艺术形式，不断变化其文学风格，也是他求新、求变，多样化思维方式的一种体现。一位在文学形式上不断发展的作家在其隐

---

① 谢杨著，《马哈福兹小说语言风格研究》，外语教学与研究出版社，2008 年，第 54 页。
② عبد المحسن طه بدر، الرؤية والأداة نجيب محفوظ، دار المعارف، عام 1984، ص.66.
③ رجاء النقاش، في حب نجيب محفوظ، دار الشروق، القاهرة، عام1995، ص.254.

喻的语言结构上自然不会满足于单一的调子，而是用多种语言结构构建隐喻，让文学作品中的隐喻仅从语言形式上就富有变化。

从马哈福兹用多元化语言结构构建隐喻的特点中可以窥探出他多样性的思维特点和其求新、求变的心理需求。当然，这种多元化的语言结构也会反过来加深作家的多样化思维认知方式。

3.2 本、喻体对应关系多样化

马哈福兹多样化的思维认知方式不仅体现在其构建隐喻的多元化语言结构中，也体现在隐喻的本、喻体对应关系多样化中。假设有"甲、乙、丙、丁"四个喻体，有"A、B、C、D"四个本体，如果认为仅有"甲→A、乙→B、丙→C、丁→D"这样单一的映射方式，那么本、喻体之间就是单一对应关系，如果认为可以有"甲→A、B、C、D，乙→A、B、C、D，丙→A、B、C、D，丁→A、B、C、D"的多种映射方式，那么本、喻体之间就属于多样化的对应关系。马哈福兹在其小说语言隐喻中多有用不同喻体映射同一本体和用同一喻体映射不同本体的现象，很好地反映了其隐喻中本、喻体对应关系多样化的特点。

3.2.1 善用不同喻体映射同一本体

马哈福兹善于选择不同的喻体对同一本体进行映射。下面以"سعادة（幸福）"为例，幸福是心理欲望得到满足时的状态，科学语言可以定义幸福，却无法确切表达自己的幸福和感知他人的幸福。对于"幸福"这个抽象概念，马哈福兹用了不同喻体来构建隐喻。比如：

طفا قلبه فوق موجة من السعادة.(قصر الشوق، ص.243)

译文：他的心漂浮在幸福的波涛之上。

أما السعادة العمياء التى تضيء وجوه الطائفين من حوله فقد نبذها غير آسف.(قصر الشوق، ص.392)

译文：至于让周围拜谒者容光焕发的盲目幸福，早已被他毫不遗憾地摒弃了。

منتهي بيع الملابس والسعادة للناس.(ملحمة الحرافيش، ص.109)

译文：我的职业是卖衣服和幸福给大家。

لعله بسببها لم يذق للسعادة طعما.(ملحمة الحرافيش، ص.192)

译文：也许正是她的缘故，他才没尝到幸福的滋味。

امتلأت بنفحة سعادة وخيلاء.(ملحمة الحرافيش، ص.347)

译文：她的心中充满了幸福和骄傲的芳香。

يزدهيك علو فوق الحياة والأحياء، ويصل أسبابك بالسموات جسر مفروش بورود السعادة.(قصر الشوق، ص.21)

译文：一种超过生活和生命的东西使你傲气十足，你通过一条铺满幸福玫瑰的桥梁直上云霄。

واصل ضياء وعاشور حياتهما اليومية وقد انطفأت في نفسيهما جذوة الإبداع والسعادة.(ملحمة الحرافيش، ص.540)

译文：兑亚、阿舒尔继续他们每天的生活，他们心中创造、幸福的红火炭已经熄灭了。

　　同样的"幸福"，马哈福兹用"波涛""光""商品""食物""有香气的东西""玫瑰花""红火炭"这些各不相同的喻体对其映射。

　　除了"幸福"之外，马哈福兹小说语言隐喻中还有大量用不同喻体映射同一本体的现象。由于篇幅所限，下面仅以喻体和本体的形式再举几例①：

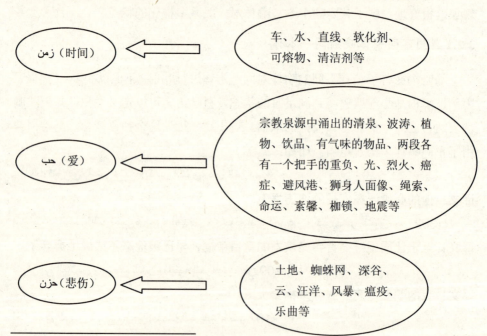

①　三组隐喻的具体例句见附表10:《不同喻体映射至"时间""爱""悲伤"的隐喻举例》。

马哈福兹对相同本体可以寻找出不同喻体对其映射，类似的例子还有很多，在此不再赘述。

3.2.2 善用同一喻体映射不同本体

与不同喻体映射同一本体相对应，马哈福兹小说语言隐喻中也有大量用同一喻体映射不同本体的现象。

以"السحب（云）"这个喻体为例，马哈福兹在小说语言中将它向不同本体进行映射。比如：

وبعث في أغصان الأشجار الهائلة المتشابكة حركة وانية ند عنها هسيس كالهمس، وكانت تبدو في الظلام كالكثبان أو السحب الجون.(قصر الشوق، ص.286)

译文： 高大交错的树木枝条随风起舞，低语般的沙沙作响，在黑暗中俨如一座座沙丘，又像一朵朵乌云。

لكن خاطرا خطر فأظلت على قلبه سحابة من الكدر.(قصر الشوق، ص.244)

译文： 可一个念头袭来，使他心头遮上了一片愁云。

تبدى الغضب في وجه جبل كالسحاب المظلم.(أولاد حارتنا، ص. 177)

译文： 杰拜勒怒不可遏，满脸乌云。

هامت في صدره الهواجس مثل السحائب في اليوم المطير.(ملحمة الحرافيش، ص.106)

译文： 各种愁绪就像下雨天的阴霾在他心中徘徊。

相同的喻体是"云"，本体却不尽相同。第一个例句把树木在黑暗中随风飘舞的形态隐喻为云，是形状相似；第二个例句把抑郁不快隐喻为云，抑郁不快的感觉和云笼罩时给人的压抑感觉相同；第三个例句把杰拜勒的脸色隐喻为乌云，不仅与人生气时脸色发黑有颜色上的相似，而且还预示了之后可能来临的狂风暴雨；第四个例句用雨天的阴霾隐喻心中各种感情，雨天的阴霾让人压抑胸闷，心中的感情给人的感受亦是如此。

用同一喻体向不同本体映射的情况在马哈福兹小说语言隐喻中还有很多。比如：

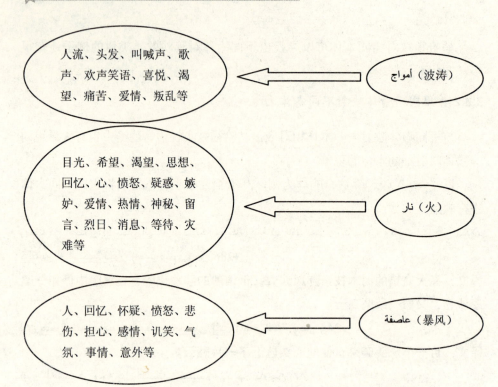

上面三组隐喻的具体例句可以参见本文附表1、2、4中相关句子，关于马哈福兹用同一喻体映射不同本体的更多例句可见本书附表1—8。

3.2.3 马哈福兹联想丰富、观察细致全面的认知特点

通过对马哈福兹小说语言隐喻中存在大量用不同喻体映射同一本体，用同一喻体映射不同本体的特点归纳，可以佐证第一节中提出的马哈福兹具有多样化思维方式的观点，并且进一步揭示马哈福兹在认知上具有联想丰富、观察细致的特点。

马哈福兹善于用不同喻体映射同一本体，用同一喻体映射不同本体，从客观上说是因为世界万物之间本身就具有某种联系，要是没有这种联系，隐喻就无法产生。人们从主观上把世界万物有机地联系在一起来认知事物、表达体验，隐喻才得以构建。"简言之，物质世界和精神世界彼此之间的诸种联系或内外在

不同方面的相似性，是隐喻产生的条件。"① 人们面对的世界相同，面对的诸种联系和不同的相似性也相同，但不是每个人都可以在诸多事物之间建立多对一和一对多的联系，这取决于一个人的联想能力。联想范围是丰富还是狭隘直接影响着作家对隐喻的构建。可以想象一个只会把美女和鲜花联系在一起的作家，会令读者感到多么乏味和生厌，而一个联想丰富，在世界万物之间天马行空自由游弋的作家，又可以创造出多少令人惊叹的隐喻！马哈福兹就是后者。

从马哈福兹小说语言隐喻中存在大量用不同喻体对同一本体进行映射和用同一喻体对不同本体进行映射的现象，可以看出他联想丰富的思维特点。为什么马哈福兹拥有如此丰富的联想？这与他对事物的细致、全面观察是密不可分的。

同一事物往往具有不同属性，人们在认识该事物时，如果只能认识到其中一种属性，那就只能基于该属性构建同一类型的隐喻。马哈福兹对喻体观察细致，认识全面，所以才能做到采用同一事物的多种特征来构建不同的隐喻。如果一个人对于花的认识仅限于它的美丽，那么无论本体为何，所构建隐喻的本、喻体之间的相似之处就只是两者都同样美丽。但因为马哈福兹对事物的观察细致入微，在他的小说语言中就有了用花的芬芳去隐喻人的魔力，用树枝上凋谢的鲜花隐喻苍白的微笑来表达：

وما شئت من سحر يكتنفك مزريا بكل وصف مسكرا كعرف الفل والياسمين.(قصر الشوق، ص. 19)

فانفرجت شفتاها الشاحبتان عن ابتسامة كالزهرة الذابلة في عود ناضب.(أولاد حارتنا، ص. 392)

对"花"的各种性状观察得越充分，得到的认识越完整，能构建出的隐喻也就越多。通过马哈福兹用同一喻体映射不同本体的隐喻可以清晰地看到他对于事物观察细致，认识全面的特点。比如：

ها هو الشيخ متولي نفسه كالحديد رغم الثمانين!(قصر الشوق، ص.8)

译文： 这就是穆泰瓦里谢赫，虽然八十岁了，身体却像铁打的一样！

وتبدل قدري حالا بعد حال، فزايله الغضب، وتركه جديدا باردا بعد انصهار، وركبه الخوف.(أولاد حارتنا، ص. 95)

译文： 盖德里神色大变，怒气消失了，像一块淬过火的冷铁，充满恐惧。

---

① 王文斌著，《隐喻的认知构建与解读》，上海外语教育出版社，2007年，第98-99页。

两个句子有相同的喻体"الحديد（铁）"，本体都是人，但两个句子在喻体向本体映射时选取的相似点完全不同。第一个例句中"الشيخ متولي（穆泰瓦里谢赫）"和"الحديد（铁）"的相似之处在于铁是坚硬的，穆泰瓦里谢赫身体健壮，像铁一样硬朗。第二个例句中"قدري（盖德里）"和"الحديد（铁）"的相似之处在于温度，盖德里刚开始怒气冲天，熊熊烈火在他体内燃烧，突然之间怒火消失了，人冷静下来，这个过程就像把铁淬火一样，先把铁加热到临界温度，再快速冷却，这两个如此相似的过程使这个隐喻贴切形象。如果马哈福兹对于"铁"的认识仅局限于其是坚硬的，是无法构建出第二个隐喻的。又如：

لعل القضاة أعجبوا بعملقته، وبصورة الأسد المرسومة في صفحة وجهه.(ملحمة الحرافيش، ص.80)

译文： 也许法官们欣赏他的魁梧和狮子般的面庞。

هنا ترامي إليهم صوت إدريس كالهدير وهو يلعن ويسب.(أولاد حارتنا، ص. 89)

译文： 远处伊德里斯狮吼般的诅咒和辱骂声向他们传来。

مضى نحو الدار مثل أسد جريح.(ملحمة الحرافيش، ص.165)

译文： 他像一头受了伤的狮子朝家走去。

هم بأن يلطمها ولكنها تحفزت للرد مثل لبؤة غاضبة.(ملحمة الحرافيش، ص.308)

译文： 他想搧她一个耳光，但她像头发怒的母狮准备回击。

كانوا يتجنبونه خوفا أو إيثارا للسلامة، الآن يحدقون به آمنين كما يحدق المشاهدون بالأسد في حديقة الحيوان.(ملحمة الحرافيش، ص. 151)

译文： 他们过去出于害怕或选择安全而躲着他，现在像动物园里观赏狮子的观众一样，放心地围着他。

上面一组例句的喻体虽然都是狮子，却是用狮子的不同特点作为相似点进行映射。第一个例句中是脸庞长相相似；第二个例句是声音相似；第三个例句是人垂头丧气时犹如受伤的狮子雄风不再；第四个例句是人盛怒时犹如狮子雷霆万钧；最后一个例句是人就像关在动物园里的狮子，失去野性，变得驯服了。马哈福兹能够选择不同的相似点构建隐喻，就在于其对狮子特性的全面把握。

笔者通过马哈福兹小说语言隐喻中本、喻体之间多样化的对应特点得出马哈福兹在认知上联想丰富，观察细致、全面的特点是否与实际相符呢？

马哈福兹回忆说，"在我的童年，我亲眼'看见'他们是如何席卷和占领杰玛利亚地区的,我和你说过,我家天台上有个房间,里面有扇窗户可以俯瞰广场,从那里我看到了整个游行"① "我母亲喜欢养家禽,我也很喜欢它们,我和小鸡、兔子们在天台上度过了最开心的时光。有一次,母亲买了一群小鸡,我就在天台上仔细观察它们,一只一只地把它们抓起来"②,这从一个侧面反映出马哈福兹是一个从小就善于观察的人。除了他主观上爱观察,笔者认为他作为家里最小的孩子,哥哥姐姐和他的年纪相差很大,平日里无人和他一起玩耍是一个客观原因,因为这样一来,他大部分时间是自己一个人,家庭环境客观上给了他观察世界的时间和空间。

马哈福兹还谈到过:"(我的父亲)能把家中的各种事情和国家大事放在一起谈论,我们日常生活中每一件琐碎的小事,他都可以和国家大事联系在一起。"③笔者猜想父亲这种把国家大事和生活琐事联系在一起的习惯对于幼小的马哈福兹在认知上是有影响的,马哈福兹从小在这样的环境中成长,耳濡目染也会习惯于在不同的事物之间建立联系。

长大后,马哈福兹喜欢去侯赛因地区的费莎维咖啡馆,在那里继续他的观察和联想。他说"在费莎维咖啡馆的夜谈是我生活中最有趣的时光,晚上,那里汇集了各种各样的人,……当我在这个地区坐下来的时候,我的小说就像是一些活生生的想法在我的脑子里转动,当我吸水烟的时候,我觉得总是和特定的地方和特定的事情联系在一起,这种联系是感情和感觉的出发点。"④

当然,马哈福兹联想丰富,观察细致、全面的认知方式不仅体现在其小说语言隐喻本、喻体之间多样化的对应关系中,在其他特点中也有突出的反映。

3.3 表达生动形象

言之无文,行而不远,隐喻是使语言表达生动形象的一种方式,却不是人们一使用隐喻就一定能达到令语言生动形象的效果。马哈福兹这位隐喻大师做到了,他小说语言中的隐喻生动形象。之所以形成这样的特点,笔者认为主要

① جمال الغيطاني، نجيب محفوظ يتذكر، دار المسيرة، عام 1980، ص.11.
② إبراهيم عبد العزيز، أنا نجيب محفوظ سيرة ذاتية، الهيئة المصرية العامة للكتاب، عام 2006، ص.18-19.
③ جمال الغيطاني، نجيب محفوظ يتذكر، دار المسيرة، عام 1980، ص.14.
④ جمال الغيطاني، نجيب محفوظ يتذكر، دار المسيرة، عام 1980، ص.20.

是马哈福兹选择了生活化的喻体，选择了有张力的喻体，能够准确把握本体和喻体之间的相似性，并且善于用隐喻强化小说人物的个性。

3.3.1 选择生活化的喻体

马哈福兹在隐喻中使用的喻体基本上来源于自然界和日常生活中的常见物品和常见事件，并非阳春白雪、曲高和寡的事物，由于隐喻中的喻体都是人们熟悉的事物和场景，读者理解起来也就更加容易。这是马哈福兹小说语言隐喻能够产生生动形象效果的第一个要素。下面是马哈福兹小说语言隐喻中单一概念隐喻和事件隐喻常用喻体的简略图表[①]：

单一概念隐喻常用喻体

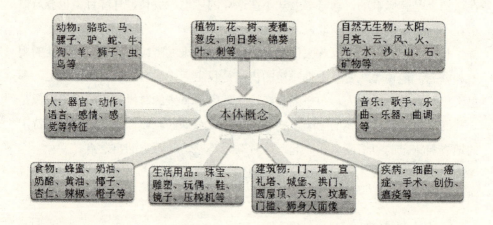

---

① 相关具体例句参见附表 1-9。

事件隐喻常用喻体

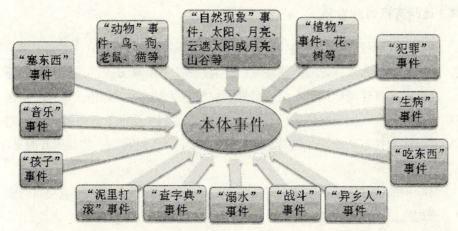

通过对马哈福兹小说语言隐喻的喻体分析可以发现，这些喻体基本都是人们常见的事物和生活中常经历的事件，十分富有生活气息。在此仅举两例说明：

بدا لأول مرة أن مأمورا يضع نفسه في كفة ميزان واحد مع فتوة مخاطرا بهيبته المزركشة!(ملحمة الحرافيش، ص.360).

译文：一位警察局长把自己放在天平的一个秤盘上，用自己被装饰的威严与一个头领抗衡，看来还是第一次！

إلا أن غضب الفتى كان أعمق من أن يتبخر بنفخة واحدة، فوقع منه موقع قدح بارد من إبريق بالماء المغلي.(بين القصرين، ص.110-116)

译文：但是，这年轻人的怒气远不是能一下子烟消云散的，父亲对他说的话，犹如一杯冷水倒在一壶开水里。

两个例句中涉及的喻体"把东西放在秤盘上称重量"和"一杯冷水倒在了一壶开水里"都是人们生活中常见、常有的生活体验，由于贴近人们的生活，所以达到了生动形象的效果，把警察局长想看看自己和头领到底谁能压过谁的心情表现得活灵活现；把父亲的话对于满肚子火的亚辛来说无济于事表达得淋漓尽致。

马哈福兹在隐喻中多选用生活化的喻体，也从一个侧面反映出他平实质朴的语言风格。《马哈福兹小说语言风格研究》一书在第一章就提出马哈福兹小说语言风格的主调有"质朴平易"的特点，这正好可以证明从作家的隐喻出发进行研究是可以得出其部分语言风格特点的。

3.3.2 选择有张力的喻体

诸如"老师像园丁，像妈妈，像蜡烛"这样的隐喻，喻体虽是生活中常见的，但由于喻体和本体之间的联系人们较为熟悉，所以无法产生生动形象的感觉。马哈福兹虽然同样选择生活中常见事物和事件作喻体，但由于他善于从常见事物中选择有张力的喻体来构建隐喻，往往能达到生动形象的效果。"由于把相距甚远的两件东西放在一起，必然产生巨大的张力。这种张力犹如张开的弓，是发射能量的源泉。"[①]

马哈福兹通过选择与本体不同范畴且看以"不相像"的喻体形成隐喻的张力，来达到生动形象效果。比如：

كل ما يحدث مألوف لا ينكره عرف ولا دين. والقشرة الصلبة تنطوي على سائل الرحمة العذب مثل جوزة الهند.(ملحمة الحرافيش، ص.248)

译文：发生的所有事情都是寻常事，不违背习俗和宗教，像椰子似的，坚硬的外壳里面包含的是甜美的汁水。

نبض قلبها بالعواصف المتناقضة مثل مشمشة حلوة النسيج مرة النواة.(ملحمة الحرافيش، ص.248)

译文：她的心怦怦直跳，两种矛盾的情感激烈交锋，如同肉甜核苦的杏一般。

上面两个例句把事情和感情分别隐喻为"椰子"和"杏"，喻体本身都是常见的事物，相对于本体来说，却是不常见的喻体，从人们的一般经验上看，事情和椰子、矛盾的情感和杏之间是完全不相干、没有相似性的两组事物，涉及人们主观上对完全不同范畴事物的认识，却被马哈福兹结合在一起使用。本体和喻体之间表面上看起来不相像的因素正是隐喻的张力，在这种张力下生动地揭示本、喻体之间存在的联系，正如亚里士多德所说"谜语的精华在于它在不可能结合的情况下能表达真正的事实"[②]。又如：

هكذا أخذ الكونياك يزغرد بلسانه الناري في معدتيهما فيرتفع زئبق النشوة في ترمومتر العروق.(قصر الشوق ص.263)

译文：就这样，白兰地在他俩胃里振舌欢呼，醉意的水银柱在他俩血管的温度

---

① 胡壮麟著，《认知隐喻学》，北京大学出版社，2004年，第44页。
② 转引自胡壮麟著，《认知隐喻学》，北京大学出版社，2004年，第98页。

计里不断升高。

上面例句中的本体是"醉意"和"血管"，喻体"水银柱"和"温度计"，用看上去相去甚远的本体和喻体来构建生动形象的隐喻，醉意在血管里不断升高，就像水银柱在温度计里不断升高一样，整个隐喻句显得张力十足。

对于马哈福兹小说语言隐喻中富有张力的喻体在此不再一一分析，选择与本体看似"不相像"的喻体是马哈福兹小说隐喻生动形象的一个技巧。

3.3.3 在同一隐喻句内使用多个喻体

马哈福兹往往在一个隐喻句内使用多个喻体，冲击读者的视觉和想象力。比如：

الخطوة الأولى دائما عيسرة، ولكن الخمرة مفتاح الفرح.(قصر الشوق، ص.335)

译文：第一步常常是困难的，不过酒是开心的钥匙。

句中的第一个隐喻是"الخمرة مفتاح الفرح（酒是开心的钥匙）"，本体是"الخمرة（酒）"，喻体是"مفتاح الفرح（开心的钥匙）"，酒和钥匙的相似之处在于可以通向欢乐。而"مفتاح الفرح（开心的钥匙）"又把"开心"隐喻为了"门（房间）"。又如：

لا أعني حرفيته، ولكن ما يرمز إليه الوالدان من تقاليد الماضي، فالأبوة على وجه العموم فرملة①، وما حاجتنا في مصر إلى الفرامل② ونحن نسير بأرجل مكبلة بالأغلال③!؟(السكرية، ص.909)

译文：我不是指它的字面意思，而是指父母象征着旧传统。总的来说，父权就像刹车，我们在埃及不需要刹车，我们本身就是带着脚镣在行走。

这个例句是艾哈迈德向舅舅凯马勒表达自己对于父权的看法。在仅仅约 30 个词的一个句子里，马哈福兹用了 3 个隐喻，首先把父权隐喻为刹车，"我们在埃及不需要刹车"暗含了"埃及是一部车"的隐喻，"我们本身就是带着脚镣在行走"中的脚镣隐喻的是旧有传统，三个隐喻互有交叉。

也有很多隐喻句中的多个隐喻都是针对同一本体。在第二节中分析过马哈福兹善用不同喻体映射同一本体的特点，此处仅将范围局限在同一隐喻句内进一步考察。比如：

الأرواح ترقص مثل الأطياف.(ملحمة الحرافيش، ص.216)

译文：灵魂像幻影般舞动。

句中的本体是"الأرواح（灵魂）"，用"ترقص（跳舞）"把灵魂进行人化隐喻，又用"الأطياف（幻影）"对其进行抽象化隐喻。又如：

خلافا للواقع- أنه توقف عن السير، وأن العالم من حوله صمت صمت القبور؛ كمثل السيارة التي تتوقف محركاتها عن الدفع فيخرس أزيزها ولكنها تسير بقوة القصور الذاتي في سكون شامل.(قصر الشوق ص. 93)

译文：事实并非如此——他自己已经停止了前进，周围的世界仿佛墓地一样死寂。就像汽车急刹车后，发动机停止了运转，不再发出声响，但车子凭着惯性在悄无声息地向前滑行一样。

句中的本体是周围世界的寂静，首先将其隐喻为像墓地一样死寂，再隐喻为汽车凭着惯性无声向前滑行，进一步加强对本体的描述。

马哈福兹通过在同一隐喻句中使用多个隐喻，尤其是对同一本体使用多个喻体，勾画出生动形象的多维画面。从这一点上可以看出马哈福兹善于从不同角度对同一事物进行认知，像在"الأرواح ترقص مثل الأطياف."这个隐喻句中表现出的那样，短短四个词语，将"灵魂"人化、抽象化，在"الخمرة مفتاح الفرح"中，三个词语就包含了两个隐喻，思维转化非常快。同一隐喻句中使用的多个隐喻令读者应接不暇，强有力地冲击了读者的视觉和神经。

3.3.4 准确把握本、喻体之间的相似性

马哈福兹对本、喻体之间的相似性把握准确，他善于在普通事物之间以独特的眼光发现本、喻体之间的相似性构建隐喻。

3.3.4.1 形似

形似主要强调本、喻体之间在外部形态上的相似性。比如：

رفعت عينيها إلى السقف حتى ترامى جيدها كالشمعدان الفضي.(ملحمة الحرافيش، ص.160)

译文：她抬起眼睛望着天花板，脖子伸得长长的好像银烛台。

这个句子虽短，只涉及一个物化隐喻，却十分生动形象。人们都有这样的生活体验，抬头看天花板时脖子会伸得很长，伸长的脖子是本体，银烛台是喻体，烛台的一个特征就是它的"脖子"很长，两者之间在"形"上是多么相似，由于对本、喻体之间的相似性特征把握到位，这个隐喻使人物动作栩栩如生。又如：

بدا المقهى المدفون كجوف حيوان من الحيوانات المنقرضة طمر تحت ركام التاريخ إلا رأسه الكبير؛ فقد تشبث
بسطح الأرض فاغرا فاه عن أنياب بارزة على هيئة مدخل ذو سلم طويل.(قصر الشوق، ص. 67)

译文：这家地下咖啡馆犹如一头绝种动物的腹腔，它的身体日久年深埋在历史的灰烬下，只有一个大脑袋还在地面上。它张开大口，露出獠牙，那就是咖啡馆的入口，一条长长的台阶通到它的身子内部。

读者虽无法亲眼目睹这家咖啡馆的样子，却可以通过马哈福兹这个生动的隐喻，在头脑中勾勒其画面。把地下咖啡馆隐喻为一头绝种动物的腹腔，既然是绝种的，可以想象是多么庞大，通过咖啡馆组成部分和这庞大动物器官之间在"形"上的一一对应，一家在地上只露出一个大脑袋，长长的台阶通向它身子内部的咖啡馆立体地出现在读者脑海中。再如：

هي ترمي الحب أو تضع على الأرض آنية السقيا فيستبق إليها الدجاج وراء ديكها. وتنهال مناقيرها على الحب
في سرعة وانتظام كإبر آلة الخياطة، مخلفة في الأرض التربة بعد حين ثغرات دقيقات كآثار الرذاذ.(بين
القصرين، ص.41)

译文：她撒下谷粒或者把水罐放在地上，母鸡跟着公鸡后便朝她奔来，它们的嘴像缝纫机的针头一样，迅速而有节奏地啄着谷粒，一会儿就在地面上留下一个个小眼，宛如雨点打过的痕迹。

上面这个例句描写艾米娜喂鸡时，鸡欢快吃食的画面，作者把鸡迅速有节奏地啄米的动作十分生动地隐喻为缝纫机的针头，缝纫机工作时，针头飞速地上下穿梭，和鸡啄米时不停点头的动作极为相似，地面上留下的一个个小眼和小雨打过的痕迹在形状上也非常类似。

3.3.4.2 神似

神似主要强调本、喻体之间在内部功能、关系等方面的相似性。比如：

يمشي الزمن على أديمه غير تارك أثرا كأنه الماء يمشي على مرآة مصقولة. (ملحمة الحرافيش، ص.421)

译文：时光没有在他脸上留下任何痕迹，就像水滑过平滑光亮的镜子一样。

这个例句的本体事件是说时间流逝，容貌未变。当然，时光没有在他的皮肤上留下痕迹，本身就是一个人化隐喻。喻体"水滑过平滑光亮的镜子"十分生动，生活经验告诉我们，水在平滑光亮的镜子上滑过时，会顺着镜面一直滑落，不留痕迹，这种情景人们常见，但未必人人都能想到将不留痕迹隐喻为水滑过镜面，本体和喻体之间相似度之高之贴切，让人叫绝。又如：

وجد كمال نفسه أمام هذا الخبر بغتة كما يجد انسان نفسه تحت الترام وكان أنعم ما يكون عيناً بالسلامة والأمن، خفق قلبه خفقة عنيفة كسقطة طيارة منطلقة في فراغ هوائي، بل هى صرخة فزع باطنية تصدعت الضلوع دون تسربها إلى الخارج.(قصر الشوق، ص.250)

译文：凯马勒听到这个消息，就像一个人发现自己被突然撞到电车下面却万幸没死一样，他的心猛烈地跳动，仿佛飞机遇到气流急速下坠似的，那跳动又好像是内心发出的一声惊呼，肋骨没有被挤出去，却断裂了。

这个例句描述的是凯马勒得知阿依黛订婚时的感觉。阿依黛是凯马勒朝思暮想的女神，在没有任何前兆的情况下，突然得知自己的女神要订婚了，这种打击该有多么大！有类似恋爱经验的人可以体会凯马勒当时的感受，没有在爱情上受过这般挫折的人，也可以通过马哈福兹妙笔描绘的画面，对凯马勒经历的一切感同身受。"一个人发现自己被突然撞到电车下面却没有死"，这时候整个人都是懵的，人受惊过度时头脑一片空白，什么都不知道。"心猛烈地跳动，就像是飞机遇到气流急速下坠"，乘坐飞机，遇到气流颠簸时，心会猛烈跳动，没有这种经历的人，可以从生活中失重的体验中获得。"这种跳动猛烈到就像是内心中的一声惊呼，虽然没有把肋骨挤出去，却断裂了"，这个隐喻生动地描写了凯马勒的心跳到了多么猛烈的程度。

当然，"形"与"神"并不是绝然分开的，马哈福兹也有很多隐喻在本、喻体的相似性上是"形神兼备"的。比如：

قطب الغلام كأنه يشد قوس حاجبيه لاصطياد الكلمة الهاربة.(بين القصرين، ص.68)

译文：男孩皱起眉头，仿佛要锁紧眉弯成弓去射住那个溜掉的单词。

把两道眉毛弯起来，从形状上来说就像弯弓一样，马哈福兹在形似的基础上，加上了功能上的相似性，弓是射东西的工具，所以男孩（凯马勒）想用弓去射那个溜掉的单词"爱"，这个句子中的隐喻由于本体和喻体之间形似、神似，显得十分生动。

由于篇幅所限，无法对马哈福兹小说语言中的隐喻逐一分析，但从上文选取的几个例句中，可以清楚地看到马哈福兹对本、喻体之间的相似性把握准确，隐喻句的表达生动形象。

同时，也可以从马哈福兹对本、喻体相似性的准确把握进一步证明本章第二节提出的马哈福兹在认知事物时观察仔细、全面的特点。正是因为他对生活的观察细致入微，善于捕捉生活中的细节并将其运用到小说语言的隐喻中，才能令其隐喻生动形象。

3.3.5 用隐喻强化小说人物个性

马哈福兹还用隐喻来强化小说人物个性，一方面使得隐喻更加鲜活，另一方面也使得小说的人物形象更加丰满，活力四射。

马哈福兹小说中的隐喻不是为他本人创作的，而是为小说中的不同人物创作的，需要符合每个人物的性格，让隐喻也带有鲜明的角色特点。马哈福兹用隐喻强化人物个性主要采取了对同一人物反复使用同喻体隐喻和使隐喻符合人物性格和认知特点两种方法。

3.3.5.1 对同一人物反复使用同喻体隐喻

马哈福兹在小说中对同一人物反复使用同喻体的隐喻，这是使人物隐喻个性化的一种方式，让相同喻体的隐喻对同一人物进行重复使用，成为人物的标识。

一部小说中有甲、乙两位女主人公，如果作者对于甲的隐喻喻体是分散的，一会儿说她像玫瑰，一会儿说她像严冬，一会儿说她像蜜蜂，那么读者对于甲的认识也会相对比较零散。如果对于乙的隐喻喻体是集中的，只把她隐喻为蜜蜂，辛勤的蜜蜂，爱蜇人的蜜蜂，酿出美味蜜糖的蜜蜂，那么读者对于乙和蜜蜂之间就有了比较固定的联想性联系，给乙自然地贴上"蜜蜂"这个标签，这对于人物个性的强化是有积极意义的。

比如在《宫间街》中，对阿依莎的这两句描写：

هرعت عائشة إليها كدجاجة مذبوحة وأمسكت بكتفيها صائحة بصدر يعلو وينخفض.(بين القصرين، ص.149)

译文：阿依莎像一只被宰杀的母鸡，跑到姐姐跟前，抓住她的双肩，胸脯一起一伏地叫道。

كم في الواقع شابهت الدجاجة المذبوحة التي تندفع مبسوطة الجناحين- كأنما تنتفض حيوية ونشاطا- على حين

يتدفق الدم من عنقها مستصفيا آخر قطرات الحياة.(بين القصرين، ص.169)

译文：实际上，她多么像一只被宰的母鸡：它耗尽精神和活力，拼命地展开双翅，血不时从脖子上喷涌而出，流完生命最后的血。

两个句子描述的对象同是阿依莎，相同的喻体是被宰的母鸡，虽然两句话发生的场景不同，但对于阿依莎而言是同一类感受，当然，第二个句子比第一个句子的感情更强烈。第一个句子描述的是阿依莎在窗户前看自己的意中人，被海迪洁发现后担心姐姐把事情说出去，第二个句子描述的是哈桑·易卜拉欣向阿依莎求婚，被父亲拒绝之后阿依莎的心理感受。阿依莎在这两种情况下都觉得自己像只被宰的母鸡，当然第二种情况更让自己绝望，所以在第二个句子里，马哈福兹生动具体地描述了这只被宰的母鸡是什么样子。当读者第二次读到"阿依莎像被宰的母鸡"时自然容易和上一次读到的相似隐喻联系在一起，加深对阿依莎这个人物的印象。马哈福兹对相同喻体隐喻的再现并不是才思枯竭，相反是一种通过关键要素重复的隐喻方式使人物形象个性化的巧妙手段。又如对艾米娜的这两句描写：

كانت أمينة تشعر بأنها في أعلى البيت سيدة بالنيابة وممثلة لسلطان لا تملك منه شيئا، فهي في هذا المكان ملكة لا شريك في ملكها، فهذه الفرن تموت وتحيا بأمرها، وهذا الوقود من فحم وحطب في الركن الأيمن يتوقف مصيره على كلمة منها.(بين القصرين، ص.21)

译文：艾米娜一直觉得她在楼上只是名义上的女主人，是个没有任何实权的代表，而在这里，她是大权独揽的女王，炉灶的生死要听她的命令，堆在房间右边角落里的煤块和木柴的命运全凭她一句话。

في فجر اليوم الموعود الذي انتظرته طويلا هبت من الفراش في خفة صبيانية من الفرح كأنها ملك يعود إلى عرشه بعد نفي.(بين القصرين، ص. 201)

译文：在约定好的、期待已久的那天清晨，艾米娜高兴得像个孩子一样轻巧地起了床，仿佛一个被放逐后重新复位的国王。

上面两句话的相同喻体是"国王"，虽然两个"国王"所强调的特点不同，但读者第二次看到"国王"这个喻体时也许会联想到那个在厨房里面的女王艾米娜，进一步从"国王"这个喻体完善对艾米娜的认识。艾米娜在厨房里是独一无二的女王，主持着厨房里的一切大小事务。第二个句子虽然是艾米娜被丈夫赶出门后又能重新回去了，但她可不是灰溜溜地回去的，一点也不落寞，是一位国王在放逐后被复位了。我们相信对于第二个句子的本体，马哈福兹完全可以找到另外的不涉及"国王"的喻体进行隐喻，但是"国王"的再现把艾米娜那个厨房里面的女王又一次呈现在读者眼前，而且因为有了第一个隐喻句在前文中的铺垫，这个隐喻并不突兀，相反，相同的喻体就像一根无形的线，把前后两个隐喻巧妙地串联了起来。虽然两个句子中"国王"的具体内容有所不同，但说明了艾米娜在家里、在儿女心目当中的位置。

上面两个例句是出现在同一部小说中的，但是类似的现象同样也出现在《三部曲》的不同小说中，比如凯马勒对于爱情痛苦的感受，在《思宫街》和《甘露街》中出现的这两个句子，不仅喻体相同，甚至构建方式都是一致的：

كأنما أحب ليتفقه في معجم الألم، ولكنه على التماع الشرر المتطاير من ارتطام آلامه يرى نفسه ويعرف أشياء.(قصر الشوق ص.201)

译文： 他仿佛喜欢通晓痛苦词典似的，但他借助种种痛苦相互碰撞中迸发出的火星光亮，他看清了自己，也明白了许多事情。

قاموس حياته لم يعرف للحب من معنى سوى الألم، ذلك الألم العجيب الذي يحرق النفس حتى تبصر على ضوء نيرانه المتقدة عجائب من أسرار الحياة، ثم لا تخلف وراءها إلا حطاما.(السكرية، ص.863)

译文： 他生活的词典里，爱情的意义就是痛苦，这种奇特的痛苦燃烧着他的心，在燃烧的熊熊火光中，他看到了生活隐秘的奇迹，但这些留下的只是俗世的浮华和虚荣。

对象都是凯马勒对于爱情痛苦的感受，虽然这种感受已经间隔数年，分别出现在两部小说当中，但由于感觉的主体是同一个人，为了保持人物在小说前后文中的性情一致，马哈福兹重复用喻，而且两个句子的结构一致，同样是"词典"，同样是在痛苦的火光中有所感悟，相同的喻体，相同的表达方式运用到同一人物的相同感觉中，实现了人物隐喻的个性化。在《三部曲》中，其他人物也经历了爱情的痛苦，但只有凯马勒是在词典中感受痛苦的火花，这就是人物的一个标志。

3.3.5.2 隐喻符合人物性格和认知特点

对于人物的个性化塑造，不能仅依靠作家对于人物本身的描述，也要通过该人物对于其他人和事物的认知来塑造。通过小说人物对其他人和事物的看法，可以在相当程度上完善人物的个性。

比如《三部曲》里面海迪洁口中的隐喻幽默诙谐，和她爱嘲讽人的性格就十分吻合，她在嘲讽阿依莎光吃却不长胖时说：

إن المكر السيء هو الذي يجعلها تربة غير صالحة للبذور الطيبة التي تلقى فيها.(بين القصرين، ص.37)

译文：偷奸耍滑使她成了不适宜撒播良种的土地。

海迪洁把阿依莎身材苗条的原因解释为她信仰的不虔诚。她说：

كلنا نصوم رمضان إلا أنت، تتظاهرين بالصوم، وتندسين في حجرة الخزين كالفأرة وتملئين بطنك بالجوز واللوز والبندق، ثم تفطرين معنا بنهم يحسدك عليك الصائمون ولكن الله لا يبارك لك. (بين القصرين، ص.37)

译文：斋月里我们人人把斋，只有你假装守斋，像耗子一样钻进储藏室，用核桃、杏仁、榛子填饱肚子，然后等到开斋时，你又跟着我们一起大快朵颐，让守斋的人都妒忌，但真主是不会赐福给你的。

当母亲说海迪洁所梦到的骏马可能就是她的如意郎君时，她说：

أتظنين الجواد عريسا؟.. لن يكون عريسي إلا حمارا. (بين القصرين، ص.38)

译文：你以为那骏马是我的郎君？我的郎君只能是头驴。

阿依莎埋怨海迪洁悄声进入她的房间，把她吓了一跳时，海迪洁说：

آسفة يا أختي، في المرة القادمة سأعلق جرسا في عنقي مثل عربة المطافئ لتنتبهي إلى حضوري فلا ترتعبين. (بين القصرين، ص.147)

译文：对不起，妹妹，下一次我一定在脖子上面挂个铃铛，就像消防车那样提醒你我来了，就不会吓着你了。

当海迪洁的儿子因为生育问题带着儿媳看医生，医生说没有问题时，她说：

أنفق المسكين كثيرا وسينفق غدا أكثر، إن عرائس اليوم غالية الثمن كالطماطم واللحوم!(السكرية، ص.952)

译文：这个可怜的孩子已经花费了许多钱，以后还要花更多，现在的新娘就像西红柿和肉类一样，价格昂贵！

再以《思宫街》中的亚辛和阿依黛未出嫁之前的凯马勒为例，两人对女人和爱情的态度简直就像是倭玛亚时期的艳情诗人和贞情诗人。马哈福兹对两个人物对待女人的态度，使用了完全不同且差别鲜明的隐喻，以符合他们的性格特点，同时也通过人物个性化的隐喻进一步塑造其文学形象。先看下图中两人对于女人的不同认知：

与凯马勒对女神认知有关的隐喻举例：

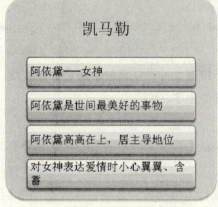

凯马勒	亚辛
阿依黛——女神	女人——满足其性欲的食物
阿依黛是世间最美好的事物	注重女人性感的身材，满足其性欲的食物特性
阿依黛高高在上，居主导地位	亚辛高高在上，居主导地位
对女神表达爱情时小心翼翼、含蓄	对女人表达爱慕时充满挑逗、赤裸裸

تسألك النفس الطماعة المجنونة أمن المحال أن يكون المعبود مشغولا بأمر عابده؟(قصر الشوق، ص. 21)

译文：那颗疯狂热恋的心问你："被崇拜者会否关注到崇拜者的心思？"

ما أسعده بهذا المنظر..هذا الحديث.. هذا الصوت، تأمل .. أليست هذه هى السعادة؟!. فراشة كنسمة الفجر تقطر ألوانا بهيجة وترشف رحيق الأزاهر.(قصر الشوق، ص.154)

译文：这样的情景，这样的谈话，这样的声音，多么让人感到幸福啊！你想，这还不幸福吗？她是一只蝴蝶，像清晨的微风，散播欢乐，吮吸花露。

من المعبودة ينبثق نور تتبدى فيه الكائنات خلقا جديدا.(قصر الشوق، ص.161)

译文：女神发出的光芒使天地万物在它的照耀下呈现出崭新的面貌。

اذا التفت إلى الوراء فرأيت آثار القدمين اللطيفتين مطبوعة فوق الرمال، فاعلم أنها تقيم معالم للطريق المجهول يهتدي بها السالكون إلى سبحات الوجد وإشراق السعادة.(قصر الشوق، ص.185)

译文：你要是看看身后，就会看到沙漠上印下的那一串温柔的脚印，你就知道那是她在无名路上立下的路标，路人靠它找到爱情和幸福的乐园。

وأنا أدور في فلكك مجذوبا بقوة هائلة.. كأنك الشمس، وكأنني الأرض.(قصر الشوق، ص. 18)

译文：我被巨大力量所吸引围绕着你，就像你是太阳，我是地球。

أنت شعلة من سعادة سادرة، وأنا رماد من وجوم وكآبة.(قصر الشوق، ص. 18)

译文：你是一把炫目的幸福的火炬，我是忧愁沮丧的死灰。

يأبى حسين إلا أن يتحدث عن رأس البر، أعدك بأن أحج إليها يوما وأن أسأل عن الرمال التي وطنتها أقدام

المعبودة لألثمها ساجدا.(قصر الشوق، ص.255)

译文：侯赛因一味谈论比尔角。我向你保证：我总有一天会到那儿去朝觐，请求女神的脚踏过的沙子，我要叩头亲吻它。

نغمة آسرة، ومناغمة عذبة، ولكنه لا يدري أيجد المعبود أم يلهو، وهل تتفتح أبواب الأمل أم توصد في خفة النسيم.(قصر الشوق، ص.247)

译文：这是动人心弦的甜美乐曲，但他不知道女神是认真的，还是逢场作戏，在轻柔的微风中希望之门是打开了，还是关上了。

与亚辛对女人认知有关的隐喻举例：

سل قلبك أين مريم؟..أين الملاحة التي لوعتك؟..يجبك بضحكة كالتأوه ويقول أكلنا وشبعنا وصرنا نتقزز من رائحة الطعام.(قصر الشوق، ص.258)

译文：要是问你的心："玛利娅在哪里？让你饱尝相思的美貌在哪里？"它就会叹息似地狞笑着回答你："我吃了，也饱了，现在在变得厌恶食物的味道了。"

وجد نفسه على رغمه وحذره يسترق النظر إلى كنزها النفيس وهو يطالعه كالقبة.(قصر الشوق، ص.122)

译文：他发现自己按捺不住偷看她那丰腴的屁股，他看它就像圆屋顶一样。

عجيزتها التي كادت قمتها تبلغ منتصف ظهرها ويفيض أسفلها على فخذيها؛ فكأنها كرة منطاد!(قصر الشوق، ص.117)

译文：她的屁股上端几乎到了背脊中间，下面的肉堆积在大腿上，整个屁股像个大气球！

أليس من الظلم أن يتمتع أبونا بالدسم، على حين لا نجد نحن إلا الفتات؟(قصر الشوق، ص.350)

译文：我们的父亲在享受大肥肉，我们却只能吃面包渣，这难道不是种不公吗？

اذا حدث أن خيبت ظني نبذتها كما ينبذ الحذاء البالي.(قصر الشوق، ص. 111)

译文：倘若她做出什么使我失望的事情来，我会像丢弃破鞋一样把她丢弃。

يومها عينك حفرت جدار بيتنا من شدة النظر!(قصر الشوق، ص. 101)

译文：那天你的目光真厉害，把我家的墙壁都穿透了！

خذي هذه النظرة النارية.(قصر الشوق، ص.124)

译文：请接受这火一样的目光。

إني أفكر في سوري سطحينا المتلاصقين، بم يوحي منظرهما اليك؟ منظر حبيبين ملتصقين.(قصر الشوق، ص.64)

译文：我在想连接我们两家平台的墙，这景象让你想到什么？就像对情侣依偎在一起。

通过对亚辛和凯马勒两个人物对于女人的隐喻的分析，可以清楚地看到马哈福兹为他们构建的隐喻与人物性格和认知十分吻合，充满了个性，让了解亚辛和凯马勒性格的读者一看到隐喻的句子就能分辨出其主人是谁，这些隐喻增加了人物的活力，丰富了人物的性格。马哈福兹创作的隐喻不仅从句子本身的表达效果来说是生动形象的，而且从隐喻与人物的匹配上来说也是符合人物个性和认知特点的。

马哈福兹能够做到这一点，首先基于他在塑造人物方面的功力，他对人物所代表的群体有着充分的了解和深刻的认识，而这和他对生活的深入观察是分不开的。"马哈福兹所描绘的人物个性都是其对真实存在的人物观察的结果。马哈福兹的这种描绘很大一部分是其记忆的重现，是他记忆中的在青年时期，在街区认识的人。"[1]

马哈福兹小时候没有感受到太多兄弟姐妹之间的感情，常常一个人，"因为我是一个人，所以母亲总是陪着我，带着我一起去拜访亲人和邻居，如此，我得以看见开罗的很多地区。"[2]也就是说，当同龄的孩子在家中玩耍的时候，马哈福兹常常跟着母亲去拜访亲人和邻居，他较小年龄就开始接触社会生活，接触各种各样的人。

长大后，马哈福兹喜欢去咖啡馆，"他重视与生活的融合，与人交往，他特别喜欢去大众性的咖啡馆，有很多的咖啡馆他都十分喜欢去坐坐"[3]，在咖啡馆中他可以接触、观察形形色色的人，马哈福兹曾说"咖啡馆在我的小说中扮演着重要角色，我很早就去咖啡馆了，从我开始上高中的时候。"[4]

和咖啡馆一样，街区在马哈福兹的文学作品中扮演着重要角色，街区是马哈福兹大部分作品的创作背景，他说过，"街区有时是现实的，是我童年时认识的那个街区，有时象征国家，像《梅格达胡同》那样，有时象征整个世界，像

① روز ماري شاهين، قراءات متعددة للشخصية - علم نفس الطباع والأنماط: دراسة تطبيقية على شخصيات نجيب محفوظ، دار ومكتبة الهلال، عام1995، ص.151.

② جمال الغيطاني، نجيب محفوظ يتذكر، دار المسيرة، عام 1980، ص.13.

③ رجاء النقاش، في حب نجيب محفوظ، دار الشروق، القاهرة، عام1995، ص.253.

④ جمال الغيطاني، نجيب محفوظ يتذكر، دار المسيرة، عام 1980، ص.88.

《平民史诗》和《我们街区的孩子》"① "小说中的事件也可以发生在其他的不同性质的地方，但是我选择了街区。因为当你在写长篇小说的时候，你会选择你所喜欢的环境"②。确实如马哈福兹所说，他对于街区有着特殊的爱，"我整个生命，包括我完成哲学系的学业，在宗教事务部上班之后，我早上还是会在上班之前去杰玛利亚街区，坐在一家古老的咖啡馆里，吸水烟"③。街区里生活着不同阶层、不同经历、不同性格的人，马哈福兹是"所有人的朋友，所有人都有不同的让人无法忘记的个性"④，街区里每天发生着新鲜而又古老的故事，所以，"街区是我灵感的来源，我就在街区长大。"⑤

世事洞明皆学问，人情练达即文章，就像马哈福兹说的那样，"我就在一个圈子里生活，这是一个有限的狭窄的圈子，里面无非是一个家、政府部门、咖啡馆、几条街、几条街区，其中最重要的是侯赛因区，但我尽我所能地从中提炼出东西。"⑥

马哈福兹能够娴熟地用隐喻强化人物个性的能力来源于他对生活的观察，对不同阶层、不同性格的人物的观察，是对周围一切的提炼，当然，也离不开他本身生活经历中的体验，他把自身体验也融入到小说隐喻中，使隐喻富有生命力，他提到小说中的人物"体现了我的许多思想和念头……我写的人物在我生活的不同阶段都出现过。"⑦比如：

أما خديجة فقد تلقت الخبر بدهشة بادئ الأمر لم تلبث أن انقلبت خوفا وتشاؤما لم تدر لهما سببا واضحا ولكنها كانت كتلميذ، يتوقع بين آونة وأخرى ظهور نتيجة الامتحان ـ اذا تناهى إليه نجاح زميل له بلغته النتيجة من مصدر خاص.(بين القصرين، ص.159)

译文：海迪洁一听到这个消息，先是惊奇，随即变成了莫名其妙的恐惧和悲观，就像一名时时期盼着考试成绩的学生，却突然听到自己的同学成功了，他从特别的来源得知了成绩。

---

① نجيب محفوظ، وطني مصر حوارات مع محمد سلماوي، دار الشروق، عام 1997، ص.14.
② جمال الغيطاني، نجيب محفوظ يتذكر، دار المسيرة، عام 1980، ص.21.
③ نجيب محفوظ، وطني مصر حوارات مع محمد سلماوي، دار الشروق، عام 1997، ص.16.
④ جمال الغيطاني، نجيب محفوظ يتذكر، دار المسيرة، عام 1980، ص.18.
⑤ رشيد الذوّادي، أحاديث في الأدب، الهيئة المصرية العامة للكتاب، عام 1986، ص.33.
⑥ عبد الرحمن أبو عوف، الرؤى المتغيرة في روايات نجيب محفوظ، الهيئة المصرية العامة للكتاب، عام1991، ص.171.
⑦ ［埃及］马哈福兹著，薛庆国译，《自传的回声》，光明日报出版社，2001 年，第 190 页。页。

这个隐喻句描写的是海迪洁，其实马哈福兹也有类似的体验，他曾两次被推荐出国留学，一次是学哲学，一次是学语言，但是最后被淘汰了，因为第一名和第三名都是科卜特人，马哈福兹是第二名，由于他的名字"纳吉布·马哈福兹"，被认为也是科卜特人，评委会认为派遣三个科卜特人有所不妥，所以就把马哈福兹淘汰了。①正是由于马哈福兹把自己经历过的体验加入到小说语言的隐喻创作中，才使得他笔下的一个个隐喻活灵活现，生动形象。

"马哈福兹和各种事件、人物的联系使得他的文学作品对生活持有一种积极开放的心态，而不是一种封闭的心态，他的文学是对人们及其忧愁的表达，很多人都可以在马哈福兹的作品中找到自己，他们感到自己就在他的文学中，而不是陌生人"②，因此，马哈福兹是当之无愧的"埃及的巴尔扎克，阿拉伯国家的街区人民文学家"③。

3.4 富有诗性美感

海德格尔曾说："诗从来不是把语言当作一个现成性的东西来接受，相反，是诗本身才使语言成为可能。"④也就是说，诗与语言之间本就有着极为重要的本质联系，二者的巧妙融合，便诞生了诗般的语言。

诗性语言和隐喻之间有着天然的联系，维柯在《新科学》中提出"凡是最初的比譬都来自这种诗性逻辑的系定理或必然结果。按照上述玄学，最鲜明的因而也是最必要的和最常用的比譬就是隐喻。它也是最受到赞赏的，如果它使无生命的事物显得具有感觉和情欲。最初的诗人们就用这种隐喻，让一些物体成为具有生命实质的真事真物，并用以己度物的方式，使它们也有感觉和情欲。"⑤《礼记·学记》亦有云"不学博依，不能安诗"⑥，隐喻是诗歌的直接诉求。

人们创作诗歌时离不开隐喻，但未必人人在创作隐喻时都能富有诗性。诗性语言传达的是一种独特神韵，通过诗性的文字表达，诗化的意境展现，呈现

---

① جمال الغيطاني، نجيب محفوظ يتذكر، دار المسيرة، عام 1980، ص.94.
② رجاء النقاش، في حب نجيب محفوظ، دار الشروق، القاهرة، عام1995، ص.254.
③ رشيد الذوّادي، أحاديث في الأدب، الهيئة المصرية العامة للكتاب، عام 1986، ص.29.
④［德］海德格尔著，孙周兴译，《荷尔德林诗的阐释》，商务印书馆，2002 年，第 47 页。
⑤［意大利］维柯著，朱光潜译，《新科学》，商务印书馆，1989 年，第 180 页。
⑥ 郑玄注："博依，广譬喻也。"

出诗性效果。诗性美感是马哈福兹小说语言隐喻的又一特征,"他的语言有时候喷薄着诗的火热,有时候又戴上了透明的象征面具"[①]。

3.4.1 对称美

在一切艺术形式中,诗和音乐,是最具"精神性"的,然而,作为一种艺术存在,总有其感性。诗的感性美是什么呢?黑格尔认为它有两个相互关联的系统,一是节奏(时值)系统,一是韵律(音质)系统,二者的融合是一种"心声"。[②]"诗的节奏是音乐的,也是语言的。这两种节奏分配的分量随诗的性质而异:纯粹的抒情诗都近于歌,音乐的节奏往往重于语言的节奏;剧诗和叙事诗都近于谈话,语言的节奏重于音乐的节奏。它也随时代而异:古歌而今诵;歌重音乐的节奏而诵重语言的节奏。"[③]

小说不是诗歌,是用语言的节奏,而不是音乐的节奏来体现的,所以其诗性特点在外部形态上和诗歌的对仗用韵是不同的。在马哈福兹小说语言隐喻中,诗性美感的语言节奏就体现在其隐喻外部形态的对称之美中,用对称的语言结构来体现诗性节奏。主要有以下几种情况:

第一是通过排比来表现对称美。比如:

تذكره صورته المغروسة في الأرض بصخرة مدببة تعترض الطريق، بهية من هبات الخماسين المثقلة بالغبار، بقبر يتجلى في الأعياد متحديا، يجب الانتفاع به عليه اللعنة!(ملحمة الحرافيش، ص.13.)

译文:他在土里的样貌让他想到横在路上的石头,想到夹带着灰尘的五旬风[④]和节日里挑衅的坟墓,他活该受到诅咒。

在上面这个排比句中,同一本体的三个喻体前都用了介词"ب"来构成结构上的对称。

马哈福兹不仅用排比句式来体现对称美,而且在排比句内部结构中,还使用了对称结构。比如:

إن هذه المخلوقة الجميلة ألذ من أنغام عودها؛ لسانها سوط وحبها نار، وعاشقها شهيد.(قصر الشوق ص.

---

① رشيد الذوادي، أحاديث في الأدب، الهيئة المصرية العامة للكتاب، عام 1986، ص.28.
② 参见劳承万著,《诗性智慧》,河南人民出版社,1997年,第 173 页。
③ 朱光潜著,《诗论》,广西师范大学出版社,2005 年,第 101 页。
④ 五旬风是埃及每年自三月中旬到五月上旬来自南方的热季风,经常夹带着风沙。

译文：这位美人比她的琵琶曲更动人。她的舌头是鞭子，她的爱情是烈火，热恋她的人是殉难者。

ماذا أنت فاعل؟ لماذا لا تتزحزح عن حافة الهاوية؟ هاوية اليأس المليئة بالصمت والركود، مقبرة الأحلام المغطاة بالرماد، ذئب الذكريات الجميلة والأنغام المطربة.(أولاد حارتنا، ص. 365)

译文：你怎么办，为什么你不从深渊的边缘离开，那是充满沉默和停滞的绝望深渊，是蒙上灰烬的梦中的坟墓，是美好回忆和欢乐旋律的狼。

第一个句子中，"لسانها سوط، وحبها نار، وعاشقها شهيد" 这个排比句每个分句的结构也是对称的，都以相同人称结尾代词作偏次的正偏组合为起语，名词作述语。第二个例句也一样，三个排比成分都是正偏组合，第一、二个正偏组合还同样用带介词的形容词进行修饰。

第二是通过隐喻间相同的语言结构体现对称美。这一点在上面排比句分句结构的对称上有所提及，故此处举两个非排比句的例子。比如：

جسم ثور وقلب عصفورة!(ملحمة الحرافيش، ص.20)

译文：牛的躯体，小鸟的心。

句子中出现的两个隐喻"牛的躯体""小鸟的心"，两个正偏组合，结构对称，节奏紧凑。

حسبك أن تحب، حسبك منظرها الذي يشعشع بالنور روحك، وأنغام نبراتها التي تسكر بالتطريب جوارحك.(قصر الشوق ص.161)

译文：你爱她就该心满意足了。她那光彩夺目的形象照耀着你的灵魂，她那悦耳的嗓音陶醉着你的全身。

句子中的两个本体都是用"التي،الذي"引起的相同结构的动词句作定语构建隐喻，动词"يشعشع"对应"تسكر"，介词和介词受词"بالنور"对应"بالتطريب"，正偏组合"روحك"对应"جوارحك"，十分工整。

第三是通过本体和喻体间在语言结构上的对称来体现，这一点在马哈福兹小说语言的事件隐喻中尤为突出，在笔者采集的257例事件隐喻中就有48例使用了对称的语言结构。比如：

ذكر ذلك المنظر ذاهلا، ومع أن الألم كان يسيري في روحه كما يسري السم في الدم.(قصر الشوق ص.200)

译文：他心烦意乱地回忆那情景，尽管痛苦就像毒素渗入血液一样，渗入他的灵魂。

راح يدفع الطمأنية في نفسه كما يدفع سدادا غليظا في فوهة ضيقة.(قصر الشوق ص.295)

译文：他把"安心"塞到自己的心里，就像把大塞子往窄瓶口塞一样。

لكن الكهولة تكمن وراء ذلك كما تكمن الحمى وراء تورد الخدين الكاذب.(قصر الشوق ص.126)

译文：但半百年纪隐藏在那背后，就像热度隐藏在欺骗的双颊的绯红后面一样。

لأول مرة منذ أعوام تطلع إلى ما قبل الحب من الماضي بلهفة كما تطلع السجين إلى ذكريات الحرية الضائعة.(قصر الشوق ص.221)

译文：多年来他第一次悲哀地回顾恋爱以前的岁月，犹如囚犯回想失去的自由那样。

سيطاردك هذا السؤال كما تطارد الشمس في الخلاء راعي الغنم.(أولاد حارتنا، ص. 361)

译文：这个问题如太阳在旷野追赶着牧羊人一样对你紧追不舍。

　　上面所列举的一组事件隐喻，本体和喻体之间的句子结构是完全一致的，前后所用的动词也都是统一的，通过相同固定单位在时间直线上的规律出现，实现起伏的节奏感。

　　"节奏不仅是一种诗情律动，也是审美意识在时间尺度上的自我显现，是审美形式从空间维度向时间维度的拓展"①，马哈福兹小说语言隐喻诗性美感的外部表现就是语言结构的对称之美，通过语言结构在空间上的对称，形成在时间维度上的起伏对称。

3.4.2 意象美

　　"意义所随者，不可以言传也""言者所以在意，得意而妄言"，中国传统思维中的"言意之辩"很早就指出了文学艺术中"言""意"之间的矛盾。隐喻作为"言"与"意"的桥梁，在遵循"立象以尽意"的原则上，通过"象"传达不能以言所尽之意。

　　意象是"意"和"象"的契合，是客观事物反映到作者的主观意识后经过思维处理的影像，是作者主观的意念、情感和客观事物的统一体，是"意"和

---

① 劳承万著，《诗性智慧》，河南人民出版社，1997年，第173页。

"象"的融合。朱光潜认为每首诗的境界都必有"情趣"和"意象"两个要素。"情趣是可比喻而不可直接描绘的实感，如果不附丽到具体的意象上去，就根本没有可见的形象。"①意象因人而异，"每个诗人都有他独特的区别于他人的意象结构，这种结构甚至在他的早期作品中就已出现，而且不会也不可能从根本上改变。"②

萨特认为，"意象"这个词只能指意识同对象的关系；换言之，它只表示对象在意识中显现所采取的某种方式。意象是一种不存在的或完全不在现场的对象。通过意象所得到的意识是在意识的存在与虚无之间形成的某种关系。所以意象本身表面上是非现存的。我们之所以运用意象，是因为我们的想象性思维具有某种近似性。这种近似性，其本质属性便在于它既是又不是它所象征的东西。③萨待关于意象的理论，是可供我们思考的。"意象"是不可分的，我们不应人为地把它分为表达本体的"意"和表达客体的"象"，因为意象从来就不是"意"与"象"的简单叠加，而是一种"化"。

马哈福兹具有物我两化，"意""象"融合的能力，这从他小说语言的隐喻中可以看出。比如：

عجيب كأبي الهول، ما أشبه حبك به أو ما أشبهه بحبك، كلاهما لغز وخلود!(قصر الشوق، ص.190)
译文：像狮身人面像一样神奇。你的爱情多么像它，它又多么像你的爱情，它们都是谜，都永存不朽！

ليلة برينة ولكنها مثقلة بالعار مثل رأسه المثقل بالهم والصداع.(قصر الشوق ص.273)
译文：夜晚是无辜的，它却因为受到玷污而变得沉重，就像他的头由于心事重重和疼痛变得沉重一样。

第一个例句中，"ما أشبه حبك به أو ما أشبهه بحبك"本体和喻体迅速交换位置，第一个隐喻中的本体"爱情"，喻体"狮身人面像"，是将抽象概念具体化，第二个句子中本、喻体倒置，是将具体概念抽象化，从语言构建上看，仅仅是本、喻体位置的互换，但对于其所体现的作家的深层思维来说，是马哈福兹"物我

---

① 朱光潜著，《诗论》，广西师范大学出版社，2005年，第38页。
② 转引自谢杨著，《马哈福兹小说语言风格研究》，外语教学与研究出版社，2008年，第53页。
③ 参见夏之放著，《文学意象论》，汕头大学出版社，1993年，第175页。

两化"认知的结果。第二个例句也是一样，常人往往是寓情于景，但是马哈福兹把"情"看做了"景"的对象，本体是"景"，喻体是"情"。在这两个句子中，意象是两者交融的结果，是饱受爱情折磨者眼中的"狮身人面像"和心事重重者眼中的"夜"。

意象是诗性语言的表达方式，马哈福兹小说语言隐喻诗性美感体现在意象之美上。这种意象之美又是如何营造出来的呢？主要是通过"意"和"象"的美感实现的，即通过能给人带来美的享受的本体和喻体实现。当然，美的享受不一定是愉悦的，悲伤、苍凉等也可以是美的享受。比如：

إن الورد والياسمين والقرنفل والعصافير واليمام ونفسه نغمة واحدة. (أولاد حارتنا، ص. 20)

译文：玫瑰、素馨、丁香、飞鸟、鸽子和他本人组成了一个旋律。

玫瑰、素馨、丁香、飞鸟、鸽子和他本人，植物、动物、人，有花香、有鸟语，有静物、有动物，这和谐美好的一切组成了一个旋律，这个句子和"枯藤老树昏鸦，小桥流水人家"一样，画面感极强，在一个如此美好的场景中，再出现美妙的喻体"旋律"，原本视觉性的画面突然转换成了听觉可感的音乐，却丝毫不显得突兀，只让人从不同的感觉中感受到同样的美。又如：

ومناداتها لك ما أطربها، بصوت لا تدري كيف تصفه، لا رفيع النبرة ولا غليظها مثل ((فا)) السلم الموسيقي المنبعثة من كمان، رنينه في صفاء النور، ولونه لو تخيلت له لونا في زرقة السماء العميقة، دافئ الايماء، داعية الى السماء. (قصر الشوق، ص. 163)

译文：她对你的呼唤多么美妙动听，以一种你不知该如何形容的声音，那声调不高不低，就像小提琴奏出的音阶"4"，那声音如清澈的光辉，如果想象一下它的颜色，它就像深蓝色的苍穹，带来温暖的启示和对上天的祈祷。

阿依黛的声音美妙动听，可以用悦耳的琴声"4"给人们心灵带来的美好体验去感受阿依黛的美妙声音。马哈福兹还把听觉移到了视觉及其带给心灵的感受中，悦耳的琴声，深蓝色的苍穹，内心的启示，这不是诗又是什么呢？又如：

يوم الكتاب!. كأنه عنوان لحن جنائزي، حيث يشيع قلب الى مقره الأخير محفوفا بالورد مودعا بالزغاريد. (قصر الشوق، ص. 251)

译文：签署婚约的那一天！它好像是一首送葬曲的曲名，一颗心在乐曲中被送

往它最后安息的地方，那儿被玫瑰花包围，有欢呼声伴送。

签署婚约的那天，是一首送葬曲的曲名，它把凯马勒的心送到了最后安息的地方，在这送葬曲中，还有玫瑰花和妇女们的振舌声欢送。哀莫大于心死，眼见心目中高高在上的女神就要在泥土里打滚，在凯马勒看来那天就是一首送葬曲。心情虽然十分悲痛，送葬曲却也给人一种美的哀伤。这个隐喻句读罢，出现在读者眼前就是一个如诗如乐的画面。

前面说过，街区是马哈福兹大部分小说的背景，马哈福兹"街区的世界"中"有修道院、歌声、古墙、墓地、角落、荒漠，然后是街区的生活，出生、死亡、生活，一代带头人的故事，强盗的生活，以及平民在梦与现实之间的结合。"① 在这街区的世界中，马哈福兹又偏爱下面一组词语来构建隐喻意象："夜""月""星""黑""乐（音乐）""云""天空""黎明""寂静"，这一组词语其实就是阿拉伯人夜晚生活的最好写照。受沙漠的地理环境和游牧文化的影响，阿拉伯人对于夜晚的喜欢要胜过白天，对于月亮的喜爱要胜过太阳，对于生活在沙漠中，白天饱受太阳炙烤之苦的阿拉伯人来说，夜晚所能带来的一丝清凉是最令人盼望的事情。上面提到的一组词语是马哈福兹构建小说语言隐喻意象时最常用的要素，而且常常组合使用。比如：

ذكر بها حالا حالا مماثلة ماضية، كأنها لحن غامض مثير لأجل الألم وهو في الوقت نفسه لا يخلو من لذة خفيفة مبهمة! شعور واحد يلتقي فيه الألم باللذة كالفجر تلتقي عنده حاشية الليل بأهداب النهار.(السكرية، ص.947)

译文：这使他想起过去类似的情景，就像是一首神秘的乐曲，能引起人的痛苦，同时也不乏隐约的淡淡的快意！这是一种痛苦交织着快乐的感觉，就像黎明时分，既残留着夜的黑暗，又吐露出清晨的曙光。

ونظر الجميع إلى الغد كأنما ينظرون إلى بزوغ البدر في ليلة من ليالي الربيع.(أولاد حارتنا، ص. 442)

译文：人人向往明天，如同在春之夜晚盼望圆月一样。

امتلأ عاشور بأنفاس الليل. انسابت إلى قلبه نظرات النجوم المتألقة. هفت روحه إلى سماء الصيف الصافية.(ملحمة الحرافيش، ص.15)

译文：阿舒尔完全处于黑暗之中。星星闪烁的目光流淌进他的心，他的灵魂漂浮在清澈的夏夜天穹。

---

① عبد الرحمن أبو عوف، الرؤى المتغيرة في روايات نجيب محفوظ، الهيئة المصرية العامة للكتاب، عام1991، ص.55.

جعل الهلال السابح فوق الجبل يبتسم كمن يزف بشرى في الظلام.(أولاد حارتنا، ص.162)

译文：在山顶上慢慢挪动的新月也开始像在黑暗之中报喜人一样微笑着。

انقلب الظلام قناة سحرية للاتصال بين الأرواح.(ملحمة الحرافيش، ص.502)

译文：黑夜变成了一条神秘的渠道，将人们的灵魂联系起来。

النجوم لا تجيب ولا الظلام ولا يجيب القمر.(أولاد حارتنا، ص. 361)

译文：黑夜、星星、月亮都不回答。

　　体现马哈福兹意象之美的隐喻还有很多，在此不再一一列举。在马哈福兹所构建的意象之中，可以发现其中有一些运用了"移觉"，这就是其隐喻诗性美感的第三种体现手法——通感之美。

3.4.3 通感美

　　通感是利用心理感受之间的交叉联系使文学形象具有更为强烈、鲜明的情感色彩或情绪感染力的一种方法，其所利用的感官联系，是一种可以被大多数人理解的高级感知能力。"在日常经验里，视觉、听觉、触觉、嗅觉、味觉往往可以彼此打通或交通，眼、耳、舌、鼻、身各个官能的领域可以不分界限。"[①]最典型的例子如朱自清的"微风过处，送来缕缕清香，仿佛远处高楼上渺茫的歌声似的。"通感能够为人们接受就在于其打通的不同感觉之间的相似点是相通的，不论是什么感官的功能，带给人的主观感受是类似的。

　　在马哈福兹小说语言中存在着大量通感隐喻，其中一部分是人们熟知的一般隐喻。比如：

صوت رخيم مشربة نبراته بعذوبة موسيقية(قصر الشوق، ص.154)

译文：柔和悦耳的语调中夹杂着音乐般甜美的声音。

　　音乐是听觉，甜美是味觉，把味觉移于听觉之上就构成了一个通感隐喻。这个通感成立的基础就是音乐给人听觉上的美感和甜食给人味觉上的美感是相通的。只是这个通感隐喻由于人们在日常生活中的大量使用，已难以上升到给人愉悦美感的程度。马哈福兹小说语言隐喻中类似的例子不少，比如把只涉及视觉、听觉的"笑"和只涉及视觉的"目光"打通到触觉中：

---

① 钱钟书，"通感"，《文学评论》，1962 年第 1 期。

فابتسمت ابتسامة خفيفة.(أولاد حارتنا، ص. 40)

译文：她淡淡的一笑。

وحدجه قدرة بنظرة باردة.(أولاد حارتنا، ص. 137)

译文：吉德拉用冰冷的目光逼视他。

马哈福兹小说语言隐喻中诗性美感的通感美主要体现在其独特隐喻之中。比如在前文分析过的这个句子：

ومناداتها لك ما أطربها، بصوت لا تدري كيف تصفه، لا رفيع النبرة ولا غليظها مثل ((فا)) السلم الموسيقي المنبعثة من كمان، رنينه في صفاء النور، ولونه لو تخيلت له لونا في زرقة السماء العميقة، دافئ الايماء، داعية الى السماء.(قصر الشوق ص.163)

译文：她对你的呼唤多么美妙动听，以一种你不知该如何形容的声音，那声调不高不低，就像小提琴奏出的音阶"4"，那声音如清澈的光辉，如果想象一下它的颜色，它就像深蓝色的苍穹，带来温暖的启示和对上天的祈祷。

这个通感隐喻给人以诗性美感，阿依黛的声音给人的美感和小提琴奏出的"4"和碧蓝的苍穹给人的愉悦感觉是一样的。又如：

قالت بصوت هادئ كنور القمر.(أولاد حارتنا، ص. 537)

译文：她用像月光一般平静的声音说。

声音是听觉，月光是视觉，把平静的声音隐喻为月光，月光带给人心灵的平静感觉和她那平静的声音一样，把视觉移到听觉之上，构成了这个极具美感的通感隐喻。

上面两个句子是单一概念隐喻，马哈福兹小说语言隐喻中的事件隐喻也有通感隐喻，即本体事件和喻体事件分别描述两种不同的感觉，比如下面这个句子：

لا يغير الليل منه إلا أن يغشي ما يحيط به من أحياء بالصمت العميق فيهبئ لأصواته جوا تعلو فيه وتوضح كأنه الظلال التي تملأ أركان اللوحة فتضفي على الصورة عمقا وجلاء.(بين القصرين، ص.10)

译文：黑夜并未使这条街发生变化，只是让周围的街区笼罩在深深的沉寂里，使它的喧闹声更加响亮清晰而已，就像涂在画板四周的黑色，使画面的深色和亮色更加清晰。

这个句子中，本体事件是用听觉来感受的，喻体事件是用视觉来感受的，这也是一个通感隐喻,用画板四周的黑色使画面的深色和亮色更加清晰来隐喻周围街区的沉寂使得该街道的喧闹声更加清晰。

上面所举的例子都是典型的通感隐喻,即把视觉、听觉、触觉、嗅觉、味觉进行感觉互通,产生通感。从这个角度上说,抽象概念是无法建立通感隐喻的,比如"花"可以给人视觉、嗅觉、触觉上的享受。但"想法""情感"却不能给人以感官感受。如果我们把这种典型的通感范围扩大到赋予本不可用感官感知的抽象概念以感官感受时,就会发现马哈福兹小说语言隐喻中有大量这样的例子。这个时候隐喻的基础是把抽象概念隐喻为物,因其为物,所以就具备给人以各种感觉的属性。在这样的隐喻句中,人们所关注的不是该抽象概念被隐喻为了物,而是被赋予了物的何种感觉属性,这时虽不是某种特定的"通感",却也是实实在在的"感知"。比如:

رجع أدهم إلى إدارة الوقف بقلب مفعم بجمال غامض كالعبير.(أولاد حارتنا، ص. 20)

译文:艾德海姆回到了基金管理处,心中充满莫名的、馨香般的美感。

美到底是一种客观存在还是主观感受,是哲学家们辩论的话题,无论其是主观的还是客观的,我们都无法确切地说"美"带给人的感觉是哪一种,或者是哪几种,但是在这个句子中对于隐约模糊的美,马哈福兹将其隐喻为一种馨香,用人的感官去感知"美",获得嗅觉上"香"的感受。"馨香"带给人的美感和这种隐约的美是一致的。下面这个句子同样是用"香"这种嗅觉来隐喻"回忆":

أقدام بطيئة وثقيلة استثارت ذكريات غامضة كرائحة زكية مؤثرة تستعصى على الإدراك والتحديد.(أولاد حارتنا، ص. 110)

译文:缓慢沉重的脚步引起了模糊的沁人心脾芬芳的回忆,难以理解和确定。

对于记忆,马哈福兹不仅可以用嗅觉来感知,也可以用视觉来感知,在下面这个句子中,他把记忆隐喻为苍白的,而且还为之找到了一个可用视觉感受的喻体,即"暗淡的光线":

يلوح لنا من الماضي بذكرى شاحبة كهذا الضوء الخافت الذي تشف عنه شراعة الباب.(قصر الشوق ص.11)

译文:过去给我们留下一些苍白的记忆,就像从门上的扇形窗中透进来的暗淡光线一样。

"希望"是人内心深处的一种心理活动，没有什么特定的感觉，但是却被赋予了味觉，是最甜美的希望：

صورة قمر بنت عزيز تعد أيضا بأعذب الآمال.(ملحمة الحرافيش، ص.391)

译文：阿齐兹的姑娘盖迈尔的形象也是最甜蜜的希望。

类似的"感知"隐喻还有很多，比如：

فرغم ذلك يثمل الفجر بغبطته الوردية، ويرقص شعاع الضياء في مرح أبدي!(ملحمة الحرافيش، ص.62)

译文：尽管如此，黎明在玫瑰色的欢乐中沉醉，阳光永远欢乐地舞蹈！

استسلم الأنامل الأحلام الناعمة حتى حرقته أشعة الصيف.(ملحمة الحرافيش، ص.23)

译文：他又做起了惬意的梦，炎炎夏日使他浑身热辣辣的。

虽然这些隐喻严格来说并不是通感隐喻的类型，但是和通感隐喻的基础相同，那就是用感觉去体认事物，相似之处都在于本体和喻体给人带来的感觉和感受相似。马哈福兹通过通感隐喻和基于感觉感知的隐喻，给读者带来由各种感觉交互打通而产生的美的感受。

3.4.4 哲理美

"有卓见的哲学家们都说：在哲学探索的终点上，是诗的起点，是节奏、韵律、和谐的起点，也是音乐的起点。因此，哲学—诗与音乐—灵魂，是人们精神世界中的三位一体的神圣天堂。"[①]马哈福兹小说语言的诗性美感同样体现在散发着他哲性光辉的一个个隐喻中，他自己就曾说过"小说可以包括你想要表达的思想、哲学、诗歌"[②]。

马哈福兹小说语言隐喻中的哲理之美集中体现在其使用隐喻来表达具有思辨性、引人思考的问题。比如：

كان الجسم كلما قطع في طريق الفراق قيراطا كابده القلب أميالا.(بين القصرين، ص.241)

译文：身体在离别的道路上挪动一寸，心却惶恐地跨出好几里。

استسلم لتيار حياته الزاخر مستغرقا فيه بكليته، فلم ير من نفسه إلا صورتها المنعكسة على سطح التيار.(بين القصرين، ص.50)

译文：他完全屈服、沉浸在自己丰富热闹的生活洪流中，除了洪流表面映照出

---

① 劳承万著，《诗性智慧》，河南人民出版社，1997 年，第 4 页。

② عبد الرحمن أبو عوف، الرؤى المتغيرة في روايات نجيب محفوظ، الهيئة المصرية العامة للكتاب، عام1991، ص.169.

来的自己的形象外，什么也看不到。

الساعة عدو مجالس الأنس.(السكرية، ص.845)

译文： 人们欢聚的时候，钟表是敌人。

في بلادنا شيوخ جاوزوا الستين ولكنهم ما زالوا شبانا بعقولهم، وفيها شبان في ربيع العمر ولكنهم معمرون-
منذ ألف سنة أو أكثر- بعقولهم، وهذا هو داء الشرق.(السكرية، ص.853)

译文： 在我们国家里有些人已年过花甲，但他们的思想还很幼稚；也有些风华正茂的年轻人，思想却很成熟，似有千年之久的阅历，这是东方病。

النظر إلى الحياة كمأساة لا يخلو من رومانتيكية طفلية والأجدر بك أن تنظر إليها في شجاعة كدراما ذات نهاية
سعيدة هي الموت.(السكرية، ص.968)

译文： 把人生看成是一场悲剧，这场剧中不乏幼稚的浪漫主义，你最好还是勇敢地面对它，把它看成是一出具有幸福结局的戏剧，其结局即死亡。

الصديق العائد بعد غيبة طويلة هو أفصح مرآة للانسان.(قصر الشوق ص. 77)

译文： 久别归来的老朋友是面最真实的镜子。

تتقوض مئذنة الجنون فتتراكم أنقاضها فوق الغدر والخيانة والسفه.(ملحمة الحرافيش، ص.491)

译文： 那座疯狂的宣礼塔将会倒塌，背信弃义、愚昧莽撞将被掩盖在它的废墟之下。

الحياة لا تقاس بالطول والعرض دائما.(قصر الشوق ص.180)

译文： 生命不能用尺度来衡量。

كان الأمل معقودا بأن قاطرة الحياة تسير وأن محطة الموت في الطريق على أى حال.(قصر الشوق ص.255)

译文： 希望本来就受到约束，生命的机车将继续行驶，死亡的驿站无论如何都会出现。

لنعترف بعد هذا كله بأن الملل يطوق الكائنات وأن السعادة ربما كانت وراء أبواب الموت.(قصر الشوق
ص.255)

译文： 让我们承认烦恼包围着世界万物，幸福也许就在死亡之门的后面。

从这些充满了人生哲理的隐喻句中，我们可以感受到马哈福兹思想的光辉，同时发现他善于用相对事物构建哲理隐喻，比如最后两个例句，"生活"和"死亡""烦恼"和"不幸"，通过隐喻的介入来表达自己对于这些矛盾概念的感悟，这反映出他有着极强的思辨思维。

马哈福兹小说语言隐喻体现出的哲理美与他学习哲学的经历、善于感悟、思考生活和人生是分不开的。马哈福兹在选择文学之前曾有过一段学习哲学的经历,他 1934 年毕业于开罗大学哲学系,在学期间不仅深入学习了伊斯兰哲学,还接触了各种西方哲学思潮。在马哈福兹看来,哲学"代表了对他人、生命及各种价值的一种态度,从这个意义上说,人不能没有哲学。总之,我倾向于让我的一系列作品最终成为一种以阅历和文化为基础逐渐形成的哲学。它可能最后也不会有一个明确的定义,也许我们根本无法定义,与绝大多数作家一样,我重视观察国民和他们的人性,对社会价值也很关注。这样我偏爱形而上,努力使对真知的追求与社会价值融通。"①

通过前文对马哈福兹小说语言隐喻中诗性美感特点的分析,可以看出马哈福兹不仅仅是一位小说家,也是一位诗人、一位哲人。之所以在其小说语言隐喻中呈现出对称美、意象美、通感美、哲理美,除了上面提及的一些原因,笔者认为和下面这些因素也密不可分。

首先,马哈福兹喜爱诗歌,他在青年时期就尝试写诗,这种尝试最早开始于高中时期。他有一个本子,上面写满了自己创作的诗,大部分诗没有韵律,这和现代诗歌学派对他的影响分不开。他说,"我非常喜欢诗歌,尤其是阿拉伯诗歌。我每天早餐后,出去散步之前都要读诗,哪怕只是一个诗句。"②很难想象一个厌恶诗歌的人会在其隐喻中体现出诗性美感。

其次,马哈福兹不断丰富和提高自己在哲学、艺术方面的知识和修养,他在大学期间发现自己缺乏科学、哲学、艺术方面的知识,趁着大三没有考试的机会,他抱着学习美学的初衷进入阿拉伯音乐学院学习竖琴和作乐。虽然在一年之后,他发现竖琴的学习和美的哲学之间没有绝对的关联而放弃了③,但有理由相信,在音乐学院学习的经历,对于丰富其哲学、艺术知识是大有裨益的,对于陶冶其诗性情操也是起到了积极作用的。当然,马哈福兹对于音乐的酷爱也在其中发挥了重要作用,相关内容将在本章第六节论及。

---

① 转引自谢杨著,《马哈福兹小说语言风格研究》,外语教学与研究出版社,2008 年,第 86—87 页。

② راجع: إبراهيم عبد العزيز، أنا نجيب محفوظ سيرة ذاتية، الهيئة المصرية العامة للكتاب، عام 2006، ص.47.

③ راجع: إبراهيم عبد العزيز، أنا نجيب محفوظ سيرة ذاتية، الهيئة المصرية العامة للكتاب، عام 2006، ص.32.

第三，马哈福兹对阅读有着强烈的渴望，他不仅是个好的作家，更是一个好的读者。"我一直在持续的阅读，每天三个小时，在我写作之后我就阅读，如果我不这样做，就没法睡觉"[①]，在患了糖尿病之后他才减少了阅读的时间。马哈福兹的眼睛患了炎症之后，影响了他的视力，他说，"不能阅读的痛苦远甚于不能写作的痛苦。你无法想象，阅读的乐趣大于生活中其他一切乐趣，包括写作"[②]，"我确实很难过，但是……无论如何，赞美真主，我还可以阅读，尽管时间不多了"[③]。马哈福兹曾经为阅读法国作家马塞尔·普鲁斯特的《追忆似水流年》而学习法语（当时尚未有阿译本），他坐在费莎维咖啡馆，右边是这本小说，左边是一本字典，以便查找意思模糊、难以理解的词语，就这样他读完了这本小说的原著。

马哈福兹所涉猎的阅读范围很广，他尤其喜欢阅读思想性书籍，他说，"因为我学习文学较晚，不可能对一部文学作品读两次以上，知识的范围很广泛，我喜欢新事物的习惯也不允许我把一部作品读上两次，但是确实有像《战争与和平》《追忆逝水流年》这样的作品是应该读上两遍的。假如现在我面前有一本研究科学和文化的思想性书籍，它是比文学和戏剧更能吸引我的。"[④]诗性语言的培养和对人生哲理的感悟与马哈福兹大量的阅读分不开，马哈福兹对于知识的渴望，尤其是思想性知识的渴望，是其人生哲理的来源之一，而对于不同文学作品的吸收，也是不断发展其诗性语言的动力之一。

第四，马哈福兹是一个生活极其有规律的人。他严格遵守自己的生活规律甚至到了不愿去旅游的地步，他说过，"我并不是一个讨厌旅游的人，现在我对于旅游的讨厌是因为它会打破我从写作以来养成的作息规律"[⑤]。这一点乍看起来好像和一个人的"诗性"是格格不入的，在人们眼中，"诗性"是天马行空、放荡不羁的，和有板有眼、按步就章的规律性生活好像完全不挂钩。对此，马哈福兹打了一个比方解释，"艺术灵感从生活的精确规律中受益，这种规律的生

---

① جمال الغيطاني، نجيب محفوظ يتذكر، دار المسيرة، عام 1980، ص.55.

② يوسف القعيد: نجيب محفوظ بيدأ عامه الـ 95، مجلة الضاد، سنة أولى، ع1، القاهرة، عام 2005.

③ جمال الغيطاني، نجيب محفوظ يتذكر، دار المسيرة، عام 1980، ص.56.

④ جمال الغيطاني، نجيب محفوظ يتذكر، دار المسيرة، عام 1980، ص.52-53.

⑤ جمال الغيطاني، نجيب محفوظ يتذكر، دار المسيرة، عام 1980، ص. 93.

活可以保存灵感的成果，灵感就像雨和洪水，有规律的生活就是挖河道，建堤坝，可以从天下掉下来的东西中受益，如果放任雨水和洪水不管，那么相较于繁荣，更易导致毁坏。"①笔者认为马哈福兹看似严谨，甚至死板的生活规律从形式到内容上给予其内心一种平静，这种平静正是诗产生的源泉，"伟大的诗都不是产生在噪声中，而是在一个人平静的时候。"②

最后，从性格上说，马哈福兹是一个谦虚的人，"他的性格和骄傲自大没有半点关系，骄傲会使人对于事物的理解力降低，骄傲的人只能看到他自己的世界，只会以自身的标准衡量事件和事物，任何一个人，骄傲会使其智力下降，感觉和感受的水平下降，只以自己的方式思考问题，只能感觉到与他有关的事情，马哈福兹完全不是个自满的人，所以他的头脑、感情、个性都拥有向空气、阳光打开的窗户，能对超出自身狭窄界限的世界有正确的观点。"③马哈福兹谦虚的性格对于其更好地体验和感悟生活、人生无疑是有益的。

总的来说，马哈福兹"把文学生活看做是活生生的生活，而不是从事的职业，我打开自己的感觉和理智去生活，阅读、写作"④，正是这一切赋予他小说语言隐喻对称美、意象美、通感美和哲理美的诗性美感。谢杨在《马哈福兹小说语言风格研究》中也论及马哈福兹的诗性语言风格，与本书总结的马哈福兹小说语言隐喻诗性美感特点相吻合，再一次印证了笔者在第一章提出的可以通过文学语言中的隐喻对作家语言风格进行研究的观点。

3.5 擅长幽默讽刺

马哈福兹小说语言隐喻的又一特点是幽默讽刺。《马哈福兹小说语言风格研究》一书在第二章第四节专门就马哈福兹小说语言的幽默讽刺风格进行了论述。他的这种语言特点和他在小说语言隐喻中体现出的幽默风趣也是不谋而合的。

马哈福兹是一个乐观的人，哪怕是在困难的艰苦的日子中，"事实上，乐

① رجاء النقاش، في حب نجيب محفوظ، دار الشروق، القاهرة، عام1995، ص.252.
② رجاء النقاش، في حب نجيب محفوظ، دار الشروق، القاهرة، عام1995، ص.144.
③ رجاء النقاش، في حب نجيب محفوظ، دار الشروق، القاهرة، عام1995، ص.254-255.
④ عبد الرحمن أبو عوف، الرؤى المتغيرة في روايات نجيب محفوظ، الهيئة المصرية العامة للكتاب، عام1991، ص.163.

观是最基本的生活的推动力，这种乐观的本质不是单纯、不闻不问，而是能聪明地意识到生活在不断变化"①。除了乐观，马哈福兹还是一个幽默的人，"他的确是个幽默高手，爱笑、爱生活，用幽默来包容人间的不幸，用幽默来减轻烦恼和愁苦"② "他在上文学系时就是个讲笑话的高手，他的欢笑声回荡在阶梯教室的各个角落"③ "你会发现马哈福兹在费莎维咖啡馆是诙谐幽默的人，他让那些专门讲笑话的人都哑口无言"④ "他在朋友的聚会中是最能笑，最开心的人"⑤。文如其人，他的小说语言隐喻中也深深烙下了幽默的印记。

"幽默文字不是老老实实的文字，它运用智慧，聪明，与种种招笑的技巧，使人读了发笑，惊异，或啼笑皆非，受到教育。……幽默的作家必是极会掌握语言文学的作家，他必须写得俏皮，泼辣，警辟。幽默的作家也必须有极强的观察力与想象力。因为观察力极强，所以他能把生活中一切可笑的事，互相矛盾的事，都看出来，具体地加以描画和批评。因为想象力极强，所以他能把观察到的加以夸张，使人一看就笑起来，而且永远不忘。"⑥ "最上乘的幽默，自然是表示'心灵的光辉与智慧的丰富'，如麦烈蒂斯氏所说，是属于'会心的微笑'一类的。各种风调之中，幽默最富于感情，但是幽默与其他风调同使人一笑，这笑的性质及幽默之技术是值得讨论的。"⑦

马哈福兹小说语言中的幽默隐喻总是给人带来类似相声中"包袱"式的愉悦。马哈福兹的幽默隐喻是靠丰富的想象和距离感产生的。但距离感并不是靠刻意的用奇实现的，相反，马哈福兹那些幽默的隐喻不仅喻体是人们熟知的，本体和喻体之间的相似性也是人们熟知的，所以才容易和读者产生共鸣。具体来说，马哈福兹的幽默隐喻是通过以下几种方式实现的。

3.5.1 熟悉的陌生化幽默

这种幽默是用常人熟悉但不常建立联系的喻体构建隐喻，本体和喻体之间

---

① رجاء النقاش، في حب نجيب محفوظ، دار الشروق، عام1995، ص.251-252.
② رجاء النقاش، في حب نجيب محفوظ، دار الشروق، عام1995، ص.24.
③ رشيد الذوّادي، أحاديث في الأدب، الهيئة المصرية العامة للكتاب، عام 1986، ص.29.
④ عبد المحسن طه بدر، الرؤية والأداة نجيب محفوظ، عام 1984، ص.69.
⑤ عبد المحسن طه بدر، الرؤية والأداة نجيب محفوظ، عام1984، ص.69.
⑥ 老舍，"什么是隐喻"，《北京文艺》，1956年三月号。
⑦ 林语堂著，《林语堂经典作品选 论读书 论幽默》，当代世界出版社，2002年，第39页。

的相似性易于理解，即"熟悉的陌生化"。"陌生化"是形式主义学派的一个核心概念，认为日常的现实磨钝了人们的感觉，人们按照习惯看待身边的世界，强大的惯性致使人们的目光陷于熟视无睹或者视而不见的境地，人们的所有感觉都因为不断重复而机械化、自动化了。文学的意义就在于创造性地打断习以为常的标准，从而让人们在惊讶之中重新使用眼睛，重新见识一个崭新的世界。[①]马哈福兹的幽默隐喻也是用人们熟悉的事物构建具有陌生化的隐喻。比如：

المسألة: إن ربنا أعطاه طبعا مثل دندورمة عم بدر التركي، ولو تحركت منذنة الحسين ما اهتزت له شعرة..!(قصر الشوق، ص. 36)

译文：问题是我们的主赐予他的性格就像白德尔•图尔基大叔卖的冰激凌，即使侯赛因清真寺的宣礼塔在晃动，他也不会动一根汗毛。

上面这个例句是海迪洁数落丈夫的话，马哈福兹把易卜拉欣的性格隐喻为冰激凌，两者的共同之处在于冰冷，没有热情，虽然冰激凌是人们生活中常见的冷饮，但用冰激凌来隐喻人的性格却很少见。如果直接给出"冷冰冰的性格"和"冰淇淋"两个概念，让读者在其中寻找相似性，会很容易知道其相似之处在于给人带来的冰冷感觉，因为人们对于冰激凌的体验是深刻印记在头脑中的，但如果直接让读者为"冷冰冰的性格"找一个喻体，未必大家都能想到"冰激凌"这般贴近生活又生动形象的隐喻。这个时候隐喻的幽默就在于"陌生又熟悉"的感觉，本体和喻体之间的联系很陌生，但其中的相似性又很熟悉，带给人一种智慧的启迪，一种解密的乐趣，为什么性格像冰激凌呢？稍作思考恍然大悟，原来两者都是冰冰的，读者在发现两者之间的相似处后，不得不折服于马哈福兹的幽默感。更妙的是马哈福兹还发挥了丰富的想象，即使高大巍峨的侯赛因清真寺的宣礼塔在晃动，易卜拉欣都可以泰山压顶不动声色，进一步说明了他冷冰冰的性格，同时把前一个隐喻推向更幽默的境界。又如：

ألا ترى أن من يتعب نفسه في الكلام عن إصلاح هذا البلد كالنافخ في قربة منقوبة؟(قصر الشوق، ص.149)

译文：难道你不认为那些夸夸其谈要改革这个国家的人，就像一个往有洞的皮囊里吹气的人吗？

在这个例句中喻体是人们所熟悉的，很多人都有过类似的经验和相关的知

---

① 参见南帆著，《文学的维度》，中国人民大学出版社，2009年，第27页。

识，往有漏洞的皮囊里面吹气，无论再怎么使劲，都没有用。虽然喻体是人们熟悉的事情，但本体和喻体之间的联系就不是人人都能做此联想了，读者在看到这个隐喻时，从本、喻体之间陌生的联系到两者之间熟悉的相似性的理解过程，就是获得马哈福兹幽默隐喻带来的愉悦的过程。又如：

لا تقع عيناها من الناس إلا على مناقصهم كعقرب البوصلة المنجذب إلى القطب أبدا.(بين القصرين، ص.35)

译文：她只要一看见人，立即就会挑人家的毛病，就像指南针永远指着南方一样。

海迪洁喜欢寒碜人，在邻居和熟人之间是头号爱挑毛病的，马哈福兹把她这种一见人就挑人毛病的习惯隐喻为指南针永远指着南极，喻体是人们熟知的自然常识，但喻体和本体之间的联系不是人人都能想到，指南针只会指向南极，而海迪洁只会指向人的缺点，产生了高度贴合的隐喻效果。又如：

الزوجة تتقلب بعد أشهر شربة زيت خروع. (قصر القصرين، ص.326)

译文：妻子过几个月就会变得像蓖麻油一样难喝了。

这个句子描写亚辛在和第一个妻子结婚后对于婚姻和妻子的厌倦心理，新婚数月之后，当初新娘带给亚辛的新鲜感已经消失了，无法再满足他强烈的情欲，所以把妻子隐喻为蓖麻油，虽然蓖麻油是人们很熟悉的事物，但是妻子和蓖麻油之间的联系却很少有，当读者领会两者精妙的相似之处时，也就体会到了马哈福兹幽默的风格。再如：

بيد أنها لم تستطع أن تنطق بكلمة واحدة حيال عينيه الملزمتين بالطاعة والاحترام وأنفه الكبير الذي بدا- وهو يرفع رأسه- كأنه مسدس نحوها، فانكتم حديثها الباطني تحت مظهر من الرضى والأدب كما تنكتم الأمواج الصوتية في جهاز الاستقبال بالمذياع بإغلاق مفتاحه.(قصر القصرين، ص.319)

译文：但是面对那双要求服从和尊敬的眼睛，和扬起头时像手枪似的对着她的大鼻子，她一句话也说不出来。她做出心悦诚服彬彬有礼的样子，隐藏起心里的话，就像把开关一关，就把收音机接收的声波隐藏起来一样。

亚辛带妻子去剧院一事，使得妻子宰奈白回家面对公公艾哈迈德时诚惶诚恐，上面这个例句中包含了两个十分幽默的隐喻，一是把艾哈迈德的大鼻子隐喻为一把手枪，既有形的相似，又有功能的相似，因为她知道公公要向她开火了，而把心里的话隐藏在彬彬有礼的外表之下隐喻为关上开关，收音机的电波就隐藏了，这更是人们很少有的联想，手枪和收音机都是熟悉的事物，但这两个隐喻中本体和喻体的联系是较少出现的，既生动形象，又充满幽默感。

3.5.2 激活一般隐喻的幽默

对一般隐喻进行幽默激活，也就是本体和喻体之间是人们熟知其相似性而且经常建立联系的，但通过增加某种要素，使原来的一般隐喻变成富有幽默感的独特隐喻。比如：

صادفه رجل ربعة قبيح الوجه كأن أصله فأر.(ملحمة الحرافيش، ص.20)

译文：他遇上一个中等身材、相貌丑陋的人，仿佛他的祖宗就是耗子。

上面这个例句中，如果马哈福兹只是把一个中等身材、相貌丑陋的人隐喻为耗子，那么只能说是个一般隐喻，因为我们形容一个人样貌丑陋总是用"獐头鼠目""贼眉鼠眼"这样的字眼，"丑人"和"老鼠"之间的相似性联系是人们较为熟悉的。但马哈福兹看似不经意地加了 "أصل（根源）"一词，把"丑人像老鼠"变成了"丑人的祖宗是老鼠"，给原来的一般隐喻注入了活力，变成了一个极富幽默感的独特隐喻。又如：

رفعت رأسها إلى النوافذ المغلقة وأطلقت لسانها كالسوط المحملة أطرافه بالرصاص المنقوع في السم.(قصر الشوق، ص.167)

译文：她抬起头对着紧闭的窗户破口大骂，舌头就像带着浸透了毒液的子弹的鞭子射向对方。

舌头像鞭子，或者说舌头像子弹都是人们较为熟悉的隐喻，但在上面这个例句中，马哈福兹赋予了子弹独特的性质"المنقوع في السم（浸透了毒液的）"，本来像带了子弹的鞭子一样的舌头就已经让人感觉够厉害的了，而且这子弹还是浸透了毒液的子弹，可以想象被这子弹击中之人必定是五脏俱焚，七窍生烟，在一般隐喻的基础上对喻体的性质增加了一个元素，使得句子的幽默意味立刻凸显出来。又如：

لأن اقترانها بذكرى فهمي صده وآلمه وأهاب به أن يغلق هذا الباب وأن يحكم أغلاقه.(قصر الشوق، ص.16)

译文：因为把她和对法赫米的记忆连结在一起，使他下不了手，令他痛苦，呼唤他关上这扇门，并把门关紧锁牢。

亚辛心中想和玛利娅发生关系，但由于之前法赫米对玛利娅的爱恋，玛利娅和亚辛一家人最痛苦的回忆紧紧联系在一起，他不能那么想，这种想却不能的感觉令他痛苦，呼吁他关上那种想法的门，如果这个句子的隐喻仅仅到此，把不再想及某事隐喻为关上其大门，未免显得平常，但马哈福兹又加上一句，还要把门关紧锁牢，就把这个一般的隐喻独特化，于是具有了幽默的特点。亚辛心痒难耐，关上门还不行，还得好好控制着门锁，千万别打开了，这个隐喻句把亚辛矛盾的心理用一种幽默的方式完整无遗地表现了出来。再如：

ولكني أخاف عليك من لسانك فهو الأحق بأن تتطيري منه، ونصيحتي التي لا أمل ترديدها أن تنقعيه في شراب مشبع بالسكر حتى يحلو ويصلح لمخاطبة العريس. (قصر الشوق، ص.324)

译文：但我担心你的舌头，它才是你最会惹祸的东西。我也不厌其烦地说过，我的建议是，把你的舌头放在浓糖水里面泡一泡，让它变得甜甜的，对新郎说些甜言蜜语。

上面这个例句是亚辛在妹妹海迪洁出嫁时对她说的话，因为海迪洁喜欢嘲讽别人，所以她的舌头可能会给她惹祸，让舌头变得甜一点，说些甜言蜜语本来是很寻常的隐喻，但马哈福兹在这里加入了一个细节动作，就是先把舌头在浓糖水里泡一泡，整个句子就充满了风趣的意味，把海迪洁的毒舌在糖水里面浸泡直到舌头变成甜的，说出来的话自然也就是甜言蜜语了。

3.5.3 利用本、喻体的反差表现幽默

马哈福兹还通过喻体对本体反方向牵引实现幽默隐喻。本体和喻体之间大相径庭，一正一反，一庄一谐，在两者的距离中实现幽默。比如：

إني أنذر اذا وقعت بين يدي امرأة في قدرها أن أنيمها وسط الحجرة عارية، وأن أدور حولها سبعا.(قصر الشوق، ص.259)

译文：我可以许愿，如果有这么一个女人落到我手中，我一定要让她赤身裸体地躺在房间中央，围着她转上七圈。

亚辛在路上看到一个胖女人时，许愿如果这样一个女人落在他的手中，他一定要让她赤身裸体地躺在房间中间，围着她转上七圈。虽然句子中没有直接出现喻体，但是我们知道这个动作有着强烈的宗教仪式的暗示，强烈的反差令人忍俊不禁。又如：

تستطيع الآن أن تقول أن الفيضان وصل الى أسوان وأنه لا مناص من فتح الخزان، وأنت تخطب اليها

ابنتها؟!؟(قصر الشوق، ص.124)

译文：你是来向她女儿求婚的，现在怎么能说"洪水已经到了阿斯旺，开闸是不可避免的？！"

亚辛在向玛利娅的母亲白希洁为自己和玛利娅求婚时，受到白希洁的挑逗，情欲无法抑制，他将此隐喻为洪水已经到了阿斯旺，开闸迎水是不可避免的。本体事件本来是乱性的，不正常的，令人啼笑皆非的，居然对自己未来的丈母娘产生了情欲还不可自制！但是喻体事件却是生活中一个自然的、正常的事情，洪水已经到了阿斯旺，开闸迎水自然是再正常不过的，事情本该如此。这个隐喻句在本体和喻体正常与不正常，应该与不应该的距离中，幽默的意味得到了体现。再如：

أي نعم،، كان ملتفا في معطفه، وعلى عينه نظارته الذهبية، وشاربه الغليظ يختال وقارا، كان يسير في رزانة ومهابة كأنما ليس هو ابن ((ضحكجي أغا)) وبنفس الوقار انعطف إلى البيت كأنما ينعطف إلى الجامع الحرام.(السكرية، ص.831)

译文：是的，他当时穿着大衣，带着金边眼镜，一脸络腮胡子，显得老成稳重。他沉稳地走着，一副神气十足的样子，仿佛根本不是"滑稽阿哥"的儿子，他同样稳重地走进那所房子，犹如走进神圣的清真寺一样。

凯马勒在父亲和外人眼中一直是个文质彬彬，风度翩翩的人，每天都在读书写作，似乎不解风情，没想到他却也和父亲一样出入风月场中。马哈福兹先对凯马勒外表的持重进行了描写，然后将他走进妓女房间这件事情隐喻为是走进神圣的清真寺，同样采用两个反差强烈的事件构成幽默的隐喻效果。

يخيل إلي أنه يظل متقدما برزانته ووقاره حتى يغلق الباب عليه وعلى صاحبة النصيب، ثم يأخذ في نزع ثيابه بنفس الرزانة والوقار، ثم يرتمي عليها، وهو في الغاية من الجد والزرانة كأنما يلقي درسا خطيرا.(السكرية، ص.832)

译文：在我想来，他去那里时是那么稳重和严肃，直到关上房门面对自己的伴侣。然后他也用同样的稳重和严肃脱去衣衫，扑到她身上，那么一本正经，就像在上一堂重要的课。

这个例句还是描述凯马勒去风月场的情景，同样是利用本、喻体之间的强烈反差，用"上一堂重要的课"那么严肃的喻体去隐喻风月之事，确实是个很妙的，令人爆笑的幽默。

3.5.4 通过丰富想象构建幽默意象

马哈福兹通过丰富的想象，构建幽默意象。当然，这一点和前面三种方式并不矛盾，而且前面几种方式都是以丰富的联想和想象为基础的，只是说这种类型的幽默隐喻中更多地借助了丰富的想象构建相应的幽默场景。比如：

ثم ذكر بالتالي اهتمامه القديم بشخصيتها الذي جاش به صدره عقب ذيوع الفضيحة، وما يدري إلا وقد أضاءت فجأة في نفسه لوحة معبرة؛ كما تضيء الاعلانات الكهربائية في الليل، سطر عليها((مريم..جارتك..الجدار لصق الجدار..مطلقة..ذات تاريخ وأي تاريخ..أبشر!)) (قصر الشوق، ص. 15-16)

译文：他随后想起，在那件丑事传开之后，他曾经看重她那令自己心胸激荡的性格。不知为什么，一块牌子点亮了他的心，好像霓虹灯广告点亮夜晚一样，那上面写着："玛利亚……你的女邻居……一墙之隔……被休了的女人……有一段撩人心弦的风流史……喜从天降。"

玛利娅与英国兵朱利恩之间的丑闻让亚辛心潮澎湃，就像霓虹灯广告照亮夜晚那样，一块广告照亮了他的心，夜晚的霓虹灯广告让人联想到灯红酒绿的地方，而且这广告牌上还把亚辛的心思写了出来，他的想法变成了广告牌上的广告语，玛利娅是你的女邻居，仅仅是一墙之隔近在咫尺的距离，而且她还是被休了的女人，过去曾有过一段撩人心弦的风流史，真是天大的好事！这个隐喻多么幽默讽刺。又如：

كالقائد الذي تعييه الحيل عن بلوغ الهدف فيختار موقعا ذا حصانة طبيعية ليثبت فيه فلوله، أو يدعو إلى الصلح والسلام.(بين القصرين، ص.249)

译文：她像一个束手无策，不能达到目标的将军，只好退守天险来整顿残部，或者呼吁停战和和解。

海迪洁姿色平平，婚事渺茫，她为自己的将来担心和恐惧，但是最后也只能听天由命，所以在上面这个例句中，马哈福兹把海迪洁当时的状态想象为一个无计可施的将军，只能退守天险，或以求和解，这样一个将军的状态像极了眼看妹妹比自己先出嫁的海迪洁，丰富贴切的想象是构建这个幽默隐喻的基础。

فوثب قائما وهو من الفزع في نهايته، مزدردا شهوته كما يزدرد اللص فص الماس المسروق اذا بوغت في مكمته.(بين القصرين، ص.287)

译文：他惊恐万状地一跃而起，把兽欲压了下去，就像一个盗贼在藏身处遭到袭击，为怕人赃俱获，把偷来的钻戒吞到肚子里一样。

这个例句描写的是亚辛想和女仆乌姆·赫奈菲发生性关系，试图用暴力战胜她的反抗，这时楼梯间门口处传来脚步声，亚辛十分慌乱，不得不压抑自己的兽欲，马哈福兹用盗贼映射亚辛偷腥，用贵重的钻戒映射亚辛兽性的情欲对其的重要性，用盗贼担心人赃俱获不得不吞下钻戒映射亚辛担心门口来人不得不压抑欲火，真是讽刺无比。

أي فتور يتبخر من تلك "الملكية" الآمنة المطمئنة.. الملكية ذات الظاهر الخلاب المغري لدرجة الموت والباطن الرزين الثقيل لحد اللامبالاة أو التقزز كأنها الشيكولاتة المزيفة التي تهدي في أول ابريل بقشرة من الحلو وحشو من الثوم.(بين القصرين، ص.313)

译文：谁知道这个安宁祥和的"君主政体"居然那么没有意思，它表面上诱人得要死，里面却索然无趣，令人恶心；它就像愚人节时送人的假巧克力，外面一层糖衣，里面塞的却是大蒜。

上句中，亚辛把婚姻比作"君主政体"，表面诱人，实则无趣，还把婚姻想象为愚人节的假巧克力，外面是糖衣，可是在尝过那层糖衣的甜味之后，里面包裹的却是味道刺鼻的大蒜，实在是幽默感十足。

ترامى إليه من ناحية الشباك الغارق في الظلمة طقطقة نفخت في حواسه روح أمل جديد كما تنبعث روح الأمل في نفس التائه في القطب اذا ترامى إلى سمعه أزيز الطيارة التي يحدس أنها جاءت للبحث عنه بين الثلوج.(بين القصرين، ص.253)

译文：他听到沉浸在黑暗中的对面窗户传来"吱呀"一声，心里燃起新的希望，如同在南极的迷路者听到嗡嗡的飞机声，估计这飞机是到冰天雪地中来寻找他的时候，心里产生希望一样。

这个例句描写亚辛等了宰努芭三个晚上，正当他快失去耐心时，对面窗户传来了"吱呀"一声，令他心中又燃起希望，隐喻为是南极的迷路者听到嗡嗡的飞机声，多么丰富的想象力！何等幽默的隐喻！可以想象当一个人在南极迷路本已绝望时，却听见救命的飞机嗡嗡声，该是多么的欣喜若狂！

在丰富的想象中，夸张也是构建幽默隐喻必不可少的要素，用夸张的喻体来映射本体，往往达到幽默的效果。比如：

لماذا لا تضربين المثل بنفسك، وأنت تأكلين كالطاحونة؟(السكرية، ص.846.)

译文：为什么不拿你自己举例子，你吃东西的时候可像座磨粉机。

这个例句是易卜拉欣嘲笑妻子海迪洁吃东西的样子，磨粉机转眼之间就能把食物变得粉碎，在能快速粉碎食物这点上，海迪洁和磨粉机是相似的，但海迪洁再怎么快，也不可能像磨粉机一样，马哈福兹选用了在相似程度上更夸张的喻体，令读者由磨粉机想象海迪洁吃东西的样子，着实令人发笑。

نعم؟ صفني! سب أمك إكراما لهذه المرأة التي عرفت كيف تأكل مخك، طالما تساءلت عما وراء الدعوات المتتابعة إلى ولائم قصر الشوق، وإذا بك تقع كالجردل!(السكرية، ص.923.)

译文：是吗？你说啊！把你妈骂一顿好去讨好那个女人，那个女人知道如何吃掉你的脑子，我一直在想她在思宫街不断请客的背后原因，原来是你像个水桶一样，掉在深井里！

因为宰努芭的缘故，自己的儿子阿卜杜·蒙伊姆数落自己，海迪洁责骂他，说宰努芭知道如何吃掉儿子的脑子，这句夸张的表达方式把海迪洁喜欢嘲讽他人的特点展现无遗，让读者读起来感到幽默风趣，而且还用水桶来隐喻阿卜杜·蒙伊姆已经深深掉进了宰努芭宴客的陷阱。

上文分析了马哈福兹构建幽默隐喻的主要方式，在他的小说语言隐喻中还有大量幽默讽刺的例子，在此不再一一列举。马哈福兹小说语言中的幽默隐喻，为我们提供了一扇了解马哈福兹幽默性格的大门。用代表了深层次思维方式的隐喻来说明马哈福兹的幽默性格是比较客观的。隐喻的形成建立在生活体验的基础之上，来源于细致的观察、深刻的思考和深入的体验。表层的思维容易形成，深层的思维不容易伪装。当一个个幽默隐喻以鲜活灵动的表达愉悦读者的时候，这种表达一定是代表了作者幽默性格和认知方式的最真实、深刻的一面。

3.6 偏爱音乐隐喻和疾病隐喻

音乐隐喻和疾病隐喻在马哈福兹小说语言隐喻中十分具有个人特色，故专作一节分析。

喻体的选择是构成隐喻的重要要素。同一个本体，不同作家会用不同喻体来映射，且映射方式上也会有自己的倾向性，这是一种写作习惯，不是偶然的。

影响作者选择喻体的关键是个人的生活经历所形成的记忆以及这种记忆沉积下来形成的认知体验。经验是形成隐喻概念的基础，人类的"经验结构"是隐喻的关键，而"经验结构"本身就是个人成长过程中积累的认知沉淀，个人认知沉淀来源于一种记忆的沉淀和沉淀后理论的整合。

人是以自身为出发点体验和认识客观世界的，一个人亲历了某个事件，以自己的身体感受了某种事物，他对所经历的东西会比间接了解到的东西有更深刻的印象，更容易由瞬时记忆转为长时记忆。因此，一个人的阅历越多，经验越丰富，他就越容易将自己体验过的不同东西做类比，越能找出不同事物之间的相似性，其认知结构就越容易形成，越容易创造隐喻。音乐隐喻和疾病隐喻都是马哈福兹由于自身独特的体验而形成的。

3.6.1 音乐隐喻

马哈福兹在其小说语言中使用了大量与音乐有关的隐喻，喻体涉及到音乐的乐曲、乐器、歌手、听音乐的感受等诸多方面。见下图：

从马哈福兹小说语言音乐隐喻中的丰富喻体中可以看出马哈福兹酷爱音乐，否则不会对音乐如此了解，也不会在选择喻体时偏爱与音乐相关的喻体。

乐曲：管弦乐、古老的曲调、忧伤曲子的结尾、青春乐曲、奇怪的外来曲调插入地道的东方乐曲、曲调的前奏、送葬曲、悲伤的乐曲、奇妙的乐曲、两个曲调中的间歇等。	**乐器：**小号、提琴、短笛、同一个管弦乐队里奏出两种不同的音调、调整调门准备让歌手进入新的曲调等。
音乐	
歌手：序曲奏完后准备开唱；歌手沉醉在幽怨诉说的歌曲里，他的心却陶醉在幸福和成功中等。	**听音乐的感受：**欣赏美好音乐的感受；本来只奢望听一个曲调，没想到赏赐给了他一个乐章等。

事实也的确如此，马哈福兹自幼喜欢音乐，尤其偏爱东方音乐。小时候他在杰玛利亚的家里就有一台留声机，他从小就听记了很多歌曲。他从书本上学习经典音乐，参加各种音乐会，竖琴是马哈福兹最喜欢的乐器，他大学期间进入音乐学院整整学习了一年，在音乐学院学习了美的哲学，发现了音乐的美。①他特别喜欢唱歌，崇拜乌姆·库勒苏姆的声音。②他结婚较晚，有两个女儿，大女儿叫做乌姆·库勒苏姆，他用已故歌手的名字为自己的大女儿取名字，就是因为他酷爱音乐。③马哈福兹曾说："在我的内心和生活中，除了文学，再没有其他艺术能像音乐一样渗透到我的灵魂和生命"④，"我喜爱形式艺术和音乐到了这样一种地步，我对它的喜爱几乎超过了我对文学的喜爱，要是我没有成为作家的话，我会成为一名歌者"⑤。

马哈福兹热爱音乐，而音乐和诗歌是同源的，它们与舞蹈一起最初是一种三位一体的混合艺术。⑥"一个诗人生来不是侧重图画，就是侧重音乐；不是侧重客观的再现，就是侧重主观的表现。"⑦音乐熏陶着马哈福兹的情操和灵魂。莎士比亚在《威尼斯商人》中写道"诗人会造出俄耳甫斯用音乐感动木石，平息风波的故事，因为无论怎样坚硬顽固狂暴的事物，音乐都可以立刻改变它们的性质；灵魂里没有音乐，或是听了甜蜜和谐的乐声而不会感动的人，都是擅于为非作恶、使奸弄诈的；他们的灵魂像黑夜一样昏沉，他们的感情像鬼域一样幽暗。"⑧一个热爱音乐的人，身上也免不了有诗人气息。"一个把灵魂升华到音乐圣殿的人，把奏鸣曲看做是灵魂的波动、闪光的人，他便进入了哲学的境界。"⑨马哈福兹酷爱音乐和他小说语言隐喻中体现出的诗性美、哲理美的特点是统一的，是相互作用、相互影响的。

---

① راجع: جمال الغيطاني، نجيب محفوظ يتذكر، دار المسيرة، عام 1980، ص.95.
② عبد المحسن طه بدر، الرؤية والأداة نجيب محفوظ، دار المعارف، عام 1984، ص.69.
③ عبد المحسن طه بدر، الرؤية والأداة نجيب محفوظ، دار المعارف، عام 1984، ص.67.
④ 转引自张洪仪、谢杨主编，《大爱无边——埃及作家纳吉布·马哈福兹研究》，宁夏人民出版社，2008年，第8页。
⑤ إبراهيم عبد العزيز، أنا نجيب محفوظ سيرة ذاتية، الهيئة المصرية العامة للكتاب، عام 2006، ص.33.
⑥ 参见朱光潜著，《诗论》，广西师范大学出版社，2005年，第7页。
⑦ 朱光潜著，《诗论》，广西师范大学出版社，2005年，第105页。
⑧ 莎士比亚著，朱生豪译，《莎士比亚全集》（三），人民文学出版社，1984年，第90页。
⑨ 劳承万著，《诗性智慧》，河南人民出版社，1997年，第4页。

马哈福兹小说语言中大量与音乐相关的隐喻，正是作者将自己的内在艺术气质与修养通过语言外化的一种表现。在此，仅举数例进行分析，更多例句参见附表 11。

马哈福兹音乐隐喻的第一类是把声音、器官隐喻为乐曲或者是可以弹奏出乐曲的乐器。比如：

صدر عنهم أوركسترا رباعي مكون من بوقين وكمان وصفارة. (قصر الشوق، ص.175)

译文：他们组成有两只小号、一把提琴和一支短笛的四重奏管弦乐队。

这支管弦乐队虽小，却有三种乐器构成，铜管乐器小号，弦乐器提琴和木管乐器短笛，几种音色各不相同，原本普普通通的声音却在马哈福兹笔下变成了充满美感的由不同乐器演奏出的管弦乐。又如：

الله...الله، النفس شعشعت واستحالت أغنية، وانقلبت الأعضاء آلات طرب، والدنيا حلوة. (قصر الشوق، ص.353)

译文：真主啊真主，心灵闪闪发光，化作歌声，肢体变成各种乐器，世界多么美好。

أميمة ترسل تنهدة عميقة مثل ختام أغنية حزينة. (أولاد حارتنا، ص. 67)

译文：乌梅玛发出的深深叹息就像一支忧伤曲子的结尾。

على رغم أنه أول من هز أوتار أذنيه بأنغام الشعر ونفثات القصص...(قصر الشوق، ص. 23-24)

译文：尽管他是第一个用诗的曲调、故事的气息拨动他耳弦的人……

بعثت النظرة في أوتارها عزف النغم فتوهج جمالها كالشعاع، واكتسى بحلة الظفر المبهرجة. (ملحمة الحرافيش، ص.193)

译文：目光里琴弦拨动，弹奏出乐曲，她的美光彩照人，他也因胜利而容光焕发。

第二类是把人、人的容貌隐喻为音乐。如对 "阿依莎" 的这两处描写：

جعلت هي تقترب في خفة وتبختر كأنها نغمة حلوة مجسمة. (قصر الشوق، ص.169)

译文：她轻盈傲慢地走近，犹如一首曼妙生动的曲子。

عند ذلك تراءت قسمات المعبودة رموزا موسيقية للحن سماوي مرموقة على صفحة الوجه الملائكي. (قصر الشوق، ص. 246)

译文：此刻，女神那天使般的面孔上的表情，就是那支来自上天的引人注目的

乐曲的乐谱。

第三类是把爱情隐喻为音乐。比如：

استرجع صداها لتستعيد رنين الحب في أوتار ثغره، والحب لحن قديم غير أنه يضحى جديدا عجيبا في ترنيمة خالفة. (قصر الشوق، ص.171)

译文：好好地回味它们吧，让爱情的曲调在口弦上回味。爱情是一支古老的曲子，却可以弹出新奇的不同调子。

ألا يمكن أن تنتهي عواطفه المتأججة إلى ذروتها إلى ختام كذلك؟ ألا يمكن أن يكون للحب- كهذا اللحن وككل شيء- نهاية؟!(قصر الشوق، ص.302)

译文：难道自己火一般的感情就不能在到达顶峰后旋即结束吗？难道爱情就不能像这乐曲或所有事情一样有个终结吗？

第四类是把生活、梦想等隐喻为音乐。比如：

ما عدا ذلك طوى وتلاشى في نغمة جديدة غامرة. (ملحمة الحرافيش، ص.42)

译文：除此之外，一切都消失在新的华丽乐曲中。

أرسله إلى الكتاب، وسكب في قلبه أعذب ألحان الحياة. (ملحمة الحرافيش، ص.94)

译文：他把他送进学堂，在他心中注入了最美好的生活曲调。

الفرحة والنور. عندما يصير الحلم نغمة تشدو في الأذن والقلب. (ملحمة الحرافيش، ص.25)

译文：当梦想变成了在耳畔和心间吟唱的乐曲时，眼前一片喜悦和光明。

第五类是把某种感觉隐喻为听音乐的感觉。比如：

كان يرى هذه الصورة بذاكرته لا بحواسه كالنغمة الساحرة تفني في سماعها فلا نذكر منها شيئا حتى تفاجئنا مفاجأة سعيدة في اللحظات الأولى من الاستيقاظ أو في ساعة انسجام، فتتردد في أعماق الشعور في لحن متكامل. (قصر الشوق، ص.153)

译文：他是凭着记忆而不是感官欣赏这幅容貌，就像一首迷人的乐曲，在听它的时候，乐曲消失了，我们什么都记不起来了，直至如梦初醒琴瑟和谐的那一刻，突然一阵幸福感袭来，乐曲完整地在感觉深处回响起来。

نفذت هذه الجملة المعطرة بالحب الملحنة بالصوت الملائكي في قلبه فطيرته نشوة وطربا، كالنغمة الساحرة التي تند فجأة في تضاعيف أغنية فوق المنتظر والمألوف والمتخيل من الأنغام، فتترك السامع بين العقل والجنون. (قصر الشوق، ص.171)

译文：这一句由仙女般的声音说出的散发着爱情芳香的话沁入他的心田，使他如痴如醉，飘飘然起来；就像迷人的旋律，突然从超出人们的期待、想象而不落俗套的歌曲配乐中迸发出来，让听者处于理智和疯狂中。

第六类是把一些事件用音乐中的元素来隐喻。比如用"前奏与曲调"映射"事件的开头和主体"：

مع أن هذا السؤال كان متوقعا من بادئ الامر إلا أنه وقع من نفسيهما- بعد الهدوء العجيب غير المنتظر- موقع الانزعاج فخافا أن يكون مقدمة لتغيير طبقة النغمة التى ارتاحا إليها ارتياح النجاة.(بين القصرين، ص.198)

译文：尽管这个问题一开始就在预料之中，但在未料到的不寻常的平静后，这个问题让他们很慌乱，生怕它是改变母亲顺利过关曲调的一个前奏。

أعقب حديث المجاملات صمت قصير فأخذت السيدة تتهيأ للحديث الجدي الذي جاءت من أجله كما يتهيأ المطرب للغناء بعد الفراغ من عزف المقدمة الموسيقية.(بين القصرين، ص.230)

译文：客套话之后是短暂的沉默，客人准备进入正题，就像歌手序曲奏完后准备开唱一样。

用"插入不同的曲调"映射"不和谐"：

اندس تساؤله في الحديث كما تندس نغمة غريبة مقتبسة في لحن شرقي صميم.(بين القصرين، ص.316)

译文：他的问题插入到大家的谈话中，犹如一段奇怪的外来曲调插进一首地道的东方乐曲中。

再如表示"心口不一"的隐喻：

ما أجمل هذه النغمة، المأساة أنها يمكن أن تصدر عن قلب فارغ، كالمغني الذي يذوب في نغمة حزينة شاكية وقلبه ثمل بالسعادة والفوز. (قصر الشوق، ص.282)

译文：这曲调多么美啊！可悲的是它出自空荡荡的心，就像一个歌手沉醉在幽怨诉说的歌曲里，他的心却陶醉在幸福和成功中。

يقول بلسانه ((اللهم التوبة)) على حين يقتصر قبله على طلب الغفران والعفو والرحمة كأنهما آلتان موسيقيتان تعزفان معا في أوركسترا واحد فتصدر عنهما نغمتان مختلفتان.(بين القصرين، ص.414)

译文：他嘴里说"真主啊，我忏悔！"而心里仅仅是要求宽恕和怜悯，他的口和心仿佛是两件乐器，在同一个管弦乐队里奏出两种不同的音调。

以及其他事件：

طمع في نغمة واحدة فوهب لحنا كاملا!(السكرية، ص.934)

译文：他本来只奢望听一个曲调，没想到赏赐给了他一个乐章。

ساد الصمت مرة أخرى كاللازمة بين النغمة والنغمة.(السكرية، ص.938)

译文：一阵沉默，就像两个曲调之间必须有一个间歇。

综观上面的音乐隐喻，可以看到本体和喻体所涉及的范围都相当丰富。通过马哈福兹创作的这些音乐隐喻，可以窥探马哈福兹对于音乐的认知深度。对于马哈福兹来说，"音乐"是"美"的同义词。这种"音乐美"在马哈福兹的认知中分为三个层次。如下图：

在马哈福兹"音乐美"的金字塔中，处于最下层的是声音之美，也就是音乐美的初级表现形式，在"声音之美"的阶段，由于"人或自然的声音"和"音乐"从物理属性上来说是同一范畴，所以只是"音乐美"在"形"上的体现。比如：

هل يمكن أن يسمع أنينه الخافت في ذلك الأوركسترا الكوني اللانهائي؟!(قصر الشوق، ص.358)

译文：在这无穷无尽的宇宙管弦乐中，能听得到他的低声呻吟吗？

تكاد تشملها نغمة صبا وانية متصلة إلا أن تقطعها في فترات متباعدة سعلة أو ضحكة أو قرقرة مدخن منهم. (قصر الشوق، ص. 67)

译文：（咖啡馆里）仿佛一直回荡着一首轻柔的青春乐曲，时而被咳嗽声、笑声或吸水烟的咕噜声打断。

把宇宙的声音隐喻为"管弦乐"，把咖啡馆里的声音隐喻为"青春乐曲"，从本、喻体的物理属性上说，都是"声音"，所以只是"音乐美"中的初级阶段。

"感觉、情感之美"位于金字塔的中间，是"声音之美"的深化，从同一物理属性范畴的本、喻体发展到完全不同范畴的本、喻体，从具体的"声音"发展到相对抽象的"感觉、情感"，是一种移觉。在马哈福兹看来，音乐绝不仅仅是一种声音的美，更重要的是听音乐时心理获得的美的感受，是"音乐美"的"质"的体现。比如：

تابعه مستسلما كما يتابع نغمة حلوة. (قصر الشوق، ص.338)

译文：他顺从地享受着这种感觉，就像欣赏一支美妙的乐曲。

مهما يكن من أمر الحب الذي مات فقلبه يبعث حنينا مسكرا، وأوتار الأعماق التي تهتكت أخذت تصعد أنغاما

بالغة في الخفوت والحزن.(السكرية، ص.927)

译文：尽管爱情已经死亡，他的心里还是产生一种甜蜜的怀念，那已断了线的心弦仍然奏出如诉如泣极其伤感的旋律。

从"声音之美"到"感觉、情感之美"是马哈福兹对"音乐美"从"形"到"质"认知的深化，在"感觉、情感之美"的基础上，马哈福兹认识到最高形式的音乐美就是"灵魂之美"，这是在"感觉、情感之美"之上的升华，马哈福兹从各种不同的感觉、情感中发现人应该追求的是"灵魂之美"，音乐美的最高阶段就是"灵魂之美"，音乐与灵魂的美感在是"神"上的相通。比如：

أنه موسيقى باطنية تعزفها الروح وما الموسيقى المعهودة بالقياس إليها إلا كقشور التفاح بالقياس إلى لبابه.(قصر الشوق ص.340)

译文：这是灵魂演奏的内在的音乐，一般的音乐与之相较，便如同苹果皮与果肉的区别。

马哈福兹所追求的正是这种"灵魂演奏的内在的音乐"。马哈福兹将自己对于音乐之美的不同认识和对于音乐的各种体验、领悟运用到了隐喻的构建中，形成了其隐喻的一个亮点。最后再用马哈福兹的一个隐喻来诠释他对于音乐的感受：

أتذكر ذلك النداء الذي نزل على غير انتظار؟، أعني أتذكر النغمة الطبيعية التي تجسمها؟.. لم يكن قولا؛ ولكن نغما وسحرا استقر في الأعماق كي يغرد دواما بصوت غير مسموع ينصت فؤادك إليه في سعادة سماوية لا يدريها أحد سواك. (قصر الشوق، ص. 20)

译文：你还记得那突如其来的呼唤吗？我是说，你还记得那天成的歌声吗？那不是说话，而是乐曲和魔力，它扎根于你的内心，用一种听不见的声音一直歌唱，你的心仔细聆听，感到除你之外谁也体会不到的天赐的幸福。

3.6.2 疾病隐喻

以疾病作为喻体的隐喻在马哈福兹小说语言中也是大量出现的，马哈福兹对于"疾病"隐喻的偏爱和他自己的健康状况不无关系。

马哈福兹小时候得过癫痫，这种病在当时是致命的，因为治疗手段也是初步的,这种病通常会导致死亡或发疯,因为患病,马哈福兹晚上了一年学。①好在当时症状很轻,马哈福兹很快恢复了健康。但是马哈福兹常年被健康问题所困扰,大学毕业时他的眼睛就出现敏感症状,随后皮肤也变得敏感,每年五月到九月都会因为眼睛问题而被迫停止写作,他的听力也不好,1960 年 49 岁的他患上了糖尿病,他回忆说,"我为此很担心,我知道这个病会让人身体虚弱……习惯糖尿病不是一件容易的事情,尤其是在 1980 年之后"②,1988 年他的视网膜又出现了萎缩,这严重妨碍了他的创作和生活。

作者的个人经历和对某个事件的特殊感受会或多或少地影响到他的文学创作,表现在隐喻中就是会选用自己最有感受的事物作为喻体。马哈福兹在其小说语言中运用了大量的疾病隐喻,比如《宫间街》中就有 22 例,《甘露街》中也有 10 例。

هذا الشعور الرطيب جدير بالتذوق، كالفرجة السعيدة على أثر وجع ضرس وضرباته.(قصر الشوق ص. (245

译文:这种柔情的感觉值得玩味,就像一阵剧烈的牙痛进攻之后感到片刻的幸福。

马哈福兹把柔情的感觉隐喻为剧烈牙痛之后的片刻幸福,读者无从知晓本体所指的柔情地感觉到底是一种什么样的感觉,可是但凡有过牙痛经历的读者一定会对这个隐喻感同身受,俗话说牙疼不是病,疼起来真要命,在要命的疼痛之后能有片刻的幸福是多么美好的感觉。在可作为"柔情的感觉"的诸多喻体中,马哈福兹单单选择了与疾病有关的喻体,这种偏爱和他对疾病的体验较多、较深是密不可分的。

马哈福兹的"疾病"隐喻中最有特色的两大类型就是把感情、感觉等抽象概念隐喻为疾病的单一概念隐喻,和用疾病给人的感受等事件来作喻体的事件隐喻。从下文两个图表中可以清楚地看出马哈福兹的疾病隐喻很大程度上是用来映射表现感觉、感情等单一概念和与之相关的事件的。

---

① عبد المحسن طه بدر، الرؤية والأداة نجيب محفوظ، دار المعارف، عام 1984، ص.66.
② إبراهيم عبد العزيز، أنا نجيب محفوظ سيرة ذاتية، الهيئة المصرية العامة للكتاب، عام 2006، ص.18.

本体概念：爱情、热恋、持久的忧郁、忧愁、痛苦、软弱的时刻

喻体概念：癌症、疾病、慢性病、瘟疫、急症、阵阵发热

相似点：其病菌至今尚未发现、总有饥饿感、把他包裹住了、不得不隐居、强烈的症状消失后，病情就稳定了、间歇发作

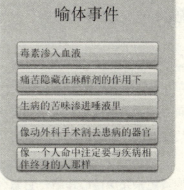

本体事件：痛苦渗入灵魂、害怕隐藏在欢乐的潮水下、厌倦心理渗进我的心里、把爱情割弃、他应该忍耐

喻体事件：毒素渗入血液、痛苦隐藏在麻醉剂的作用下、生病的苦味渗进唾液里、像动外科手术割去患病的器官、像一个人命中注定要与疾病相伴终身的人那样

第一个图表中涉及的单一概念隐喻：

والحب مرض غير أنه كالسرطان لم تكتشف جرثومته بعد.(قصر الشوق ص.391)

译文： 爱情是一种病，但它犹如癌症，其病菌至今尚未发现。

العشق داء أعراضه جوع دائم.(قصر الشوق ص.258)

译文： 热恋是种疾病，其症状就是总有饥饿感。

غشيته كآبة دائمة مثل المرض المزمن.(ملحمة الحرافيش، ص.125)

译文： 持久的忧郁就像慢性病一样把他包裹住了。

الحزن كالوباء يوجب العزلة.(ملحمة الحرافيش، ص.295)

译文： 忧愁像瘟疫，不得不隐居。

انتسرب الألم إلى مستقر له في الأعماق يؤدي فيه وظيفته من غير أن يعطل سائر الوظائف الحيوية كأنه عضو أصيل في الجسم أو قوة جوهرية في الروح، أو أنه كان مرضا حادا هانئا ثم أزمن فزايلته الأعراض العنيفة واستقر.(قصر الشوق ص.241)

译文：痛苦在他内心深处安家，在不妨碍其他生理机能的情况下，尽其职责，像身体里一个固有的器官或灵魂中一种本质的力量，或某一来势凶猛的急症，时间长了，强烈的症状消失后，病情就稳定了。

لكنها كانت في فترات ضعف كنوبات الحمى ثم يفيق إلى نفسه.(قصر الشوق ص.293)

译文：但是这种软弱的时刻就像阵阵发热那样间歇发作，然后他又清醒过来。

第二个图表中涉及的事件隐喻：

ذكر ذلك المنظر ذاهلا، ومع أن الألم كان يسيري في روحه كما يسري السم في الدم.(قصر الشوق، ص.200)

译文：他心烦意乱地回忆那情景，尽管痛苦就像毒素渗入血液一样，渗入他的灵魂。

غير أن مخاوفه كمنت تحت تيار المرح دون أن تتبدد كما يكمن الألم إلى حين تحت تأثير المخدر.(قصر الشوق، ص. 93)

译文：可是他的害怕隐藏在欢乐的潮水下，未曾消散，就像痛苦有时在麻醉的作用下隐藏起来一样。

قاتل الله الملل كيف يمازج النفس كما تمازج مرارة المرض اللعاب!(قصر الشوق ص.258)

译文：愿真主杀死厌倦心理吧，它怎么会像生病的苦味渗进唾沫中那样渗进我心里呢？

تمنيه لو كان للحب مركز معروف في الكائن البشرى لعله يبتره كما يبتر العضو الثائر بالجراحة؟(قصر الشوق، ص. 221)

译文：他真希望在人类世界有一个为人所知的爱情中心，也许他会像动外科手术割去患病的器官那样，把爱情割弃。

لكنه كان يؤمن ايمانا عميقا بخلود الحب؛ فكان عليه أن يصبر كما ينبغي لانسان مقدور عليه بأن يصاحب داء إلى آخر العمر.(قصر الشوق، ص.241)

译文：他深信爱情是永恒的，所以他应该忍耐，像一个人命中注定要与疾病相伴终身的人那样。

马哈福兹关于"疾病"的隐喻还有很多，除了上面提到的两种主要类型外，还有其他一些隐喻，比如把"创伤""药"作为喻体：

لعلها تضمد جرح كرامته التي قست عليها الخيانة وتقدم العمر.(قصر الشوق ص.374)

译文：也许她能包扎好他自尊的伤口，情妇的背叛和年龄的增长曾使他的自尊心受到残酷的创伤。

داو أي مرض بسكرة وضحكة ولعبة.(قصر الشوق ص.388)

译文：治什么病的药都是三个字：醉、笑、玩。

篇幅所限，无法对马哈福兹"疾病"隐喻一一分析，更多例句参见附表12。从马哈福兹的"疾病"隐喻可以看出他在构建隐喻时对于喻体的选择是受其经历影响的。马哈福兹对于疾病的体验比常人要多、要深，所以疾病自然就成为其构建隐喻时最容易想到的喻体之一，进而成为其小说语言隐喻的一个标志。从马哈福兹偏爱用与疾病相关的事物、事件作喻体的特点，有理由推知"疾病"这个图式已经深深印在了马哈福兹的认知中。此外，疾病的困扰也对马哈福兹坚持、坚韧性格的形成起到了一定的影响。

3.7 具有阿拉伯-伊斯兰文化特点

马哈福兹小说语言隐喻具有阿拉伯-伊斯兰文化特点。"沃尔夫曾经提出'伙伴关系'概念，即语言和文化一起成长，在成长中相互影响。语言决定思想和行为，同时又与文化相适应"[①]，通过隐喻可以深刻理解民族语言纷繁外表下的文化规约性，隐喻是和民族传统、思维方式和认知特点密切结合在一起的。马哈福兹小说语言隐喻的表达是以阿拉伯语为基础的，他使用的隐喻不仅融入了阿拉伯民族的思维特点，反映着时代背景、文化内涵，更渗透了阿拉伯民族和埃及人民的风俗习惯。

阿拉伯-伊斯兰文化包括阿拉伯文化和伊斯兰文化。阿拉伯文化并不完全等同于伊斯兰文化，因为阿拉伯文化是说阿拉伯语的阿拉伯民族的文化，而伊斯兰文化是所有信奉伊斯兰教的穆斯林的文化。由于伊斯兰教产生并兴起于阿拉伯半岛，成为绝大多数阿拉伯人信奉的宗教，因此，从伊斯兰教诞生后，"伊斯

① 转引自申小龙著，《汉语与中国文化》，复旦大学出版社，2004年，第109页。

兰文化一直是阿拉伯民族的主流文化，和阿拉伯文化在时间与空间上交接叠印在一起，形成阿拉伯-伊斯兰文化体系"。①阿拉伯文化在不同的历史时期有不同的历史范畴和不同的涵义："在伊斯兰教问世前及其初创时期，阿拉伯文化是指阿拉伯半岛居民的文化；此后是阿拉伯帝国的文化；在近现代及当代史指阿拉伯世界各国的总体文化。"② 阿拉伯-伊斯兰文化的多样性，使得其在马哈福兹小说语言隐喻中的表现也不单单局限在某一方面，但是总体来说，可以通过马哈福兹对喻体的选择来集中体现。

"中国人不会拿阿波罗的七弦琴作喻体，正如西洋人不会用孙悟空的金箍棒作喻体一样，中国人常用梅花、菊花、荷花、芙蓉作喻体，日本人常用樱花作喻体，西洋人则常用紫罗兰、郁金香作喻体。"③因为"不同民族有自己的历史积淀和深层结构，每个民族的个体都会有本民族的心理遗传，深深地影响着个人的精神、思维和行为方式，因而体现在隐喻上面出现了因民族不同而呈现的差异。"④尽管认知语言学家认为隐喻根植于我们的身体经验，但他们同时也承认身体经验只能告诉我们有可能产生哪些隐喻，而这些待选隐喻是否真的为某个文化所选择，则主要取决于该文化的各类模式。⑤在论述马哈福兹小说语言隐喻生动形象的特点时曾经论及他善于选择生活化的喻体，马哈福兹生活在阿拉伯-伊斯兰的文化背景之下，他所面对的读者首先也是与其生活在同样文化背景下的阿拉伯人，所以他所选择的生活化喻体自然会打上阿拉伯-伊斯兰文化的烙印。

马哈福兹曾说："我是两种文明的儿子。在历史上的一个时期里，这两种文明结下了美满姻缘。第一种是已有七千年历史的法老文明；第二种是已有一千四百年历史的伊斯兰文明。"⑥"我命中注定出生在这两种文明的怀抱中，吮吸

---

① 国少华著，《阿拉伯-伊斯兰文化研究——文化语言学视角》，时事出版社，2009年，第11页。
② 仲跻昆著，《阿拉伯：第一千零二夜》，吉林摄影出版社，2000年，第6页。
③ 倪宝元著，《修辞》，浙江人民出版社，1983年，第216页。
④ 张蓊芸著，《认知视阈下英文小说汉译中隐喻翻译的模式及评估》，中国文联出版社，2009版，第30-31页。
⑤ 蓝纯著，《认知语言学与隐喻研究》，外语教学与研究出版社，2010年，第127页。
⑥ 转引自张洪仪、谢杨主编，《大爱无边——埃及作家纳吉布·马哈福兹研究》，宁夏人民出版社，2008年，第16页。

它们的乳汁，汲取它们文学和艺术的养料，畅饮它们迷人的文化美酒。所有这些汇聚而成的灵感——加上我个人的渴求——使文思有如泉涌。"[1]这两种文明的文化特性在马哈福兹构建小说语言隐喻时对喻体的选择和认知中得到了充分展现。

3.7.1 选用阿拉伯人生活环境中的标志性事物作喻体

马哈福兹小说语言隐喻中选用了阿拉伯人生活环境中的标志性事物作为喻体。阿拉伯人生活环境中最具标志性的事物是"沙漠"，历史上以沙漠居民代指阿拉伯人，足见阿拉伯人与沙漠的渊源之深，学者们将阿拉伯人的固有文化称为"沙漠文化"或"游牧文化"。在沙漠环境中，又衍生出其他的标志事物："烈日""暴风""明月""沙漠动物"等等。

阿拉伯人对于其生活环境中的标志性事物的认知和生活在农耕文化下的人们是有差异的。一般来说，阿拉伯人对于"沙""暴风""烈日"的感受是负面的，对于"明月""夜晚""雨水"的感受是正面的，阿拉伯人对于前一组事物的认知为"风沙""酷热""令人窒息""令人疲惫""口渴难耐"等等，而对于后一组事物的认知为"清凉""可解渴的""美好""令人心情愉悦"等等，这和阿拉伯人生活的沙漠环境的地理、气候不无关系。在马哈福兹的小说语言隐喻中常常选用上述事物作为喻体，其认知与阿拉伯文化对这些事物的认知是完全一致的。比如：

إنك تخاطبين رجلا نقله حظه السعيد من الرمال المحرقة إلى جنة هذا البيت السعيد.(أولاد حارتنا، ص. 242)

译文：你在和一个幸运将他从炙热的沙漠里带到这个幸福家庭的天堂中的男人讲话。

生长于农耕文化的人对于沙漠的认识也许只是模糊的"炙热"，很少会对"الرمال（沙）"使用"المحرقة（燃烧的）"这样强烈的形容词，更别说把"炙热的沙漠"和"幸福家庭的天堂"对应起来了。又如：

اجتاحتها ذكريات صباها مثل عاصفة ترابية خانقة.(ملحمة الحرافيش، ص.430)

译文：她童年时代的记忆就像一场令人窒息的尘土风暴一样朝她袭来。

---

① 建刚、宋喜、金一伟编译，《诺贝尔文学奖颁奖获奖演说全集 （1901-1991)》，中国广播电视出版社，1993 年，第 761 页。

没有亲身体验过沙尘暴的人也许很难把令人窒息的记忆和尘土风暴联系在一起，但是对于生活在沙漠环境中的阿拉伯人来说，带着尘土的风暴是家常便饭。生活在阿拉伯文化环境中的马哈福兹选择喻体时自然会倾向于自己熟悉的，对于阿拉伯人来说最具生活气息的喻体。又如：

ونظر الجميع إلى الغد كأنما ينظرون إلى بزوغ البدر في ليلة من ليالي الربيع.(أولاد حارتنا، ص. 442)

译文：人人向往明天，如同在春之夜晚盼望圆月一样。

明天是美好的，对于阿拉伯人来说，美好就是在夜晚盼望圆月，这种美好的认知来源于夜晚代表着白天毒辣的日头之后到来的一丝清凉。生活于农耕文化的人很少会把期待美好的事物隐喻为在夜晚期待圆月，就是因为没有相应的体验和认知。

由于上文对其他几个喻体有所述及，故此处仅再举几例关于"沙"的隐喻：

وراح الناس يولون مذعورين كالرمال أمام العاصفة.(أولاد حارتنا، ص. 28)

译文：人们像暴风中的沙子一样惊慌逃窜。

في صحراء المماليك الوحشية المترامية لاح الرجال كحفنة من رمال.(ملحمة الحرافيش، ص.96)

译文：在一望无垠令人生畏的麦木路克沙漠中，出现一群人，他们就像一捧黄沙。

ضاع خضر مثل ذرة من رمال.(ملحمة الحرافيش، ص.260)

译文：赫德尔如同一粒沙子似的消失了。

هجم الحرافيش كالوحوش الضارية تخاطفوا الطعام وتخالطوا مثل ذرات الغبار في يوم عاصف.(ملحمة الحرافيش، ص.498)

译文：平民们像野兽般扑过去争抢食品，乱成一团，宛如暴风中的沙粒。

上面一组喻体为"沙"的隐喻，在农耕文化中就比较少见，至少不会成为普通人首选的隐喻。

阿拉伯人的生活环境和沙漠气候是密不可分的，所以在马哈福兹小说语言隐喻中也可以看到很多与沙漠气候有关的喻体。比如：

لم يكونوا كالآخرين، وما على الآخرين من ملام، حزنوا لحزنك ثم جعلوا يراوحون بين مجلسك الجاف ومجالسهم الندية فأي تثريب عليهم!(قصر الشوق، ص.14)

译文：他们和别人不同，他没有责备其他人，别人除了经常枯燥乏味地陪伴你

坐坐外，还去参加一些有意思的聚会活动，这也没什么可责备的。

هل يستحق ذلك اللقاء الجاف من كان يعتز بمثل مودتي لكم وقدم عهدي بكم؟(قصر الشوق، ص. 99)

译文：对于像我这样与你们有深情厚谊的老相识，见面时难道该爱理不理吗？

用"الجاف"和"الندي"来构建隐喻，是非常具有沙漠文化特色的，用"干""湿"隐喻本无干、湿可言的事情。干的，是枯燥的，守规矩的生活；湿的，是愉悦，饮酒作乐的生活。这和阿拉伯人对于"热""干"的厌恶和对于"水""湿"的喜爱是分不开的。

除了阿拉伯人的生活环境和沙漠气候，必须一提的还有游牧生活中的常见动物。游牧生活对于动物的依赖性更多，马哈福兹小说语言中有着大量的动物隐喻。仅在《思宫街》《我们街区的孩子们》《平民史诗》三部作品中，马哈福兹就使用了219个动物隐喻，其中，"动物"37个，"鸟"22个，"蛇"20个，"狗"18个，"虫"17个，"牛"14个，"狮子"12个，"羊"10个，"骡子"8个，"苍蝇"5个，"猪""狼""鸡""猫""驴"各4个，"骆驼""马""兔子""蜜蜂""蝎子""老鼠""蝴蝶"各3个，"虎""蚂蚁""蜘蛛""鸽子"各2个，"鸭""乌鸦""壁虎""乌龟""蝙蝠""象牙""猫头鹰"各1个。

可以说，马哈福兹对于动物隐喻的大量使用和游牧文化对其的影响是分不开的，在这诸多动物中，与阿拉伯人关系最密切的"骆驼""马"出现的次数并不多，而是"蛇""狗""牛""狮子""羊""骡子（驴）"等喻体出现的频率较高，这时隐喻构建的基础基本上都不是本、喻体之间在外形、动作上的相似性，而是用人们对于这些动物的基本认知进行隐喻，像"蠢驴""毒蛇""走狗"等等。比如：

ضحكوا عليه بلا ريب، وجدوا في طريقهم لقية، بغلا بلا سائس في ثياب أفندي.(قصر الشوق، ص.316)

译文：无疑，人们都会笑话他，把他当做马路上的破烂，一头身穿贵人的衣服，却无人饲养的骡子。

أيها البغل الخسيس المخلوق للتسول.(ملحمة الحرافيش، ص.17)

译文：你这个卑鄙的骡子，要饭花子。

أنت حمار كبير يحمل البكالوريا.(قصر الشوق، ص. 24)

译文：你是头有学士证的大蠢驴。

جميعكم أوغاد وكلاب.(ملحمة الحرافيش، ص.187)

译文：你们都是下流胚子，一群狗。

اخرس يا الكلب يا بن الكلب.(أولاد حارتنا، ص. 22)

译文：住嘴，狗崽子。

أنه مؤذ كثعبان.(ملحمة الحرافيش، ص.518)

译文：他像蛇一样有伤害性。

طالما حذرتك بما تعده الأفعى.(ملحمة الحرافيش، ص.299)

译文：我一直警告你要把他看做是条蛇。

　　文化对于人们对动物的喜好产生着影响，像上面这些认知在汉语里面是同样存在的，但也有一些有着独特的阿拉伯-伊斯兰文化特色。比如与农耕生活息息相关的动物"猪"，在阿拉伯文化中就是骂人的话。比如：

إنه خنزير مثل زوج أمه!(ملحمة الحرافيش، ص.286)

译文：他和他继父一样，是头猪！

يا لك من خنزير! لم لم تذكر هذه الاعتبارات يوم وقفت أمامي سائل اللعاب كالكلب؟(قصر الشوق ص.130)

译文：你真是头猪！你像条狗似的站在我面前流口水时，怎么就没想起说这些话呢？

　　阿拉伯人对"猪"的这种认知和伊斯兰教是分不开的，穆斯林不吃猪肉，嫌猪脏，《古兰经》中就有：

من لعنه الله وغضب عليه وجعل منهم القردة والخنازير وعبد الطاغوت.

译文①：有等人曾受真主的弃绝和谴怒，他使他们一部分变成猴子和猪，一部分崇拜恶魔。（宴席：60）

3.7.2 选用阿拉伯人传统生活中的标志性事物作喻体

　　阿拉伯人的传统生活是马哈福兹小说语言隐喻喻体的主要来源。比如"轿子""鞍子"这样的事物就多次出现在喻体中：

هاك جليلة وزبيدة، كلتاهما كالمحمل- كما كان يقول قديما- أو لعلهما ازدادتا شحما ولحما.(قصر الشوق، ص.
(77

------

① 《古兰经》译文出自马坚译，中国社会科学出版社，2009 年。

译文：如他过去所说，嘉丽莱和祖贝黛都像轿子一样，也许更胖了些，脂肪也更多了。

كالمحمل وقفت مليا وهي تتنهد كأنها تستجم من عناء النزول، وكالمحمل راحت تتمايل وتخطر إلى ناحية الدكان.(بين القصرين، ص.91)

译文：胖女人从车上下来似乎累坏了，像一顶轿子似的，站着直喘气。过了许久，轿子才开始摇摇晃晃地向店铺走来。

لا أريد أن أكون بردعة لكل راكب.(قصر الشوق، ص.284)

译文：我不愿做谁来谁骑的鞍子。

وقفا جنبا لجنب، هي كالمحمل وهو كالجمل، كعملاقين ملطفين بالحسن.(بين القصرين، ص. 111)

译文：他俩并肩站在一起，女的像轿子，男的像骆驼，倒也是珠联璧合的一对巨人。

　　阿拉伯人沙漠生活的独特感受时常出现在喻体中。如：

سيطاردك هذا السؤال كما تطارد الشمس في الخلاء راعي الغنم.(أولاد حارتنا، ص. 361)

译文：这个问题如太阳在旷野追赶着牧羊人一样对你紧追不舍。

راح ينصت إلى وقع أقدامهم مستأنسا إليها كما يستأنس الضال في مفازة إلى أصوات آدمية ترامت إليه مع الريح.(بين القصرين، ص.442)

译文：他倾听着他们的脚步声，感到格外亲切，就像在沙漠中迷路的人听到由风吹来的人的声音一样。

شمل كمال إحساس بالسعادة لهذه ((الصداقة الجديدة))، كان يشعر بأن جانبا ساميا من قلبه استيقظ بعد سبات عميق، فاقتنع أكثر من قبل بخطورة الدور الذي تلعبه الصداقة في حياته، وبأنها عنصر حيوي لا غنى عنه، أو يظل كالظامئ المحترق في صحراء.(السكرية، ص.862)

译文：凯马勒沉浸在这新友谊的幸福中，觉得自己心里崇高的一面从沉睡中苏醒了，他比以前更加相信友谊在他生活中所起的重大作用，那是对他不可缺少的活力因素，或者说他一直像个在沙漠中渴的嗓子冒烟的人那样渴望友谊。

رفع النقاب عن وجهها الذي طالعه في أحسن رواء.(أولاد حارتنا، ص. 29)

译文：他将她脸上的盖头揭开，她的脸就像最好的水源。

　　阿拉伯人喜欢喝咖啡及其饮食等方面的生活习惯也常被用来做喻体。如：

القراءة كالقهوة لا ضرر منها! (قصر الشوق، ص.158)

译文：看书和喝咖啡一样，不会有什么害处的。

في لحظات وجد نفسه غائصا في موج مصطخب يدفعه أمامه دفعا يعطل كل مقاومة وهو من الاضطراب في غاية، تحرك في بطء شديد تحرك حبوب البن في فوهة الطاحونة.(بين القصرين، ص.369)

译文：刹那间，他发现自己沉没在波涛滚滚的洪流中，波涛推着他向前，任何反抗都是徒劳，他恐慌极了，只好十分缓慢地移动，就像磨盘里面的咖啡豆慢慢晃动一样。

قال الأفندي وهو يبدو كمن يتمصص ليمونة.(أولاد حارتنا، ص. 148)

译文：经管人先生说，他看起来像吸吮柠檬汁。

قال سليمان لنفسه أن من النساء من هن جبن قريش ومنهن من هن زبدة وقشدة.(ملحمة الحرافيش، ص.149)

译文：苏莱曼对自己说，有的女人像干酪，有的女人像黄油和乳皮。

ألم يكونا كالزبدة والعسل حلاوة وامتزاجا؟(ملحمة الحرافيش، ص.428)

译文：难道他俩之间不曾有过黄油和蜂蜜那样甜美又如胶似漆的关系吗？

3.7.3 选用阿拉伯人心理认知中的标志物作喻体

"生活在如此自然环境和社会环境中的阿拉伯人形成了与之相适应的思维方式和行为方式：生产力的低下使他们质朴自然，安于天命，坚忍知足；生活圈子的狭小、生活的单调枯燥使他们狭隘短视，鲁莽冲动，反复无常；流动的游牧生活使他们无拘无束，桀骜不驯，勇敢尚武，慷慨热情；对恶劣环境的无奈使他们追求及时行乐。"[1]

阿拉伯人心理认知中有一个非常重要的标志就是"根"，阿拉伯人注重部落的根，看重家族的荣誉和血缘的联系，每个人都有属于自己的系谱。阿拉伯语就是一门以"根"为基础的派生语言，"根的稳定性与阿拉伯人历经岁月依然保持的个性是相应的，阿拉伯人本性难移，就像阿拉伯语有着不变的根字母"[2]"一个派生系统就像阿拉伯人的部落，一个部落的成员都有共同的根，彼此之间有着血缘上的联系，形成一个宗族"[3]。此外，阿拉伯人对于"根"的渴求也

---

[1] 国少华著，《阿拉伯-伊斯兰文化研究——文化语言学视角》，时事出版社，2009年，第16页。

[2] من فرحان السليم، " اللغة العربية ومكانتها بين اللغات" في موقع
http://www.wataonline.net/site/modules/news/article.php?storyid=31

[3] 国少华，"阿拉伯语派生构词的科学性和优越性"，《阿拉伯语世界》，1997年04期。

来源于沙漠生活难以扎根，容易断根的现实，沙漠文化的特点是流动性，逐水草而居，所以阿拉伯人对于"断根"的图式会有更多的体验。在马哈福兹小说语言隐喻中，也有大量相关的例子：

كأنه مقطوع من شجرة.(قصر الشوق ص.116)

译文： 他仿佛从一棵树上被砍下来了。

أنه على الحالين يرى كأنه ورقة شجر انتزعتها ريح عاتية من فنن غصن وألقت بها في غث النفايات. (قصر الشوق ص.211)

译文： 无论怎样，他都觉得自己像片树叶，被狂风从枝头扫落，飘落在垃圾堆上。

ولكن شمي الدين عود أخضر ما أيسر أن ينكسر.(ملحمة الحرافيش، ص.100)

译文： 然而舍姆苏·丁是一根嫩枝，多么容易折断啊！

شعر بأنه يقتلع من جذوره وأن الشمس لم تعد تشرق.(ملحمة الحرافيش، ص.125)

译文： 舍姆苏·丁觉得自己被连根拔起，太阳不再照耀了。

سيعلم الزوج أنها ليست مقطوعة من شجرة على الأقل.(ملحمة الحرافيش، ص.352)

译文： 她的丈夫终将明白，她至少不是从树上砍下的一根树枝。

يوم عجيب في الأيام حقا، اكتسحه سيله الزاخر فحمله بين أمواجه العاتية كوريقة لا وزن لها حتى طار بها كل مطار.(بين القصرين، ص.468)

译文： 这确实是奇怪的一天，他被卷进汹涌的人流和奔腾咆哮的波涛中，好像一片轻飘飘的树叶随波逐流。

وينمو الوليد في أرض غريبة كغصن مقطوع من شجرة.(أولاد حارتنا، ص. 215)

译文： 孩子在异乡长大，犹如断了根的树枝。

بدا له اليوم كئيبا ذميما منتزعا بالقوة الغشوم من مجرى الزمان الذي يتدفق في الخارج حافلا بالمسرات كما ينتزع الغصن من الشجرة فيستحيل حطبا.(بين القصرين، ص.379)

译文： 对他来说，今天是忧愁、倒霉的一天，被暴力强行剥夺了在外面充满了欢乐的时光，犹如从树上砍下的树枝，将变成干柴。

يهتف قلبه مع الهاتفين ويتحمس مع المتحمسين ولكن عقله يقاوم التيار متعلقا بالحياة فمكث وحده في المجرى كأصل شجرة اقتلعت العواصف أغصانها. (بين القصرين، ص.456)

译文： 他的心随着呼喊的人们一起呐喊，随着情绪激昂的人们一起激动，但是他的理智却因眷恋生命而抵制这洪流，于是他独行其是滞留不动，就像一棵被飓风刮断其树枝的树根。

早期的阿拉伯人只有部落意识，没有民族观念。部落是靠血缘关系为基础来维系的，在阿拉伯人看来，失去部落的庇护是最大的不幸，切断血缘的联系是最大的耻辱，所以"血"也是阿拉伯人心理认知中的标志物。在马哈福兹小说语言中关于"血"的隐喻就反映了阿拉伯人的这种心理认知：

إن أسرتنا المجيدة تجري في دماها الجريمة منذ القدم.(أولاد حارتنا، ص. 164)

译文：我们光荣的家庭自古以来就流淌着罪恶之血。

دمي بريء منها! (قصر الشوق، ص.373)

译文：我的血比她的血干净！

3.7.4 与伊斯兰教相关的喻体

马哈福兹小说语言隐喻中有着浓郁的伊斯兰宗教特点。"伊斯兰教既是伊斯兰文化的核心，也是伊斯兰文化的灵魂。说它是核心，是指它是伊斯兰文化的主体部分；说它是灵魂，是指它渗透于伊斯兰文化的各个领域。"[①]伊斯兰教、伊斯兰文化对阿拉伯人，对广大穆斯林的影响范围之广、程度之深超过世界上其他任何宗教。它在阿拉伯国家的政治、经济、法律、社会生活中都起着重要作用；它作用于穆斯林的价值观念、道德规范、审美意识、生活习俗等许多方面。[②]

就像马哈福兹在《甘露街》中写的那样"我们是看着周围的人做礼拜，履行宗教义务长大的，就像生活在一座清真寺里"。[③]马哈福兹从小就生活在一个良好的宗教氛围中，马哈福兹曾说，"我的童年是正常的，是不知道离婚、多妻、孤儿的童年，正常的童年意味着孩子在父母平静安稳的生活中长大，我的父亲不是酒鬼，也不是赌徒，也不十分严厉，这些在我的生活中都没有出现过，我是在父母和家庭的爱的氛围中长大的，我珍视父母和家庭，家中唯一的文化之

---

① 孙承熙著，《阿拉伯伊斯兰文化史纲》，昆仑出版社，2001年，14页。
② 国少华著，《阿拉伯-伊斯兰文化研究——文化语言学视角》，时事出版社，2009年，第49页。
③ 见 "لقد نشأنا فوجدنا من حولنا يصلون ويتعبدون كأننا في جامع!(السكرية، ص.847)"

线就是宗教。"①马哈福兹是一位虔诚的穆斯林和坚定的爱国主义者，他不认为现代化就意味着与传统文化决裂或对传统价值观的反叛。在他看来，优秀的传统文化为埃及人留下了宝贵的精神财富，对传统价值观粗暴的摒弃将使现代价值观成为无本之木。②

马哈福兹曾说，"我认为宗教在我的作品中很重要，我通过宗教来凸显埃及民众的真实状况、习俗、传统和个性，所以我的作品中不可能缺少宗教这个要素。"③体现在小说语言隐喻中，马哈福兹选择了很多与伊斯兰教相关的喻体。

3.7.4.1 宗教建筑作为喻体

建筑是一切艺术品中最能持久的一种艺术，宗教建筑总是建筑艺术的主要代表。寺院就是神灵之家，信徒们尽心竭力地使寺院具有更高的品格，不像人住的房屋那样，只要满足物质上的需要就够了。因此，就信奉伊斯兰教的阿拉伯人而言，艺术的最高表现就是宗教的建筑。④

清真寺的功能不仅限于宗教领域。它不光是伊斯兰教宗教活动的中心，也是穆斯林政治、社会活动、文化教育的重要场所。清真寺与穆斯林一生的生活息息相关，它承载着穆斯林的信仰，寄托着穆斯林的情感，记载着伊斯兰的历史，浓缩着伊斯兰的文化，是伊斯兰文化最显著的特征之一。⑤"除非他们的心碎了，他们所建筑的清真寺，将永远成为他们心中游移的根源。"⑥

马哈福兹的小说语言隐喻中出现大量宗教建筑物的喻体，比如"宣礼塔""天房""修道院""圆屋顶"等：

تهاوى على الأرض كمئذنة.(ملحمة الحرافيش، ص.169)

译文：他像宣礼塔那样倒在地上。

بل أصبح غريبا بين الناس غرابة المئذنة بين الأبنية. إنه مثلها قوي وجميل وعقيم وغامض.(ملحمة الحرافيش،

① جمال الغيطاني، نجيب محفوظ يتذكر، دار المسيرة، عام 1980، ص.15.
② 陆怡玮，"《我们街区的孩子们》与现代阿拉伯社会核心价值观的自我更新"，《阿拉伯世界研究》，2009年第4期。
③ إبراهيم عبد العزيز، أنا نجيب محفوظ سيرة ذاتية، الهيئة المصرية العامة للكتاب، عام 2006، ص.61.
④ 参见希提著，马坚译，《阿拉伯通史》，商务印书馆，1995年，第299页。
⑤ 国少华著，《阿拉伯-伊斯兰文化研究——文化语言学视角》，时事出版社，2009年，第43页。
⑥《古兰经》，战利品：110

ص.437)

译文：他与众不同，就像那座宣礼塔在建筑物中与众不同一样，他像它一样，强健、美丽、不育、神秘。

كأنه يحمل المئذنة المرعبة فوق كاهله.(ملحمة الحرافيش، ص.441)

译文：他的肩上仿佛扛了那座令人畏惧的宣礼塔。

كشفت الأيام عن أنيابها الحادة القاسية، وتضخم شبح الجوع كالمئذنة المجنونة.(ملحمة الحرافيش، ص.498)

译文：岁月露出它尖锐、残酷的犬齿，饥饿的黑影像那疯狂的宣礼塔一样越来越巨大。

نما نموا هائلا مثل بوابة التكية، طوله فارع، عرضه منبسط.(ملحمة الحرافيش، ص.11)

译文：阿舒尔生得高大魁梧，酷似修道院的大门。

لا تجعلي من الحبة قبة.(ملحمة الحرافيش، ص.302)

译文：你不要小题大做（将颗粒当寺的圆屋顶）。

3.7.4.2 宗教信仰和仪式作为喻体

把宗教信仰和宗教仪式作为喻体的组成部分，比如"礼拜""朝觐""圣战"等等：

يرتفع صوت النادل كهتاف المؤذن.(بين القصرين، ص.10)

译文：堂倌扯着嗓子的吆喝声和宣礼员的招祷声一样响亮。

فهبطت النبابيت كرؤوس المصلين.(أولاد حارتنا، ص. 481)

译文：棒子如礼拜者的头一样落下。

جلس الاخوة في أدب وخشوع، خافضي الرؤوس كأنهم في صلاة جامعة.(بين القصرين، ص.26)

译文：兄弟们规规矩矩、恭敬地坐下，都低着头，仿佛在清真寺里做礼拜。

أما السعادة العمياء التي تضيء وجوه الطائفين من حوله فقد نبذها غير آسف.(قصر الشوق، ص.392)

译文：至于让周围拜谒者容光焕发的盲目幸福，早已被他毫不遗憾地摒弃了。

عليه أن يتقبله بتسليم صوفي كما يتقبل العابد القضاء.(قصر الشوق، ص. 201)

译文：他应该以苏菲精神来接受它，俨如信神者接受天命一样。

عندما رأى كمال وهو مقبل ذلك المنظر آمن بأنه يحج إلى مملكة النور لأول مرة في حياته.(قصر الشوق، ص.297)

译文：凯马勒来到公馆，看到这派景象，深信这是自己有生以来第一次朝拜一个光明的王国。

لكن الحياة لم تكن تتيسر له إلا أن يحج كل أصيل إلى العباسية فيطوف بالقصر من بعيد في مثابرة لا تعرف اليأس.(قصر الشوق، ص.241)

译文：他的日子不好过，每天黄昏到阿拔西亚街朝觐，远远地、不离不弃地绕着公馆转。

يأبى حسين إلا أن يتحدث عن رأس البر، أعدك بأن أحج إليها يوما وأن أسأل عن الرمال التي وطنتها أقدام المعبودة لألثمها ساجدا.(قصر الشوق، ص.255)

译文：侯赛因一味谈论比尔角。我向你保证：我总有一天会到那儿去朝觐，请求女神的脚踏过的沙子，我要叩头亲吻它。

- لم أعد أطيق القذارة!

ثم بحدة نمت عن ألم دفين:

-لا أستطيع أن ألقى الله في صلاتي وثيابي الداخلية ملوثة!

فقال فؤاد بسذاجة:

-تطهر واغتسل قبل الصلاة!

فقال كمال، وهو يهز رأسه للاستعارة الضائعة:

-ان الماء لا يطهر من الدنس. (قصر الشوق، ص. 72)

译文："我再也不做那种龌龊的事了！"凯马勒恼羞之中怀着隐痛说，"我不能礼拜时穿着肮脏的内衣面对真主"！"你礼拜前清洗清洗不就可以了吗"富阿德天真地说。"这种污秽用水是洗不干净的。"凯马勒回答道，对他朋友不理解他的比喻直摇头。

حزه ألم كهذا من قبل يوم اطلع على كلمة جارحة تهجم بها كاتبها على نظام الزواج في الإسلام.(قصر الشوق، ص.257)

译文：他痛苦得心如刀绞，就像他有天读到有人撰文攻击伊斯兰教婚姻制度时那样。

3.7.4.3 宗教人物及故事作为喻体

把宗教人物作为喻体。比如"先知""天使""魔鬼""精灵"等等：

الظلام مرة أخرى. يتجسد في القبو. يغطي المتسولين والصعاليك. ينطق بلغة صامتة. يحتضن الملائكة والشياطين.(ملحمة الحرافيش، ص.41)

译文： 黑暗又一次，降临在地窖。它笼罩着乞丐和浪子。它诉说着无声的言语。它拥抱着天使和魔鬼。

إن الحارة في حاجة إلى من يخلصها من شياطينها كما تخلصين الممسوسين من عفاريتهم.(أولاد حارتنا، ص. 231)

译文： 街区需要一个人把它从魔鬼手中拯救出来，就像吸毒者需要摆脱他们的恶魔。

أنا انسانة من لحم ودم، فتح عينيك وصل على أبي فاطمة!(قصر الشوق، ص.280)

译文： 我是有血有肉的女人，睁开你的眼睛看一看，你还是为法蒂玛的父亲祈祷吧！

把宗教概念和宗教故事情节作为喻体。马哈福兹曾说，"我读《古兰经》的时候很认真地读其中的故事，这些故事就像精彩高超的叙事艺术吸引着我，对我们意识影响最深的故事就是《古兰经》的故事。"①比如：

هو يدعو من الأعماق ((اللهم قل لهذا الحب كن رمادا كما قلت لنار ابراهيم كوني بردا وسلاما))؟(قصر الشوق، ص.221)

译文： 他从内心深处祈祷"真主啊，你对这爱说'变成灰烬'吧，就像你对烧易卜拉欣的烈火说'变成凉爽和平的'那样。"

طاوعيني وتعالي معي إلى الحسين، ضعي يدك على الضريح واتلي الفاتحة تتحول نارك إلى برد وسلام كنار سيدنا إبراهيم.(السكرية، ص.905)

译文： 听我的话跟我一起去侯赛因清真寺吧，把你的手放在陵墓上，诵读《古兰经》开端章，你的火就会变成凉爽安宁，就像当初易卜拉欣的火一样。

先知易卜拉欣劝诫族人改多神信仰为一神信仰，并打碎了他们的偶像，他被族人投入烈火之中，真主命令火"变成凉爽的和平的"，想谋害他的人得到了报应。这是《古兰经》中的故事，见第二十一章《众先知》第51节至第70节。又如：

أتذكر ذلك النداء الذي نزل على غير انتظار؟، أعني أتذكر النغمة الطبيعية التي تجسمها؟.. لم يكن قولا؛ ولكن

---

① إبراهيم عبد العزيز، أنا نجيب محفوظ سيرة ذاتية، الهيئة المصرية العامة للكتاب، عام 2006، ص.61.

نغما وسحرا استقر في الأعماق كي يغرد دواما بصوت غير مسموع ينصت فؤادك إليه في سعادة سماوية لا يدريها أحد سواك، كم روعك وأنت تتلقاه؛ كأن هاتفا من السماء اصطفاك فردد اسمك، سقيت المجد كله والسعادة كلها والامتنان كله في نهلىة واحدة وددت بعدها لو تهتف مستنجدا: ((زملوني.. دثروني)) (قصر الشوق، ص. 20)

译文：你还记得那突如其来的呼唤吗？我是说，你还记得那天成的歌声吗？那不是说话，而是乐曲和魔力，它扎根于你的内心，用一种听不见的声音一直歌唱，你的心仔细聆听，感到除你之外谁也体会不到的天赐的幸福。你刚听到她喊你的时候是多么惊诧啊，仿佛呼唤声来自天上，它看中了你，呼叫着你的名字，使你在顷刻之间享尽了所有的荣誉、幸福和恩宠。在那以后，你想高声呼求："陪陪我吧，给我盖上衣被吧！"

传说先知穆罕默德第一次听到天使传达真主的启示后，浑身发颤跑回了家，让妻子给他盖上毯子，连说"给我盖上衣被吧"，此处暗喻阿依黛的呼唤带给凯马勒的震撼犹如真主带给穆罕默德的启示。

3.7.4.4 喻体受《古兰经》中隐喻的影响

马哈福兹的语言风格受到《古兰经》的影响，比如《我们街区的孩子们》的语言风格受《古兰经》影响就很深，像马哈福兹这样一个被《古兰经》深刻影响的人，只有那些无知、极端的人才会认为他厌恶伊斯兰教，是伊斯兰教的敌人。[1]

马哈福兹小说语言隐喻中的部分喻体受到《古兰经》中隐喻的影响。比如：

ختم الله على قلوبهم وعلى سمعهم وعلى أبصرهم غشاوة ولهم عذاب عظيم.

译文：真主已封闭他们的心和耳，他们的眼上有翳膜；他们将受重大的刑罚。（黄牛：7）

لو لم أصادف ياسين في الدرب لما انقشعت عن عيني غشاوة الجهل.(قصر الشوق ص.350)

译文：假如我没有在小巷里偶遇亚辛，我眼上蒙着的无知翳膜就不会被揭开。

ثم قست قلوبكم من بعد ذلك فهي كالحجارة أو أشد قسوة.

译文：以后，你们的心变硬了，变得像石头一样，或比石头还硬。（黄牛：74）

---

① راجع: رجاء النقاش، في حب نجيب محفوظ، دار الشروق، القاهرة، عام1995، ص.258-259.

لو صح أن نحكم على القلوب بقلب الأم لبدت القلوب أحجارا..(قصر الشوق ص.13)

译文：要是我们用做母亲的心去衡量别人的话，那么所有人的心都像石头一样硬。

قال إبراهيم فإن الله يأتي بالشمس من المشرق فأت بها من المغرب.

译文：易卜拉欣说："真主的确能使太阳从东方升起，你使它从西方升起吧。"（黄牛：258）

عندما تشرق الشمس من الغرب!(ملحمة الحرافيش، ص.330)

译文：当太阳从西边出来的时候！

واعتصموا بحبل الله جميعا.

译文：你们当全体坚持真主的绳索。（仪姆兰的家属：103）

خبرني، هل تدرسون هذه النظرية في المدرسة؟

التقف حبل النجاة الذي تدلى إليه فجأة، فقال لائذا بالكذب.(قصر الشوق ص.324)

译文："告诉我，你们在学校就学这种理论吗？"
他赶紧抓住这根突然垂下来给他的救命绳，借助谎言自救。

لهم فيها أزواج مطهرة وندخلهم ظلا ظليلا.

译文：他们在乐园有纯洁的配偶，我将使他们入于永恒的庇荫中。（妇女：57）

لكن من العار أن أترك أهلي يبادون وأنا أنعم بظلك.(أولاد حارتنا، ص. 147)

译文：但我抛弃那即将被消灭的家族而接受你们的荫庇，是一种耻辱。

3.7.4.5 喻体受苏菲主义的影响

苏菲主义"是伊斯兰教中含有特殊个性的一个教派。他们在立论中基本不讨论哈里发的继承问题，而探讨的主要问题是关于穆斯林品行的修养，追求深层次的信仰意境——超凡脱俗、净化灵魂、返璞归真、缩短与真主的距离乃至实现与真主本体合一的最高境界。"[①]

深受伊斯兰文化熏陶的马哈福兹对于苏菲主义有着浓厚的兴趣，但是他摒弃了苏菲主义遁世的外在形式，以"出世"之态来看人世的悲苦，以"入世"之态来寻求幸福的彼岸。在马哈福兹那里，爱的最高形式便是"圣爱"，这就是

---

① 孙承熙著，《阿拉伯伊斯兰文化史纲》，昆仑出版社，2007 年，第 211 页。

苏菲信徒所追求的"人主合一"的精神境界，爱是存在的最高形式及原因。尤其是晚年的马哈福兹，从苏菲主义中获得了莫大精神慰藉。对他而言，"苏菲是一片美丽的绿洲，我得以在那里歇凉，躲避生活的酷热"。苏菲信徒对真主的探寻与发现，被他赋予了求索人生意义及人类最高理想境界的涵义。①

马哈福兹视安拉为一种隐藏在事物后面的超自然的力量，是"整个宇宙的真理""治疗人类病痛的良药""净化民族的精神"②。"苏菲主义在马哈福兹思想里成为了以人为轴心的人生哲学，他从此找到了自己观察现实和人生、思考社会问题的支撑点——人。他关于现实人生的理想观念和伦理道德观念更加明确，其作品更是从爱护人的生命、尊重人的权利、关怀人的幸福出发，感知现实社会给人带来的种种灾难。"③马哈福兹认为，"爱"以"善"为根本，只有心地善良的人，才会有更多的"爱"。当然，这也是他衡量人的最重要的尺度。所以，他在作品中一再展示人的善良，颂扬这人性的"美"。④

受到苏菲主义的影响，其小说语言隐喻的喻体也呈现出苏菲主义的特点。苏菲主义对于马哈福兹小说语言隐喻的影响主要体现在其喻体中使用苏菲主义者常用的词语。

比如在事件隐喻中常用的"异乡人"隐喻：

جملة ((نحن جيران منذ بعيد)) حزت في قلبه كالخنجر فأطاحت به كما تطيح النوى بالغريب.(قصر الشوق ص.204)

译文："我们很早就是邻居"这句话宛如匕首扎进了他心里，使他心碎，就像目的地让异乡人心碎一样。

إلا أنها باتت تشتاق إليهم اشتياق المغترب في بلد بعيد إلى أحباب فرق الدهر بينه وبينهم.(بين القصرين، ص.240-241)

译文：尽管如此，她还是十分思念他们，就像在遥远的异国他乡的人思念久别

---

① 参见邹兰芳，"为你的世界工作吧，好像你永远活着——悼念纳吉布·马哈福兹"，《外国文学动态》，2006 年第 6 期。
② 张洪仪、谢杨主编，《大爱无边——埃及作家纳吉布·马哈福兹研究》，宁夏人民出版社，2008 年，第 30 页。
③ 谢杨著，《马哈福兹小说风格研究》，外语教学与研究出版社，2008 年，第 69 页。
④ 梦禾，"马哈福兹的创作意识"，《东北师大学报（哲学社会科学版）》，1995 年第 6 期。

的亲人。

عليهم أن يخلقون أنصافهم الجميلة خلقا جديدا، كمن يدخل بلدا غريبا فعليه أن يتكلم بلغته حتى يبلغ ما يريد.(السكرية، ص.887)

译文：他们应该重新创造自己美丽的另一半，就像一个人进入一个陌生的国家，他应该说当地的语言，以便达到他所想要的。

لم تزل توغل في دنيا خاصة خلقتها لنفسها، وعاشت فيها وحدها، وحدها سواء أكانت منفردة في حجرتها أو جالسة بينهم، إلا ساعات متباعدة تثوب فيها إليهم كالعائة من سفر، ثم لا تلبث أن تواصل الرحيل.(السكرية، ص.905)

译文：她一直生活在她为自己创造的世界里，她一个人生活，不管是她单独在自己房间里还是坐在大家中间。偶尔，她会清醒过来，就像归来的游子，不久又要继续自己的旅程。

لكنه لا يسعه إلا أن يكتم ما يضطرم في أعماق نفسه، وسيظل سرا مرعبا يتهدده، فهو كالمطارد، أو كالغريب.(بين القصرين، ص.875)

译文：但是他只能把在心底里翻腾的想法掩藏起来，它将是一个会一直威胁他的可怕秘密，使他像个受驱赶的人，像个异乡人。

苏菲照明学派主张，"人生的目的在于寻求脱离俗世返回真正故乡之路"[①]，所以现世生活中的人只是"异乡人"。

"الزاهد"（酒）"الخمر"（酒）"الفناء"（寂灭）"الرضى"（喜悦）"النشوة"（醉）"العشق"（爱）"苦行僧）" 等苏菲主义常用词也在马哈福兹小说语言隐喻中出现。比如：

كل أولئك صفاته فارو بالعشق قلبك الظامئ.(قصر الشوق ص.185)

译文：所有这一切都是他的品行，用爱浇灌着你那干渴的心田吧。

رقص قلبه بطرب ورحاني وانبثقت منه النشوات، ثم احتضنته فرحة صافية نسى في حلمها الهادئ العميق نفسه ومكانه وزمانه.(قصر الشوق ص. 35)

译文：他心花怒放，产生了飘飘欲仙的感觉，纯真的欢乐拥抱着他，他在平静而深沉的梦中忘却了自己，忘却了时间和空间。

---

① 金宜久著，《伊斯兰教史》，中国社会科学出版社，1990年，第259页。

في لحظات الرضى تهبط سحابة فيمتطيها ذو الحظ السعيد فترتفع به في جوف القبة، عند ذاك لا يبالي بالموجات المثبطة التي يتلقاها من المجهول.(ملحمة الحرافيش، ص.141)

译文：在欢乐的时刻，降下一朵云，幸运者将登上它直达苍穹。到那时，他将不留意那来历不明的阵阵波涛。

نفسه تهفو الى الفناء.(قصر الشوق ص.337)

译文：心里渴望寂灭。

ما الخمر إلا بشيرها والمثال المحسوس المتاح لها. وكما كانت الحدأة مقدمة لاختراع الطائرات، والسمكة تمهيدا لاختراع الغواصة، فالخمر ينبغي أن تكون رائد السعادة البشرية.(قصر الشوق ص.340-341)

译文：酒只是生命的报喜者，是可能感知的典范，正如人们按照鹞鹰发明出飞机，按照鱼发明出潜水艇一样。所以，酒应该是人类幸福的先驱。

يدعو الله ان يغفر له ويعفو عن ذنوبه، دون أن يساله التوبة كأنما يشفق في أعماقه أن يستجاب دعاؤه فينقلب زاهدا في اللذات التي يحبها حبا لا يرى للحياة يدونه معنى.(بين القصرين، ص.413)

译文：他做祈祷祈求真主宽恕他，饶恕他的罪过，但他不是真心忏悔，似乎内心深处害怕真主接受他的忏悔后，就会变成一个弃绝所酷爱之乐趣的苦行僧，没有了那些乐趣，生活对他来说也没有了任何意义。

从上面五个方面可以看出马哈福兹小说语言隐喻中的伊斯兰宗教特点，但必须补充说明的是，马哈福兹小说隐喻中还有其他宗教文化的映射。比如下面几个例句：

سبحان الذي يخلق من ظهر الجاهل عالما.(قصر الشوق، ص.321)

译文：赞颂真主，他从一个无知父亲的背脊里造化出了一位大学者！

إن الله قادر على أن يخلق أحيانا من صلب الأبطال أوغادا لا وزن لهم.(ملحمة الحرافيش، ص.201-202)

译文：真主有时候会从英雄的骨肉中造就一些无足轻重的无赖。

بدا الظل الجديد كأنما يخرج من موضع ضلوعه. والتفت وراءه فرأى فتاة سمراء.(أولاد حارتنا، ص. 19)

译文：新的影子出现了，像是从他肋骨处出来，他转过身去见到一个棕色皮肤的女子。

《圣经》创世纪中有"女人与男人同时造出，女人晚于男人（并用其肋骨）

造出"的内容，但《古兰经》中创世纪关于男女如何造出的内容只提及"我说：阿丹啊！你和你的妻子同住乐园吧！你们俩可以任意吃园里所有丰富的食物，你们俩不要临近这棵树；否则，就要变成不义的人。"上面三个例句都有《圣经》中上帝用肋骨造出女人故事的影子。

3.7.5 选用具有埃及特色的喻体

埃及是马哈福兹出生、成长的地方，马哈福兹和埃及的联系不仅仅有精神的联系，也有身体上的联系，马哈福兹到 85 岁时只离开过埃及三次，而且都是不得不去的原因，马哈福兹和埃及几乎是一对同义词。[①]埃及对马哈福兹小说语言隐喻的影响在前文关于马哈福兹塑造埃及各色人物上有所提及，这种影响在喻体中的具体表现主要是用埃及特有的自然景物和建筑物作为喻体，用埃及的社会事件和现象作为喻体。

马哈福兹常用埃及的特有事物作喻体，比如"尼罗河""阿斯旺""狮身人面像""木乃伊""侯赛因清真寺""埃及特有的气候特点"等。马哈福兹曾说"一提到埃及，我就想到金字塔和尼罗河……我沿着尼罗河走了成千上万里，我十分了解它。"[②]

اكفهر الوجه الكبير حتى حاكى لونه في احتدام فيضانه.(أولاد حارتنا، ص. 16)

译文：那张大脸阴沉起来，颜色就如尼罗河猛烈泛滥时一样。

تستطيع الآن أن تقول أن الفيضان وصل الى أسوان وأنه لا مناص من فتح الخزان، وأنت تخطب اليها ابنتها؟!؟(قصر الشوق، ص.124)

译文：你是来向她女儿求婚的，现在怎么能说"洪水已经到了阿斯旺，开闸是不可避免的？！"

خيل إليه أن أبا الهول قد رفع قبضته الجرانيتية الهائلة التي لم تتحرك منذ آلاف السنين، ثم هوى بها عليه، فهرسه وواراه تحتها الى الأبد.(قصر الشوق، ص.215)

译文：他仿佛感到几千年来一动不动的狮身人面像举起了巨大的花岗石利爪，猛然向他扑来，把他粉身碎骨，永远压在身下。

---

① راجع: نجيب محفوظ، وطني مصر حوارات مع محمد سلماوى، دار الشروق، عام 1997، ص.19.

② راجع: نجيب محفوظ، وطني مصر حوارات مع محمد سلماوى، دار الشروق، عام 1997، ص.33.

أخرجت المرأة من تحت الغطاء يدا ممصوصة معروقة اكتست بشرتها الجافة بمزيج من سواد باهت زرقة كأنها يد محنطة منذ آلاف السنين.(بين القصرين، ص.429)

译文：女人从毯子里伸出一双手，那手瘦骨嶙峋、青筋暴露、黑中带青，形似千年古墓里木乃伊的手。

إنه يكاد من إجلال يتوقف، أو يمد يده إلى جدار البيت تبركا؛ كما كان يمدها إلى ضريح الحسين من قبل أن يعلم أنه لم يكن إلا رمزا.(قصر الشوق، ص.139)

译文：他几乎要恭敬地停下脚步，伸手摸摸房子的墙壁祈求祝福，如同他在得知侯赛因陵墓只是一种象征前抚摸它的墙壁那样。

منهم من قابليته للغضب كقابلية الكحول للاشتعال، ولكن سرعان ما يسكت عنهم الغضب فتصفو نفوسهم وتعفو قلوبهم كأيام من شتاء مصر يطلخم سحابها حتى تمطر رذاذا وما هي إلا ساعة أو بعض ساعة حتى تنقشع السحب عن زرقة صافية وشمس ضاحكة.(بين القصرين، ص.249)

译文：他们中间有人容易发火，就像酒精容易点燃，但怒火去得也快，心情又变得晴朗，待人也宽厚了，如同埃及冬天的日子，虽然有时乌云密布，甚至下雨；但也就个把小时，云开雾散，晴空湛蓝，太阳欢笑。

وانتشر الخبر كغبار الخماسين.(أولاد حارتنا، ص. 302)

译文：消息像五旬风的尘土一般席卷大地。

ثمل قلبه بسرور مسكر عجيب ولكنه لم يخل – كحالة أبد- من ظل أسى يتبعه كما تتبع رياح الخمسين مشرق الربيع.(بين القصرين، ص.67)

译文：他的心陶醉在一种奇妙的欢快之中，但悲哀的阴影总是尾随着他，就像五旬风伴随的明媚春光那样。

同时，马哈福兹也常用埃及特有的社会事件、现象，风俗生活做喻体。比如：

أن العظمة شيء غير العمامة والطربوش أو الفقر أو الغنى؟ (قصر الشوق، ص.151)

译文：伟大与否跟缠头布或戴红毡帽毫无关系，与贫富没有关系。

埃及当时中、下层民众和宗教人士一般是缠头布的，有钱有势的人和知识分子常戴红毡帽。下面这个句子则是用埃及当时发生的社会事件作为喻体：

سوف يتساءل من الآن فصاعدا عن آمن السبل للانسحاب من بيت زبيدة بنفس الاهتمام الذي يتساءل به عما

فعلت السلطة العسكرية وعما ببيت الإنجليز وعما ينوى سعد. (بين القصرين، ص.348)

译文：他得从现在开始想一个最安全的办法，好从祖贝黛家撤退，这跟关心军事当局干了些什么，英国人会不会赖着不走，萨阿德·扎格鲁勒有什么打算一样重要。

埃及人民的日常生活也是马哈福兹构建隐喻的源泉。比如：

ازدحمت الحارة حول مقاطف الليمون كأنما تحتفل بموسم التخليل.(أولاد حارتنا، ص. 282)

译文：街区里到处都挂着柠檬，像是在庆祝腌制季节的到来。

本章通过七节内容，对马哈福兹小说语言隐喻的特点进行了归纳，并分析了其中蕴含着的马哈福兹的认知方式、文化背景和语言风格。马哈福兹小说语言隐喻语言结构多元化，本、喻体之间对应关系多样化，表达效果生动形象，富有诗性美感，隐喻幽默讽刺，偏爱音乐隐喻和疾病隐喻，喻体选择上具有阿拉伯-伊斯兰文化特点，通过上面几点，形成了马哈福兹独具风格的小说语言隐喻特点。马哈福兹说过，"我认为有原创性的艺术家，不论其如何受到过去、当代或外国潮流的影响，他都应该有自己的特点，表达自己和所处的特殊环境，如果没有了这一点，那么他所受到的影响就会战胜他的本原性。我并不注重形式，因为我知道现代手法是产生它的背景文化发展的结果，我不会去单纯的摹仿，因为真正的艺术家会选择适合其表达主题和自我的方式。"[1]

本章归纳的七个特点并不是孤立的，而是相互联系，相互融合的，马哈福兹的很多隐喻句都同时体现了其中的几个特点。从这些特点中可以看出马哈福兹多样化的思维特点，他对事物观察细致、全面，联想丰富，能够从不同角度，尤其是相反角度思考问题，他善于体验生活、感悟人生。从他的小说语言隐喻中可以看到阿拉伯-伊斯兰文化特点在其中的映射，可以看到他个人认知、经历、体验在其中的映射。同时，他的隐喻特点也部分地体现了他的语言风格。

"你可以通过对马哈福兹作品的阅读、思想观点了解他，你会看到马哈福兹

---

① عبد الرحمن أبو عوف، الرؤى المتغيرة في روايات نجيب محفوظ، الهيئة المصرية العامة للكتاب، عام1991، ص.169.

向你描绘了埃及的环境，马哈福兹的环境就是街区，通过你在他的小说世界中的旅行，你会发现他的风格方式，他的人性观点如何完善，如何体现出他个人心理最深处的东西，知道各阶层在冲突、暴乱的影响下怎样行动，各种价值观和立场如何爆发。"①这段话同样适合于马哈福兹小说语言中的隐喻，通过他的隐喻，可以看到埃及的环境，看到街区的世界，可以窥探他的认知方式和内心世界，可以看出他的语言风格。

在对马哈福兹小说语言隐喻特点进行归纳和分析的过程中，笔者对其隐喻解读积累了一些心得体会，第四章将论述——马哈福兹小说语言中的隐喻解读。

① رشيد الذوّادي، أحاديث في الأدب، الهيئة المصرية العامة للكتاب، عام 1986، ص.28.

第四章 马哈福兹小说语言中的

隐喻解读

上一章分析了马哈福兹小说语言隐喻的特点，本章将分析其隐喻的解读。事实上，上一章对马哈福兹小说语言隐喻特点的归纳和分析就是一种解读，只不过是侧重于其隐喻特点的解读，而本章所指的解读重在对隐喻意义理解的解读，主要针对的是解读的过程。

本章将对马哈福兹小说语言隐喻解读的过程和读者应具备的素质进行分析，需要特别指出的是，本章对马哈福兹小说语言隐喻的解读仅是笔者个人的解读。

4.1 隐喻解读过程

隐喻的解读和隐喻的构建一样是一种认知过程，在分析隐喻解读的过程之前，必须先明确隐喻的解读有何意义，进行隐喻解读的目的是什么。

4.1.1 解读的意义和目的

美国现代学者艾布拉姆斯在《镜与灯——浪漫主义文论及批评传统》中提出每一件艺术品总要涉及四个要素，第一个要素是作品，即艺术产品本身。由于作品是人为的产品，所以第二个要素便是生产者，即艺术家。第三个要素是由人物和行动、思想和情感、物质和事件或者超越感觉的本质所构成，即世界。最后一个要素是欣赏者，即听众、观众、读者。[①]对于文学作品来说，文学活动产生、形成、发展的基础，即"世界"；把对世界的审美体验传达给读者的文

① 参见 ［美］M·H·艾布拉姆斯著，郦稚牛、张照进、童庆生译，《镜与灯——浪漫主义文论及批评传统》，北京大学出版社，1989年，第5页。

学活动的创作主体，即"艺术家"，语言的物化产品，作家审美创造力的结晶，读者接受的对象，即"作品"；与作品进行潜在精神沟通、对话和交流的接受主体，即"欣赏者"。作家的作品如果束之高阁，不跟读者见面，便不能构成完整的文学活动，所以在由这四个要素组成的框架中，艺术家和欣赏者处于同等重要的位置，其关系可以用下图表示①：

世界

作品

艺术家　　　　欣赏者

文学语言中的隐喻同样具有这四个要素：隐喻的创作者、隐喻文本、隐喻所描述的世界、隐喻的接受者。作者是隐喻创作的主体，读者是隐喻解读的主体，隐喻在作者和读者之间成为了一座连接其思维和认知的桥梁。文学是传达自身情感和体验的心理需求，如果没有了读者的解读，文学就失去了其"传达"的意义，"隐喻也就随之会成为有源无流之水，有本无木之材"②，所以读者对于隐喻的解读是使作者创作的隐喻完成完整文学活动必不可少的要素。

隐喻的解读对于隐喻具有重要意义，那么读者解读隐喻的目的到底是什么呢？王文斌在《隐喻的认知构建与解读》一书中论及"施喻者通过隐喻来表达自己的思想，而隐喻表达的主要目的是为求得受喻者的思想共鸣，但产生思想共鸣的前提是需要受喻者对隐喻及其意义的正确理解。一旦离开受喻者，隐喻及其意义就不可能产生真正的正确理解。"③笔者认为这个结论的正确与否在于"对隐喻及其意义的正确理解"中的"正确理解"内涵为何，如果这里的"正确理解"指的是作者所要表达的原意真值，那么笔者认为所谓的"正确理解"是很难实现的。

我们在中小学语文课本上经常看到这样的问题："为什么鲁迅先生在第二自然段要说这样一句话？""朱自清先生使用这个比喻要表达什么样的思想感情？"。这样的问题往往会加深人们的误解，认为自己可以"正确理解"他人的原意，或者是解读的目的就在于"正确理解"作者的原意。但是仔细深究诸如此类的问题，真正能成为标准答案的应该只有鲁迅先生或是朱自清先生本人的

① ［美］Ｍ·Ｈ·艾布拉姆斯著，郦稚牛、张照进、童庆生译，《镜与灯——浪漫主义文论及批评传统》，北京大学出版社，1989年，第6页。
② 参见王文斌著，《隐喻的认知构建与解读》，上海外语教育出版社，2007年，第7页。
③ 王文斌著，《隐喻的认知构建与解读》，上海外语教育出版社，2007年，第7页。

回答，因为他们才是文本的创作者，只有他们本人的答案才是真正的原意。当然，也可以是与鲁迅或朱自清先生本人在语言修养、认知水平、文化程度、经历、爱好等等方面完全相同的人，但是如同世界上没有两片完全相同的树叶一样，也没有两个完全相同的人，也就是说世界上不太可能出现第二个作者本人，从这个角度上说，真正做到对原意真值的理解是难以实现的事情，读者可以无限地趋近它，但由于读者很难成为作者本人，所以百分之百地再现原意几乎不可能。就像曾有记者就语文考试阅读理解中的某题目问及原作者，询问文中某句话背后的特殊含义，原作者回答其实这句话没有任何特殊意义一样，人们有时所认为的"正确理解"其实是一种误解。从绝对意义上说，隐喻的解读几乎不存在和作者完全一致的理解，除了作者之外的所有解读都可能是"误读"，但"误读"可以无限趋近正解，只是难以等同而已，就像数学上的循环小数，可以无限循环下去，却不等于其趋近值。当然，不能真正理解原意真值，不意味着隐喻不能被理解，相反，作品的成功并不在于其独特性，而在于其能被理解的普遍性。

还以"漂亮的姑娘像一朵玫瑰花"这个很简单的隐喻句为例，读者对于这个句子的理解为姑娘和玫瑰花之间的相似之处在于两者都一样的漂亮，在这一点上，读者和作者是一致，但是仅仅以喻体"玫瑰花"来说，呈现在作者和读者头脑中的玫瑰花在大小、颜色、气味等方面不会完全一模一样。因为作者和读者是不同的认知主体，存在着个体差异，所以读者解读的隐喻意义不完全是作者表达的隐喻意义真值，两者之间的距离又因为不同读者的主体性不同，有可能会非常接近，也可能会有一定的距离。所以不仅读者和作者的解读不同，读者与读者之间的解读也不尽相同。但是在解读中，只要对本体和喻体之间相似性的把握是与作者一致的，那么至少读者和作者对于隐喻的解读就在同一条道路上，只是其相距的距离不同。

那么正确把握隐喻中本、喻体之间的相似性是否就是读者解读隐喻的目的，只要做到了这点就大功告成了吗？不是的，在隐喻解读中仅仅去追求本、喻体之间的相似性，会失去隐喻本身的意义。隐喻是用彼物来经历、体验、认知此物的方式，相似点是彼物可以体验此物的基础，但是重点不是可用彼物体验此物，而是体验的过程。作者正是因为仅仅描述 A 本身不能达到表情达意的目的，所以才需要用一个"象"——B 来解决意与言之间的矛盾。A 与 B 之间的相似之处是作者构建隐喻的基础，但是我们仅仅获得这种相似性是不够的，隐喻解读的真正精神是自主地在解读过程中获得体验和感受，这才是解读最重要的目的。比如：

هفت عليه ذكريات أخيه الراحل مثل لحن حزين تنهد في أعماق النفس. (قصر الشوق، ص.221)

译文：有关已故哥哥的记忆就像深藏于心底的一首伤感的乐曲涌上他的心头。

在这个隐喻句中，作者对"已故哥哥的记忆涌上他心头时的感觉"这个"意"，采用了"深藏于心底的一首伤感的乐曲涌上他的心头"这个"象"。对法赫米的记忆对于凯马勒来说到底是一种什么感觉？如果在这个句子里，马哈福兹只是做一般性描述，比如"伤感""难受"，读者的印象是明确而又模糊的，明确的是这种记忆对于凯马勒来说是悲伤不是高兴的，模糊的是到底有多悲伤？是淡淡的忧伤还是悲痛欲绝的悲伤？而"深藏于心底的一首伤感的乐曲涌上他的心头"很好地回答了这个问题，人们有听过伤感乐曲的体验，那种感受就和凯马勒对法赫米的记忆是一样的，这样一来，马哈福兹成功地将这种令人伤心的记忆变成具体的，人们可以用听觉、感觉去感知的事物。如果读者仅仅去追求本体和喻体之间的相似性，那么很简单，两者的共同点就是悲伤，倘若解读仅仅到此，或者说专注于此，就忽略了在隐喻解读过程中，最重要的是读者这个个体对于喻体的体验，是在自己的耳边，自己的心底也响起了一曲悲伤的乐曲，体会到这悲伤的乐曲给读者心理带来的那种同样伤感的影响，在这个体验中获得美的享受。当然，每个听者对悲伤音乐的感受是不同的，所以这个隐喻在每个读者那里的体验和解读也是不同的。

作者把自己的情感和体验通过隐喻形成文本向读者呈现，这个时候，作者已经完成了对于自身体验和感受的过程，隐喻需要读者的阅读把作者的情感和体验传递给读者，读者又是带着自己的情感和体验去解读作者的隐喻，所以这个过程，不是一个被动地接受过程，而是一个主动的创造过程。解读隐喻是一种自主性的创造活动，其目的是获得读者个体的体验。

隐喻不是风景，只是一扇窗户，读者可以从这扇窗户中去欣赏作者所展示的美景，但是此时的美景并不是作者眼中的美景，而是读者眼中的美景。当我们抛开了在解读中要当一个解谜者的目的，不再去计较自己是否真正正确领会了作者的原意，我们就变成了一个纯粹的欣赏者，"赏"是最重要的，在解读过程中首先找准读者的角色，作为一个欣赏者去解读，才不会在解读的道路上偏离，不会在理解作者原意上钻牛角尖，而站在作者为我们打开的窗户前，去欣赏窗外的美景。当然，每个人所看到的风景是不一样的，感觉无法量化，面对同样的风景，即使不同的人对它的感受都是美，却也未见得这美的分量在每个人的心中都是分毫不差的。

隐喻呈现给读者的是作者在日常生活、实际经验中培养出来的对世界的看法和对美的审视，由于每个作者的生活经历和认知方式有巨大的差异，这些看法和审视必然是具有个性的。有着不同生活经历和认知方式的读者在阅读同一隐喻时，在感受作者注入隐喻中的各种情感和体验时，获得的也是具有个性的解读。可以说，这个时候作者和读者一样站在同一扇窗前，这扇窗户的大小、角度等等都是作者预先设定好的，也就是隐喻中的本体和喻体，不同读者在相同的一扇窗户前由于其个人的生活经历和认知方式不同，窗外的景色在他们的眼中也不一致。

"诗的境界是理想境界，是从时间与空间中执着一微点而加以永恒化与普通化。它可以在无数心灵中继续复现，虽复现而却不落于陈腐，因为它能够在每个欣赏者的当时当境的特殊性格与情趣中吸取新鲜生命。"[①]这句话是朱光潜对诗歌境界的评论，它同样适宜于隐喻的解读，同一个隐喻在不同读者的心中虽然不断复现，但是由于每个读者情趣、性格、认识、文化不同，在不同读者眼中会有着源源不断的生命力。

通过上文，可以知道隐喻的解读是使作者构建的隐喻成为完全的文学活动的重要要素，对于读者来说，虽然很难正确理解作者隐喻的原意真值，但并不是说隐喻是不可理解的。在隐喻的解读过程中，读者不应该在发现作者所设定的本体和喻体之间的相似点上驻足，而应该从作者创造的隐喻土壤中获得个人的体验和美的享受。

---

① 朱光潜著，《诗论》，广西师范大学出版社，2005 年，第 34-35 页。

4.1.2 解读的过程

在分析隐喻解读的具体过程之前，有必要先对整个解读的性质定性，隐喻解读到底是一种感性解读还是理性解读？

当我们说"这姑娘是朵玫瑰"时，面对喻体"玫瑰"，出现在头脑中的是玫瑰花的画面，是它火红、鲜艳、美丽、多刺的样子，好像玫瑰花就在眼前，我们可以"见"到它，我们不会在看到这个喻体的时候，首先想到玫瑰是"落叶灌木，枝上有刺，花有紫红色、白色等多种，香味很浓，可以做香料，花和根可以入药"①，换言之，当人们提到某个事物的时候，头脑中首先出现的不是词典上的意义，而是关于该事物的某个画面，这些画面可能是分散的、不连贯的，但这一个个画面却构成了人们对于某一事物的认知。所以，隐喻的解读不应该是理性解读，而应该是一种感性解读。

客观主义者认为"正确的思维就是能精确地映射外部世界客观存在的逻辑关系的符号运作"②，为了确保人类对外部世界认知的准确性，我们的概念体系必须从一开始就将隐喻、借代、主观意向等成分排除在外，因为一旦这些带有人的主观因素的成分加入进来，就会破坏人脑准确认知外部世界的纯洁性，就很难百分百地确信我们的思维真实地再现了外部世界。但事实上，"人类对于范畴的认识及头脑中最终形成的范畴体系并不是客观存在于外部世界，而是植根于人类的生活经验"③。

隐喻表现为与客观存在的外部世界的不吻合，人的感知被视为在外部世界和抽象的符号体系之间建立正确的对应关系的一种途径。④ 所以对于隐喻，首先应该是体认的，是感性认知，而不是理性认知。在上面那个隐喻句中，对于"玫瑰"的词典意义的认识，和其是否处于隐喻句中没有关系，和其处于隐喻句时本体具体是什么也没有关系，只有在区分"玫瑰"和"非玫瑰"时才有意义，比如"玫瑰"和"茉莉"的区别是什么，我们就需要借助它们的词典学意义。

---

① 参见《新华字典》第10版，商务印书馆，2010年，"玫瑰"词条的释义。
② 蓝纯著，《认知语言学与隐喻研究》，外语教学与研究出版社，2010年，第50页。
③ 蓝纯著，《认知语言学与隐喻研究》，外语教学与研究出版社，2010年，第35页。
④ 蓝纯著，《认知语言学与隐喻研究》，外语教学与研究出版社，2010年，第51页。

但是在这个隐喻句中，对玫瑰的体认就和本体"姑娘"有直接关系，我们是从"姑娘"走向"玫瑰"的，当然我们的注意力不会在"姑娘"上停滞不前，而会去关注"玫瑰"，在凝神注视玫瑰时，我们可以将所有的注意力专注于它本身的形象，仿佛这朵玫瑰花就在我们眼前，而不会去思考它与其他事物之间的关系，只是把姑娘想象成一朵玫瑰，感受它的美。

隐喻的解读过程应该是"感""悟"的过程，是读者的主动性认知过程，"体现于隐喻中的两个特定客观事物之间的相似性既有客观性，又有主观性，但不论是客观的相似性或主观的相似性，均离不开施喻者和受喻者的感知或感悟。由此可见，所谓彰显于隐喻中的两种特定客观事物彼此之间的相似性，其实是隐喻主体的主观感知相似性。"①

在整个隐喻解读过程中读者应该用感性去知觉，但在具体的隐喻解读中，其工作机制应该是什么样的呢？福克聂尔的概念合成理论以动态合成程序为隐喻概念的理解提供了具体的心理程式。不过这种模型也存在缺陷。刘正光指出，"心理空间理论的缺陷是仅揭示了意义构建的一些基本原则，可对这些原则之间的内在联系系统的工作机制等宏观理论意义问题却尚未作深入的探索。"②笔者认为福克聂尔的概念合成对解释不同个体解读隐喻时出现的差异缺乏深入的分析，但是该理论无疑是目前理解隐喻解读过程最好的模型。

前文已经论述过隐喻是作者个体风格的体现，不同作者在隐喻喻体的选择上有不同的倾向，同样的，读者对于隐喻的解读也存在个体差异，并不是每个人通过概念合成的过程就能对同一隐喻得出相同的结果。事实上，对于同一个认知对象，不同的作者会使用不同的隐喻，对同一个隐喻，不同的读者也会有不同的解读。所以，要使概念合成理论适用于有差异的个体对于隐喻的解读，必须注意到解读主体的主观因素的影响。

隐喻的构建和解读是两个不同的过程。隐喻构建是作者这一认知主体出于对输入空间2的认识和表达的需要，为其寻找到输入空间1以构成合成空间的过程，是对诸事物之间外在和内在的彼此联系和相似性进行联想和想象等认知

---

① 王文斌著，《隐喻的认知构建与解读》，上海外语教育出版社，2007年，第3-4页。
② 刘正光，"Faucormie 的概念合成理论：阐释与质疑"，《外语与外语教学》，2002年第10期。

思维过程的结果，是大脑中积淀的认知和经验的产物，是通过输入空间 2 和具有输入空间 2 要素的类指空间，去寻找与类指空间中要素相关联的输入空间 1 的过程；隐喻解读则是已经有了输入空间 1 和输入空间 2 的情况下，读者通过两个输入空间的类指空间的筛选整合形成合成空间的过程。这两个过程可以通过下图表示得更加清楚：

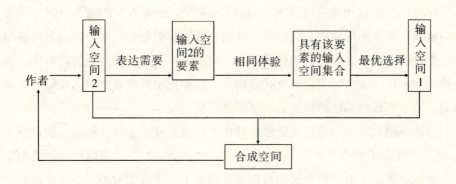

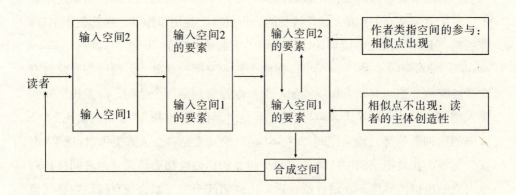

以下面这个例句具体分析这两个过程：

هامت في صدره الهواجس مثل السحائب في اليوم المطير. (ملحمة الحرافيش، ص.106)

译文：各种愁绪就像下雨天的阴霾在他心中徘徊。

这个隐喻对于作者来说，是一个构建过程，在作者面前，只有输入空间 2 "الهواجس"，出于认知和表达的需要，要为其匹配输入空间 1，此时，对于作者而言首先形成的是具有"الهواجس"要素的空间，究竟选取哪个或哪几个要素进入该空间，取决于作者的表达需要。"الهواجس"有"令人难受""忧虑""不安"等等要素，作者在此要表达的是它给人的压抑感受，根据该空间中所选取的要素，通过积累的认知和体验，作者得到具有该要素的输入空间集合，就是除了"الهواجس"之外其他所有具有给人压抑感受事物的集合，也许这个集合包括了"雨天的阴霾""悲伤的乐曲""沙尘暴"等等，作者在这个集合中根据主体性为输入空间 2 匹配其认为最具有表现力的输入空间 1，由寻找到的输入空间 1 和原有的输入空间 2 形成新的合成空间，从而完成隐喻的创作过程，实现其情感和体验的表达。可以看出，对于作者而言，隐喻"不是通过指向事物的本体，而是指向非本体（喻体）来完成意义建构的。隐喻把不同的表象纳入相似的经验框架，从一个概念系统转移到另一个概念系统。"①

当这个隐喻文本出现在读者面前时作者已经完成了主体性创造，他已经为"الهواجس"找到了一个"象"，就是"السحائب في اليوم المطير"，读者这时不需要为本体去寻找喻体，作者已经把这扇窗户构建起来了，读者要做的只是站在窗前，用自己的眼睛去看。所以摆在读者面前的是两个现成的输入空间，但这并不表示读者此时是被动的，是"被"接受的。相反，读者是和作者一样的创作主体。按照福克聂尔的概念合成理论，这个句子中的输入空间 1 是"السحائب في اليوم المطير"，输入空间 2 是"الهواجس"，在两个输入空间的基础上，通过部分映射有选择地将两个空间的元素加以匹配，部分地投射到第三个空间，即类指空间。输入空间 1"السحائب في اليوم المطير"的元素是"黑色""堆积""下雨的前兆""令人胸闷压抑"等等，输入空间 2"الهواجس"的元素是"令人难受""忧虑""不安"等等，在类指空间中，输入空间 1 和 2 的相似性筛查结果是两者同样具有令人胸闷压抑的感觉，在进行整合后，出现第四个空间即合成空间，它是从类指空间中所得到的相似性与相异性的筛查结果，并将两个输入空间中的成分和结构有选择地对应起来，形成一个新的凸显性结构，在一定程度上有别于原输入空间的概念结构，是一个动态的认知过程。

但并不是每个人通过概念合成的过程，都会对这个隐喻句呈现相同的凸显

---

① 朱玲著，《文学符号的审美文化阐释》，安徽大学出版社，2002 年，第 163 页。

性结构，即相同的合成空间。在这个过程中，对于不同的解读个体而言，相同的是输入空间 1 和输入空间 2，这是作者为读者指定好了的，但是从类指空间开始就出现了分歧，不同的人对事物的认知不尽相同，所以面对相同的两个输入空间，所能进入到类指空间的元素不会完全一致，即使是类指空间中元素相同的两个人，在筛选的过程后得出的合成空间也不会一模一样。还以这个隐喻句为例，因为作家只给出了两个输入空间，并没有明确类指空间中的要素如何进行筛选，所以这个隐喻句的合成空间对于作者来说是确定的，是封闭的，但对于读者来说却是模糊的，是开放的，每个读者都可以通过概念合成过程得出不同的合成空间，比如 "愁绪和雨天的阴霾一样都是黑压压的""愁绪和雨天的阴霾一样层层叠叠""愁绪和雨天的阴霾一样预示着一场大雨""愁绪和雨天的阴霾一样，把阳光给挡住了""愁绪和雨天的阴霾一样令人窒息"等等。所有上面这些新显的凸显结构虽然不会与作者创作隐喻时的合成空间完全一致，但却都是读者在作者构建的窗户前以自己不同的目光看到的不同风景。这个时候，作者是和读者站在一处的，要让读者绞尽脑汁去追求达到与作者完全一致的合成空间，作者只是给了读者一个角度，让读者自己去看，所以不同读者的各种解读都是个体通过该隐喻句所获得的感受和体验，都是合乎情理的。

读者在解读一个隐喻时，如果类指空间有作者的参与，那么在合成空间出现分歧的可能性就会小很多，往往会得出与作者基本一致的合成空间。作者类指空间的参与，其实就是在隐喻句中出现本体和喻体的相似点，这个时候，本体、喻体和相似点三个隐喻中的重要要素都已经直接给出，即本体和喻体在类指空间中的整合过程变成了可使读者明确的内容，因而排除了整合中出现多种情况的可能性，变得相对单一，但是读者在这个过程中并不是完全被动的，同样可以从隐喻句的主动性解读中获得自己独特的体验感受。比如：

والحب مرض غير أنه كالسرطان لم تكتشف جرثومته بعد.(قصر الشوق ص.391)

译文：爱情是一种病，但它犹如癌症，其病菌至今尚未发现。

读者在解读这个隐喻时，如果像前面那个例句一样，只有本体和喻体，即 "الحب" 和 "السرطان"，那么不同读者的合成空间可能有所差异，比如 "爱情像癌症一样，一旦得了就不可治愈""爱情像癌症一样，会让人越来越消瘦"等等。

但是本句除了本体和喻体之外，还有两者的相似点 "لم تكتشف جرثومته بعد"，这样一来，在从两个输入空间进入到类指空间进行整合时，作者已经直接给了读者两个空间的一种匹配关系，读者可以得出基本一致的合成空间。

所以对于读者来说，隐喻句本身是否含有本、喻体之间的相似点关系到其主动性发挥的大小，关系到不同读者出现相异合成空间的可能性大小。相似点是作者对两个输入空间形成的类指空间筛选和整合的结果，所以在有相似点出现的隐喻句中，读者发挥的主观能动性比不出现相似点的隐喻句要小，出现不同合成空间的可能性也相对小得多。

通过上文的论述，可以发现不同读者对于相同隐喻产生不同解读是从类指空间就开始的，福克聂尔也指出"借助背景框架知识、认知和文化模式，组合结构从输入空间投射到合成空间。"[①]背景框架知识、认知和文化模式在类指空间和合成空间中发挥着重要的作用，所以虽然人们的合成过程是一致的，却会出现不同的结果，只是福克聂尔没有在概念合成理论中具体指出背景框架知识、认知和文化模式是如何发挥其重要的作用，对于合成空间的形成到底在多大程度上起到影响，笔者认为这是因为个体的主观性要素是相互作用，相互影响的，不可能像代数式一样，在每一个隐喻句的解读中，通过类似函数的计算，得出每个要素所占的确切比例。但是读者产生不同隐喻的解读是从类指空间开始是毋庸置疑的，也就是说最早产生于读者将两个输入空间的何种元素放置到类指空间中。

读者将两个输入空间的何种元素放置到类指空间中又取决于读者面对两个输入空间时产生的触动。丁金国在《语体风格分析纲要》中提及，"知识系统实际上是由一个庞大的神经网络所承载，当意动触及网络某一节点时，其相关的部分瞬时被激活，如同涟漪一般逐层向外扩展，活跃异常；而那些非相关的部分逐渐衰减，以至消失。神经网络是意动源的物质基础和精神支柱。意动源的形成取决于主题内在的储存和外在的环境，正是这内外因素的相互作用，触发大脑的神经元，使其得以启动。"[②]可见，从两个输入空间到类指空间的过程，

---

① 转引自陈淑莹，"概念合成理论对诗性隐喻的解释力—艾米莉·狄金森诗歌篇章的隐喻解读"，《哈尔滨学院学报》，2006 年第 8 期。
② 丁金国著，《语体风格分析纲要》，暨南大学出版社，2009 年，第 63 页。

是由于本体和喻休对读者的"触动"产生的。"意义起源于人类的生物机能和人类身处特定的物理和文化社会环境中而积攒的身体经验和社会经验。"[①]这种"触动"不是无本之源，而是由长期存储于大脑中的知识、经验和记忆瞬间激活，对"触动"起作用的因素很多，比如下文将会提到的语言素质、世界知识、文化认同、个人经验等等。

在进入到类指空间后，读者需要对进入到其中的所有元素进行筛选整合，得到最后的合成空间，这种筛选整合的过程，王文斌把它解释为隐喻解读的自洽原则："受喻者若想解读 A 是 B 或 A 似 B，就须借助自己的世界知识、对社会常规的把握、人生经验、记忆以及自己对客观事物的洞察力和感悟力而找寻 A 和 B 这两个输入空间的相容性。若相容性这一条件得到满足，那么受喻者对隐喻的解读便会自我允准，否则，便会自我否定。"[②]在自我允准之后，读者从类指空间进入到合成空间，隐喻解读的过程完成。

4.2 隐喻解读者所需具备的素质

本节分析隐喻解读者所需要具备的四种素质：语言素质、世界知识、文化认同、个人经历和体验。需要首先说明的是，并不是说读者必须具备这些素质才能对隐喻进行解读，上一节中论述过不同读者由于其个体差异会对同一隐喻产生不同的解读，要承认和尊重这种差异性的存在，所以本节论及的读者所应具备的素质是指在解读隐喻的过程中，使读者不偏离作者的道路，并且能够更加贴近作者原意的素质，它们对于隐喻的解读，尤其是对类指空间的形成和整合发挥着重要作用。

修辞学"是一种不需要实物而支配语词的权利，这也是通过支配语词而支配人的权利。"[③]作者不需要也不可能直接把自己所要展现的事物带到读者面前，但是通过隐喻的构建，作者可以让读者通过对隐喻的解读来了解和体验作者所要表达和呈现的事物。既然作者是通过语词来支配读者，反过来，读者也是通过语词来了解作者。所以，在隐喻解读中的第一个关键要素就是读者的语

---

① 蓝纯著，《认知语言学与隐喻研究》，外语教学与研究出版社，2010 年，第 56 页。
② 王文斌著，《隐喻的认知构建与解读》，上海外语教育出版社，2007 年，第 190 页。
③ ［法国］保罗·利科著，汪家堂译，《活的隐喻》，上海译文出版社，2004 年，第 3 页。

言素质。

解读马哈福兹小说语言中的隐喻，无论对于阿拉伯人还是母语非阿拉伯语的读者来说，良好的语言素质都是必不可少的因素，陶本一认为："语言素质是指以语言文字为载体的，人的认知、情感和操作等几种因素在学习、交际、创造与自身发展中的综合体现。"①具体到隐喻解读之中，语言素质主要体现在以下两个方面：

首先，对隐喻句语言层面的正确理解。一个受过良好语言素质训练的人和一个半文盲对于同一个隐喻句在语言层面的理解势必存在差异。尤其对于母语非阿拉伯语的读者来说，解读马哈福兹小说语言中的隐喻，语言素质显得尤为重要。试想，如果一个隐喻句中有不认识的词语，看不懂的语法，肯定会影响隐喻在语言上的正确理解，又何谈对其隐喻进行空间整合呢？

其次，对语言的体验能力。语言素质并不仅仅指一个人掌握的单词、语法知识有多少，能够多么迅速准确地理解一个隐喻句语言层面的意思。卡西尔在《人论》中指出，"语言是基于人类的一种很早很普遍的经验，一种关于社会性的自然非物理性的自然的经验。"②语言从来都不仅仅是一种物理性的声音和纸面上一个个的单词，语言素质也不单单是对词汇和语法的掌握，更重要的是对语言的体验能力，即面对隐喻句中的本体和喻体，眼前是否能够出现画面，画面感的强弱如何。比如：

ينطلق لسانه كالنافورة بأسرار أسرته وأعاجيبها، وتقاليدها السخيفة وجبنها المهين.(أولاد حارتنا، ص. 25)
译文：他的舌头像喷泉一样，把家里的秘密、奇闻、荒谬的传统和耻辱的胆怯一股脑地喷射出来。

以上面这个句子为例，读者所需具备的语言素质的第一个层面是对句子语言意义的正确把握，在语法支撑下对句中语词的理解无误，第二个层面就是面对喻体 "النافورة（喷泉）" 进行体验的能力，眼前出现一幅自动喷水，水花四溅的喷泉的画面，这时和舌头联系在一起，形成的合成空间与作者也就没有太大差异，并且能在这个隐喻中体会到作者的幽默风格。当然，画面感的出现和读

---

① 陶本一，"语文教育和语言素质"，《语言教学通讯》，1997 年第 1 期。
② ［德］卡西尔著，《人论》，译文出版社，1986 年，第 141 页。

者的世界知识是密不可分的。

世界知识是读者对于世界认知的积淀。读者对于世界各种事物在认知上的深度和广度将影响其对于隐喻的理解。隐喻句中本体和喻体的词义其实是知识的一个网络体系，认知语言学的语义观认为"这一网络体系已内化入我们的文化特征、行为方式等。具体地说，我们只有将一个词放到与之相关的知识的网络体系这一大背景中才能理解它的意义"①。

对于世界万物的认识是隐喻解读的基础。比如：

لعن الأوهام التى تعشش في الرأس في الظلام وتتبدد في النور كالخفافيش.(أولاد حارتنا، ص. 164)

译文：他诅咒像蝙蝠一样虚妄的念头，晚上在他脑子里做窝，白天在阳光中散失。

句子中的喻体是蝙蝠，如果读者对于蝙蝠这种动物并不熟悉，或者不了解它的生活习性，就无法很好地把握虚妄的念头和蝙蝠之间的相似之处，顺利地完成隐喻的解读。所以对于解读隐喻来说，读者具有各种各样的世界知识是十分必要的，因为这些知识会在隐喻解读中，对类指空间中的元素形成、整合和合成空间的生成发挥重要作用。

但在广泛的世界知识中，与马哈福兹小说语言隐喻中涉及的事物相关的知识又是其中的重点。每个人都会有知识的盲点，但是如果对于马哈福兹小说语言隐喻中的本体和喻体的知识相对丰富，对于马哈福兹本人及其作品掌握的相对丰富，是可以在隐喻的解读中发挥很大作用的。比如：

يرتفع صوت النادل كهتاف المؤذن.(بين القصرين، ص.10)

译文：堂倌扯着嗓子的吆喝声和宣礼员的招祷声一样响亮。

فهبطت النبابيت كرؤوس المصلين.(أولاد حارتنا، ص. 481)

译文：棒子如礼拜者的头一样落下。

جلس الاخوة في أدب وخشوع، خافضي الرؤوس كأنهم في صلاة جامعة.(بين القصرين، ص.26)

译文：兄弟们规规矩矩、恭敬地坐下，都低着头，仿佛在清真寺里做礼拜。

上面三个隐喻都具有鲜明的宗教特点，如果读者缺乏相关的宗教知识，根本不知道什么是宣礼员，不知道穆斯林在做礼拜时的动作是什么样的，那么对

---

① 蓝纯著，《认知语言学与隐喻研究》，外语教学与研究出版社，2010年，第36页。

于这三个例句的理解会有一些困难。所以说，读者在解读马哈福兹小说语言的隐喻时，可以没有佛教、道教的宗教知识，但必须有相关伊斯兰教的宗教知识。

由于马哈福兹小说语言隐喻中涉及很多有阿拉伯-伊斯兰文化特色的喻体和隐喻方式，所以读者必须对相关的知识有相应了解，才能够更好地对不同文化中的隐喻进行解读。因为人类的身体体验不能独立于特定的社会和文化之外，莱考夫也指出："隐喻映射有些是普遍存在并具有普遍性的，而有些则是特定文化所独有的。"[1]对于不同的民族，隐喻概念会在其内涵和外延上有较大差异。

马哈福兹小说语言中的隐喻有着浓厚的阿拉伯-伊斯兰文化特点，但这并不意味着这些隐喻就不能被有不同文化背景的读者所理解。相反，正如刘润清强调的那样："任何语言中的发明和创造都可以被其他语言所理解。没有这一点，就没有跨民族、跨文化的交流和沟通。"[2]跨文化交流的基础就是文化认同。文化认同是对一个群体或文化的身份认同，又或者是指个人受其所属的群体或文化影响，而对该群体或文化产生的认同感。[3]文化认同是一种肯定的文化价值判断，指文化群体或文化成员承认群内新文化或群外异文化因素的价值效用符合传统文化价值标准的认可态度与方式。[4]虽然读者所处的文化背景可能与马哈福兹完全不同，但只要读者对于阿拉伯-伊斯兰文化能够产生文化认同，对其解读隐喻是大有帮助的。

除了语言素质、世界知识、文化认同，读者个人的经历和体验对隐喻的解读也是十分关键的。每个个体的经历不同，对同一事物的体验也不同，正因如此我们才会在马哈福兹的小说语言隐喻中看到具有其个人特色的隐喻：音乐隐喻和疾病隐喻。相应地，如果我们能有与马哈福兹创作的隐喻中相同的经历和体验，就能对作者的隐喻理解得更透彻，在解读过程中得到的体验更多。比如：

أما خديجة فقد تلقت الخبر بدهشة بادئ الأمر لم تلبث أن انقلبت خوفا وتشاؤما لم تدر لهما سببا واضحا ولكنها كانت كتلميذ، يتوقع بين آونة وأخرى ظهور نتيجة الامتحان- اذا تناهى إليه نجاح زميل له بلغته النتيجة من

---

① Lakoff, G. & Johnson, M., Metaphors We live by, Chicago and London: The University of Chicago Press, 1980, P.245.

② 杨政，"语言和思维的关系"，http://www.neworiental.org/tabid/1130/InfoID/218209/frtid/6404/settingmoduleid/36143/Default.aspx

③ 维基百科，http://zh.wikipedia.org/zh-cn/%E6%96%87%E5%8C%96%E8%AA%8D%E5%90%8C

④ 冯天瑜主编，《中华文化辞典》，武汉大学出版社，2001年，第20页。

مصدر خاص.(بين القصرين، ص.159)

译文：海迪洁一听到这个消息，先是惊奇，随即变成了莫名其妙的恐惧和悲观，就像一名时时期盼着考试成绩的学生，却突然听到自己的同学成功了，他从特别的来源得知了成绩。

这个例句描述的是法赫米向家人宣布他的警官朋友想向阿依莎求婚时海迪洁的心理状态，如果读者在上学阶段从未有过一心等待自己的成绩，等来的却是自己同学成功的消息的经历，或者有相类似的体验，是很难从这个喻体去体会海迪洁当时的心理的。又如：

اجتمع شمل الأسرة لأول مرة منذ زمن غير يسير في مجلس القهوة، فعادوا إلى السمر في جو من المسرة ضاعف من بهجته ما سبقه من أيام فراق وكآبة تزداد لذة اليوم الدفيء يجيء في أعقاب أسبوع من الزمهرير.(بين القصرين، ص.243)

译文：在那段艰难的时间后，全家第一次全聚在一起喝咖啡，在欢乐的气氛中闲聊着，比那段分离和忧伤的日子前更加快乐，仿佛经过一周严寒之后，又回到了温暖的天气。

如果读者对于在经过严寒之后回到温暖的天气只觉得是客观的天气现象，不会在心里产生主观感受的话，是很难对这个隐喻产生共鸣的。

本章从隐喻解读的过程和读者所应该具备的素质对马哈福兹小说语言中的隐喻解读进行了浅要的分析，该章内容只是从笔者个人的体验和认识出发得出的结论，希望能对其他读者理解马哈福兹小说语言隐喻起到一定的参考作用。

结 语

文学语言中的隐喻是打开作家认知的一扇窗户，是作家创造力的体现，是其思维认知的结果，故从认知角度对文学语言中的隐喻进行研究，对分析作家认知、心理、文化背景的重要方式有重要意义。

纳吉布·马哈福兹是迄今阿拉伯世界唯一一位诺贝尔文学奖获得者，他也是一位名副其实的隐喻大师，其小说语言中隐喻丰富，特点鲜明，极具研究价值。本书以概念隐喻和概念合成理论为基础，结合马哈福兹《三部曲》《我们街区的孩子们》《平民史诗》几部小说中出现的隐喻语料进行梳理分类、探索剖析，从认知角度分析马哈福兹小说语言中的隐喻特点和成因，并就马哈福兹小说语言隐喻的解读过程和读者应具备的素质提出个人的观点。

本书认为研究文学语言中的隐喻对于研究作家认知、文化背景、语言风格具有重要意义。

对于马哈福兹小说语言中非规约性隐喻层次的考察，本书提出进行单一概念隐喻和事件隐喻的划分，单一概念隐喻中的人化隐喻基本是一般隐喻，抽象化隐喻也以一般隐喻居多，物化隐喻中有一般隐喻，也有独特隐喻，事件隐喻则基本上都是独特隐喻。这些非规约性隐喻主要分布在情景描写、肖像描写、动作描写和心理描写中。

本书对马哈福兹小说语言中的隐喻特点进行了归纳与分析。马哈福兹用多元化语言结构构建隐喻，使本、喻体对应关系多样化，隐喻生动形象，富有诗性美感，擅长幽默讽刺，偏爱音乐隐喻和疾病隐喻，具有阿拉伯-伊斯兰文化特点。

在此基础上，本书还分析了马哈福兹的认知特点和语言风格。他具有多样化的思维方式，在认知事物时，联想丰富，观察细致、全面，善于感悟生活，感悟人生，他把自己观察的世界写入隐喻，也把自己对于世界独特的体验写入隐喻。马哈福兹的认知方式也受到其生长环境背景文化的影响，由于受到阿拉伯-伊斯兰文化的熏陶，马哈福兹在构建小说语言隐喻时选择了阿拉伯-伊斯兰文化中的很多标志性事物和事件作为喻体。马哈福兹小说语言中的隐喻很大程度上体现了他的语言风格，通过文学语言中的隐喻对作家语言风格进行分析是一种有效的研究方式。

本书最后提出隐喻解读的目的不是追求作者的原意真值，而是获得属于读者自己的体验和美的享受，隐喻解读的过程是感性而非理性的过程；本书借助概念合成理论分析了隐喻构建和解读这两个完全不同的主体性认知过程，承认由于个体性差异，不同读者会对同一隐喻出现不同的解读；笔者认为语言素质、世界知识、文化认同、个人经历和体验是隐喻解读过程中读者应具备的素质。

本书借助马哈福兹小说语言中的隐喻这个桥梁，通过对其隐喻特点的归纳研究作者的认知特点，这是对马哈福兹语言学研究的丰富，也是通过文学语言中的隐喻研究作家的一次尝试，希望本书可以抛砖引玉，引起更多人对马哈福兹的关注，让马哈福兹隐喻研究不断深入下去。

由于本人水平和学养有限，且本书是以马哈福兹《三部曲》《我们街区的孩子们》《平民史诗》中的语言隐喻作为语料库进行研究得出的结论，书中结论难免存在偏颇和遗漏，恳请各位老师批评指正，笔者今后将在这方面作进一步研究，不断修正。

参考文献

阿语文献：

[1] إبراهيم عبد العزيز، أنا نجيب محفوظ سيرة ذاتية، الهيئة المصرية العامة للكتاب، عام 2006.

[2] د. بدري عثمان، بناء الشخصية الرئيسية في روايات نجيب محفوظ، دار الحداثة للطباعة والنشر والتوزيع، عام 1986.

[3] جمال الغيطاني، نجيب محفوظ يتذكر، دار المسيرة، عام 1980.

[4] رجاء النقاش، في حب نجيب محفوظ، دار الشروق، القاهرة، عام 1995.

[5] رشيد الذوّادي، أحاديث في الأدب، الهيئة المصرية العامة للكتاب، عام 1986.

[6] روز ماري شاهين، قراءات متعددة للشخصية ـ علم نفس الطباع والأنماط: دراسة تطبيقية على شخصيات نجيب محفوظ، دار ومكتبة الهلال، عام1995.

[7] د. سليمان الشطي، الرمز والرمزية في أدب نجيب محفوظ، المكتبة العصرية، عام 1976.

[8] عبد الرحمن أبو عوف، الرؤى المتغيرة في روايات نجيب محفوظ، الهيئة المصرية العامة للكتاب، عام1991.

[9] عبد العظيم ابراهيم المطعني: ((التشبيه البليغ هل يرقى الى درجة المجاز؟))، مكتبة وهبة، عام 2007.

[10] عبد المحسن طه بدر، الرؤية والأداة نجيب محفوظ، دار المعارف، عام 1984.

[11] عبد الوهاب المسيري: ((اللغة والمجاز بين التوحيد ووحدة الوجود))، دار الشروق، عام 2002.

[12] د. محمد يحيى و معتز شكري، الطريق إلى نوبل 1988 عبر حارة نجيب محفوظ، أمة برس للطباعة والنشر، عام 1989.

[13] نجيب سرور، رحلة في ثلاثية نجيب محفوظ، دار الفكر الجديد، عام 1989.

[14] نجيب محفوظ، أولاد حارتنا، دار الآداب، عام 1978.

[15] نجيب محفوظ، بين القصرين، دار القلم، عام 1973.

[16] نجيب محفوظ، قصر الشوق، دار القلم، عام 1972.

[17] نجيب محفوظ، المؤلفات الكاملة، المجلد الثاني، مكتبة لبنان، عام 1991.

[18] نجيب محفوظ، ملحمة الحرافيش، مكتبة مصر، عام 1977.

[19] نجيب محفوظ، وطني مصر حوارات مع محمد سلماوى، دار الشروق، عام 1997.

[20] يوسف القعيد : نجيب محفوظ يبدأ عامه الـ 95، مجلة الضاد، سنة أولى، ع1، القاهرة، عام 2005.

英语文献：

［21］Lakoff, G.&Johnson, M., Metaphors We live by, Chicago and London: The University of Chicago Press, 1980.

［22］Richards, I. A., The Philosophy of Rhetoric, London: Oxford University Press, 1936.

中文文献：

［23］［美］M. H·艾布拉姆斯. 镜与灯——浪漫主义文论及批评传统［M］//. 郦稚牛、张照进、童庆生译. 北京：北京大学出版社, 1989.

［24］［美］爱德华·萨丕尔. 语言论［M］//. 陆卓元译，陆志韦校订. 北京：商务印书馆, 1985.

［25］［埃及］艾哈迈德·爱敏. 阿拉伯——伊斯兰文化史（黎明时期）［M］//. 纳忠译. 北京：商务印书馆, 2001.

［26］［荷］F. R·安克施密特. 历史与转义：隐喻的兴衰［M］//. 韩震译. 北京：北京出版社出版集团，文津出版社, 2005.

［27］［法国］保罗·利科. 活的隐喻［M］//. 汪家堂译. 上海：上海译文出版社, 2004.

［28］［美］W. C·布斯. 小说修辞学.［M］//. 华明等译. 北京：北京大学出版社, 1987.

［29］蔡德贵. 阿拉伯哲学史［M］. 山东：山东大学出版社, 1992.

［30］陈淑莹, 概念合成理论对诗性隐喻的解释力—艾米莉·狄金森诗歌篇章的隐喻解读［J］. 哈尔滨学院学报, 2006(8).

［31］陈望道. 修辞学发凡［M］. 上海：上海教育出版社, 1997.

［32］陈中耀. 阿拉伯哲学［M］. 上海：上海外语教育出版社, 1995.

［33］丁金国. 语体风格分析纲要［M］. 上海：暨南大学出版社, 2009.

［34］丁淑红. 中国的纳吉布·马哈福兹研究掠影［J］. 外国文学, 2009（2）.

［35］［瑞士］费尔迪南·德·索绪尔. 普通语言学教程. 高名凯译，岑麟祥、叶蜚声校注. 上海：商务印书馆, 2005.

［36］［德］弗里德里希·温格瑞尔、汉斯尤格·施密特. 认知语言学导论［M］//. 彭利贞、许国萍、赵微译. 上海：复旦大学出版社, 2009.

［37］冯天瑜. 中华文化辞典［M］. 武汉：武汉大学出版社, 2001.

[38] [苏联] 高尔基. 文学本文选 [M]. 北京：人民文学出版社，1958.

[39] 高远、李福印. 乔治·莱考夫认知语言学十讲 [M]. 北京：北京航空航天大学出版社，2004.

[40] 耿占春. 隐喻 [M]. 北京：东方出版社，1993.

[41] 国少华. 阿拉伯-伊斯兰文化研究——文化语言学视角 [M]. 北京：时事出版社，2009.

[42] 国少华. 阿拉伯语词汇学. 北京：外语教学与研究出版社，1998.

[43] [德] 海德格尔. 荷尔德林诗的阐释 [M] //. 孙周兴译. 上海：商务印书馆，2002.

[44] [德] J. G. 赫尔德. 论语言的起源. 北京：商务印书馆，1997.

[45] [德] 洪堡特. 论人类语言结构的差异及其对人类精神发展的影响 [M] //. 姚小平译. 北京：商务印书馆，2002.

[46] 胡明扬. 语言和语言学. 武汉：湖北教育出版社，1985.

[47] 胡壮麟. 认知隐喻学 [M]. 北京：北京大学出版社，2004.

[48] 黄作. 不思之说——拉康主体理论研究 [M]. 北京：人民出版社，2005.

[49] 建刚、宋喜、金一伟编译. 诺贝尔文学奖颁奖获奖演说全集（1901-1991）. 北京：中国广播电视出版社，1993.

[50] 金宜久. 伊斯兰教史 [M]. 北京：中国社会科学出版社，1990.

[51] [德] 卡西尔. 人论 [M]. 北京：译文出版社，1986.

[52] 蓝纯. 认知语言学与隐喻研究 [M]. 北京：外语教学与研究出版社，2010.

[53] 劳承万. 诗性智慧 [M]. 郑州：河南人民出版社，1997.

[54] 老舍. 什么是隐喻 [J]. 北京文艺，1956-03.

[55] 李福印. 认知语言学概论 [M]. 北京：北京大学出版社，2008.

[56] 林语堂. 林语堂经典作品选 论读书 论幽默 [M]. 北京：当代世界出版社，2002.

[57] 刘润清. 西方语言学流派 [M]. 北京：外语教学与研究出版社，2002.

[58] 刘正光. Faucormie 的概念合成理论：阐释与质疑 [J]. 外语与外语教

学, 2002（10）.

[59] 鲁迅. 中国小说的历史的变迁［M］//. 鲁迅全集: 第 9 卷. 北京: 人民文学出版社, 1982.

[60] 陆怡玮.《我们街区的孩子们》与现代阿拉伯社会核心价值观的自我更新. 阿拉伯世界研究［J］, 2009（4）.

[61] 吕叔湘. 通过对比研究语法［M］//. 吕叔湘语文论集. 北京: 商务印书馆, 1983.

[62] 马坚译. 古兰经. 北京: 中国社会科学出版社, 2009.

[63] 马元龙. 雅克·拉康: 语言维度中的精神分析[M]. 北京: 东方出版社, 2006.

[64] 梦禾. 马哈福兹的创作意识［J］. 东北师大学报（哲学社会科学版）, 1995（6）.

[65] 米双全. 阿拉伯民族之魂——评纳吉布·马哈福兹的创作［J］. 锦州师院学报, 1991（1）.

[66] ［伊拉克］穆萨·穆萨威. 阿拉伯哲学: 从铿迭到伊本·鲁西德［J］//. 张文建、王培文译. 北京: 商务印书馆, 1997.

[67] ［埃及］纳吉布·马哈福兹. 三部曲［M］//. 陈中耀、陆英英译. 北京: 译文出版社, 2003.

[68] ［埃及］纳吉布·马哈福兹. 我们街区的孩子们［M］//. 李琛译. 上海: 上海文艺出版社, 2009.

[69] ［埃及］纳吉布·马哈福兹. 平民史诗［M］//. 李唯中、关偶译［M］//. 长沙: 湖南人民出版社, 1984.

[70] ［埃及］马哈福兹. 自传的回声［M］//. 薛庆国译. 北京: 光明日报出版社, 2001.

[71] ［埃及］纳吉布·马哈福兹. 街魂［M］//. 衷健林译. 通辽: 内蒙古少年儿童出版社, 2001.

[72] 纳忠、朱凯、史希同. 传承与交融 阿拉伯文化［M］. 杭州: 浙江人民出版社, 1986.

[73] 南帆、刘小新、练暑生.文学理论［M］.北京:北京大学出版社,2010.

[74] 南帆.文学的维度［M］.北京:中国人民大学出版社,2009.

[75] 倪宝元.修辞［M］.杭州:浙江人民出版社,1983.

[76] 潘文国.语言的定义［J］.华东师范大学学报（哲学社会科学版）,2001 (1).

[77] 彭增安.隐喻研究的新视角［M］.济南:山东文艺出版社,2006.

[78] ［瑞士］皮亚杰、英海尔德.儿童心理学［M］//.吴福元译.北京:商务印书馆,1981.

[79] 钱钟书.管锥编（一）［M］.北京:生活·读书·新知三联书店,2007.

[80] 钱钟书.通感［J］.文学评论,1962(1).

[81] 钱钟书.钱钟书作品精选［M］.于涛编.北京:时代文艺出版社,2000.

[82] ［美］乔治·莱考夫、詹森.我们赖以生存的譬喻［M］//.周世箴译.台湾:聊经出版社,2006.

[83] ［法］让·保罗·萨特.想象心理学.褚朔维译［M］//.北京:光明日报出版社,1988.

[84] ［英］莎士比亚.莎士比亚全集（三）［M］//.朱生豪译.北京:人民文学出版社,1984.

[85] 申小龙.汉语与中国文化［M］.上海:复旦大学出版社,2004.

[86] 申小龙.语言的文化阐释［M］.北京:知识出版社,1992.

[87] 束定芳.论隐喻的认知功能［J］.外语研究,2001(2).

[88] 束定芳.隐喻学研究［M］.上海:上海外语教育出版社,2000.

[89] 束定芳.语言的认知研究［M］.上海:上海外语教育出版社,2004.

[90] ［美］苏珊·朗格.艺术问题［M］//.腾守尧译.南京:南京出版社,2006.

[91] 苏新春.文化语言学教程［M］.北京:外语教学与研究出版社,2006.

[92] 孙承熙.阿拉伯伊斯兰文化史纲［M］.北京:昆仑出版社,2001.

[93] 陶本一.语文教育和语言素质［J］.语言教学通讯,1997(1).

[94] 童庆炳.文学理论新编［M］.北京:北京师范大学出版社,2010.

[95] 汪曾祺.汪曾祺文集·文论卷［M］.南京:江苏文艺出版社,1994.

[96] 王国维.人间词话［M］.上海:上海古籍出版社,1999.

[97] 王文斌.隐喻的认知构建与解读［M］.上海:上海外语教育出版社,2007.

[98] 王寅.认知语言学［M］.上海:上海外语教育出版社,2010.

[99] 王寅.体验哲学:一种新的哲学理论［J］.哲学动态,2003(7).

[100] 王一川著.语言乌托邦［M］.昆明:云南人民出版社,1994.

[101] ［意大利］维柯.新科学［M］//.朱光潜译.北京:商务印书馆,1989.

[102] ［美国］韦恩·C·布斯.修辞的复兴［M］//.穆雷等译.南京:凤凰出版传媒集团译林出版社,2009.

[103] ［美］韦勒克、沃伦.文学理论［M］//.刘象愚、邢培民、陈圣生、李哲明译.北京:生活·读书·新知三联书店,1984.

[104] 伍蠡甫、胡经之.西方文艺理论名著选编（中卷）［M］.北京:北京大学出版社,1986.

[105] 伍铁平.语言学是一门领先的科学——论语言与语言学的重要性［M］.北京:北京语言学院出版社,1994.

[106] ［美］希提.阿拉伯通史［M］//.马坚译.上海:商务印书馆,1995.

[107] 夏之放.文学意象论［M］.汕头:汕头大学出版社,1993.

[108] 谢杨.马哈福兹小说语言风格研究［M］.北京:外语教学与研究出版社,2008.

[109] 谢之君.隐喻认知功能探索［M］.上海:复旦大学出版社,2007.

[110] 谢秩荣.纳吉布·马哈福兹创作道路上的转折——《新开罗》［J］.阿拉伯世界,1987（4）.

[111] 薛庆国.智慧人生的启迪——解读《自传的回声》[J].外国文学,2001(1).

[112] ［古希腊］亚里士多德.诗学 诗艺［M］//.罗念生译.北京:人民文学出版社,1962.

[113] 余章荣.阿拉伯语修辞［M］.北京:外语教学与研究出版社,1993.

[114] 张洪仪、谢杨.大爱无边——埃及作家纳吉布·马哈福兹研究［M］.宁夏:

宁夏人民出版社, 2008.

[115] 张沛. 隐喻的生命 [M]. 北京:北京大学出版社, 2004.

[116] 张蓊芸. 认知视阈下英文小说汉译中隐喻翻译的模式及评估 [M]. 北京:中国文联出版社, 2009.

[117] 赵艳芳. 认知语言学概论 [M]. 上海:上海外语教育出版社, 2001.

[118] 郅溥浩译. 获奖之后的对话——埃及《图画》周刊对纳吉布•马哈福兹的采访录 [J]. 外国文学, 1989（1）.

[119] 中国大百科全书出版社编辑部. 中国大百科全书. 北京:中国大百科全书出版社, 1994.

[120] 仲跻昆. 阿拉伯:第一千零二夜 [M]. 吉林:吉林摄影出版社, 2000.

[121] 周烈、蒋传瑛. 阿拉伯语与阿拉伯文化 [M]. 北京:外语教学与研究出版社, 1998.

[122] 周作人. 中国新文学的源流 [M]. 石家庄:河北教育出版社, 2002.

[123] 朱光潜. 诗论. 桂林:广西师范大学出版社, 2005.

[124] 朱立才. 汉语阿拉伯语语言文化比较研究[M]. 北京:新世界出版社, 2004.

[125] 朱玲. 文学符号的审美文化阐释 [M]. 合肥:安徽大学出版社, 2002.

[126] 邹兰芳. 为你的世界工作吧, 好像你永远活着——悼念纳吉布•马哈福兹 [J]. 外国文学动态, 2006(6).

附表

附表1：马哈福兹"火"隐喻例句

出处	译文	原句
《我们街区的孩子们》，页44	当他靠近她时，他感到火的灼热，他对自己说："如果她燃烧了，我的眼泪对于扑灭火焰来说也无益。"	شعر بوهج النار وهو يقترب منها، قال لنفسه: ((اذا احترقت فلن تجدي دموعي في إخمادها.))
《渴望之宫》，页391	他像炉里的火烧完后消失了。	اختفى كأن نيران الفرن التهمته.
《我们街区的孩子们》，页290	燃烧的心	صدره المشتعل
《渴望之宫》，页247	沙麥依感到心中一团烈火，头上沁出汗来。	شعر شافعي بصدره يحترق وتفصّد جبينه عرقا.
《我们街区的孩子们》，页226	他火烧火燎的内心正不明地彷徨。	راحة لقلبه المحترق بهيام غامض.
《渴望之宫》，页171	女神肆无忌惮地玩弄着爱情的词语，将它们向你抛来，却忽略了她是在往炽热的心上抛洒镁粉，使你的心火更旺。	المعبود يعبث بألفاظ الحب سادرًا، يلقيها عليك غافلا عن أنه يلقي مغنسيوما على قلب يحترق.
《哈拉菲什》，页155	只有胸中燃有神圣之火的人才能理解阿舒尔。	لا يفهم عاشور إلا من اشتعل قلبه بالشرارة المقدسة.
《渴望之宫》，页124	请接受这火一样的目光。	خذي هذه النظرة النارية.
《哈拉菲什》，页163	她会以火辣辣的目光与激情迎接他哥哥吗？	هل تقبل عليه كما أقبلت نحوه بنظراتها المشتعلة وأشواقها المحمومة؟
《哈拉菲什》，页179	目光再次相遇了一秒钟，像两块石头相碰产生火花而燃烧起来。	تلاقت عيناهما مقدار ثانية ولكنها مشتعلة مثل شرارة متطايرة عن احتكاك حجرين.
《哈拉菲什》，页552	由于和平民的不断接触，阿舒尔的胸中燃起了希望的火焰。	بلقائه الحرافيش اشتعلت النار في كيانه كله.
《渴望之宫》，页59	我的双眼燃烧着对玫瑰花丛中流水的渴望。	عيناي احترقتا شوقا إلى المياه الجارية بين شجيرات الورد.
《渴望之宫》，页323	这篇文章的思想会掀起轩然大波，使父亲心里和头脑里产生地狱般的痛苦斗争，并且在这个斗争的火炉中燃烧起来。	تلك المقالة التي شب التفكير فيها معركة جهنمية في صدره وعقله كاد يحترق في أتونها.
《我们街区的孩子们》，页362	他冲那张小脸微微一笑。从那儿他闻到了气息，使思想的火焰烧得更旺。	فابتسم إلى الوجه الصغير مستروحا نسمة منه لسعير فكره.
《哈拉菲什》，页18	阿舒尔孤零零地面对着世界，火辣的回忆伴随着他。	ها هو يواجه الدنيا وحده، ولعله يعيش الآن ذكرى محرقة في قلب مؤرق.
《我们街区的孩子们》，页498	只有当我头脑里的火熄灭时我才会去睡。	عندما تخمد النار المشتعلة في رأسي.
《渴望之宫》，页102	是为了让你的欲火烧得更旺些吧。	كي تزيدي النار اشتعالا!!
《我们街区的孩子们》，页323	他非常向往看着她的眼睛或听听她的声音，以令整个白昼在身上燃烧起来的欢乐之火熄下来。	وجد تشرفا عميقا إلى أن يرى نظرتها أو يسمع صوتها لبيرد بالبهجة الذي احترق في الخلاء طيلة النهار.
《渴望之宫》，页290	她仔细倾听他的话，一双眸子里飞出恼怒的火星。	كانت تصغي إليه وشرر الغضب يتطاير من حدقتها.
《哈拉菲什》，页79	愤慨的疑惑的火星在人们中间传播。	انتشر شرر الذهول الغاضب بين الناس.
《我们街区的孩子们》，页277	火星从他的眼里飞出。	تطاير الشرر من عينه.
《哈拉菲什》，页91	人们的心怦怦直跳，眼里飞舞着火星。	خفقت القلوب وتطاير من الأعين الشرر.
《我们街区的孩子们》，页138	杰拜勒火冒三丈。	اشتعل الغضب في دماء جبل.
《我们街区的孩子们》，页95	愤怒的火焰冒出在他的双目中。	الغضب يشتعل في عينه.
《哈拉菲什》，页185	他怒火中烧。	فاشتعل غضبه.
《哈拉菲什》，页196	他怒火中烧。	فاشتعلت هواجسه.
《渴望之宫》，页208	他真的听到了那个悦耳的声音对他说"我爱你"吗？是用法语说的还是用阿拉伯语？这种折磨燃起了他满腔怒火。	ترى هل سمع الصوت المطرب وهو يقول له ((أحبك)) ؟ وبالفرنسية قالها أو بالعربية؟ بمثل هذا العذاب تشتعل النيران.
《渴望之宫》，页133	艾哈迈德·阿卜杜·嘉瓦德低下眼睛，不愿让他从中看出他心中燃起的怒火。	خفض أحمد عبد الجواد عينيه أن تقرأ فيهما الحنق الذي اشتعل بين جوانحه.
《哈拉菲什》，页348	祖海莱心中立刻燃起愤怒的火焰。	سرعان ما اشتعل الغضب.

出处	中文	العربية
《我们街区的孩子们》，第55页	为什么你的怒气像火一样，无情燃烧？	لماذا كان غضبك كالنار تحرق بلا رحمة؟
《我们街区的孩子们》，第506页	外面的怒火正在熊熊燃烧。	الغضب يشتعل في الخارج كالنار.
《哈拉菲什》，第186页	他眼里冒着怒火，茫然地凝视着她。	من خلال النار المشتعلة في عينيه حملق فيها ذاهلا.
《哈拉菲什》，第216页	他竭尽全力攀上墙角，趴在上面，将怒火忍在肚里。	انبطح فوق سطحه متلقيا نارا تسري في البطن والصدر والأطراف.
《我们街区的孩子们》，第144页	听到杰拜勒的声音，泽格莱特心中升起一股怒火。	اندلع الغضب في صدر زقلط لدى سماعه صوت جبل.
《我们街区的孩子们》，第191页	艾凡提殚精竭虑地思考着，克服熊熊燃烧在内心里的怒火和怨气。	كان الأفندي يفكر بكل قواه مغالبا ما استطاع عواطف الغضب والحقد التي تستعر في صدره.
《哈拉菲什》，第352页	祖海莱心中怒火燃烧。	وجدت زهيرة نفسها في سعير.
《我们街区的孩子们》，第12页	伊德里斯心中的怒火爆发了。	تفجر الغضب في بطن إدريس.
《思宫街》，第236页	整整一夜我一个小时都没睡着，脑袋像火烧似的。	لم أنم من الليل ساعة، سهدت ورأسي مثل النار.
《思宫街》，第5页	他浑身发热，感到火辣辣的，真想立即用冷水浇一浇脸、头和脖子，消除这七月的暑热，把胸中和脑袋里炽燃的烈火压下去，哪怕一会儿也好。	تشوق وجوانبه تحمي بنثل الوجه إلى الماء البارد الذي سيغسل به وجهه ورأسه وعنقه كي يلطف ـ ولو إلى حين ـ من حرارة يولية والنار المستعرة في جوفه ورأسه.
《思宫街》，第62页	我担心自己体内熊熊燃烧的烈火会把这里的黑暗照亮。	أخاف أن أضيء في الظلام من شدة النار التي تستعر في جسدي.
《哈拉菲什》，第436页	在她的心中燃起了嫉妒的火焰。	فاشتعلت بجوانحها جنون الغيرة والخسران.
《思宫街》，第302页	难道自己火一般的感情就不能在到达顶峰后旋即结束吗？难道爱情就不能像这乐曲或所有事情一样有个终结吗？	ألا يمكن أن تنتهي عواطفه المتأججة في ذروتها إلى ختام كذلك؟
《哈拉菲什》，第22页	（宰娜卜）对于他有着魔般的影响。他心里火烧火燎。	لكنها تستمد تأثيرها عليه من مصدر مسحور، دائما تشعل جذوة في أعصاف.
《哈拉菲什》，第108页	他的感情像火烧，他的青春像正午的阳光射出光和热。	أشتعلت حواسه فتدفق شبابه مثل أشعة الظهيرة.
《思宫街》，第15页	他并未再睡，不是因为他不想再睡了，而是有一个形象浮现在他的脑海里，激起了他的情感。	لكنه لم ينم لا لأن معاودة النوم كانت عبثا فحسب، ولكن لأن صورة انبعثت في خياله فأشعلت إحساسه.
《哈拉菲什》，第109页	他的热情再次燃烧了。	أشتعلت حواسه مرة أخرى.
《哈拉菲什》，第213页	他的心砰砰直跳，胸中燃起熊熊火焰。	فخفق قلبه واشتعلت في حواسه لذة عنيفة.
《哈拉菲什》，第332页	在她的心中顿时燃起了神秘的火焰。	اشتعلت في قلبها نيران غامضة.
《哈拉菲什》，第496页	他的心中充满着春情，燃烧着看不见的火焰。	فاض قلبه بالحنين وتلظى بلهب خفي.
《思宫街》，第102页	这位美人比她的琵琶曲更动人。她的舌头是鞭子，她的爱情是烈火，爱慕她的人都是殉难者。	أن هذه المخلوقة الجميلة الذ من أنغام عودها؛ لسانها سوط وحبها نار، وعاشقها شهيد.
《思宫街》，第221页	他从内心深处祈祷"真主啊，你让我的爱情冷却吧，就像你使易卜拉欣的烈火冷却，让易卜拉欣毫发未损那样！"	هو يدعو من الأعماق ((اللهم قل لهذا الحب كن رمادا كما قلت لنار ابراهيم كوني بردا وسلاما))؟
《哈拉菲什》，第195页	流言蜚语像火星一样袭来。	الأقاويل تدهمه مثل الشرر.
《哈拉菲什》，第407页	听到这句话，那位头领就像被火烧一样。	اقتحم الجواب القوة مثل لفحة نار.
《哈拉菲什》，第23页	他又做起了惬意的梦，炎炎夏日使他浑身热辣辣的。	استسلم الأنامل الأحلام الناعمة حتى حرقه أشعة الصيف.
《我们街区的孩子们》，第196-197页	消息像火一样燃遍全区，人们谈论杰巴勒如何像消除蛇一样消灭了头人。欢呼声似雷鸣响彻云霄。	وجرى الخبر في الحارة كالنار. وقال المتجمهرون إن جبل قد أهلك الفتوات كما أهلك الثعبان! وهتف له الجميع بأصواتهم كالرعد.
《我们街区的孩子们》，第421页	但那凶信像火一般地传开了。	وإذا بالأنباء السود تنتشر كالحريق.
《哈拉菲什》，第49页	阿舒尔结婚的消息像火一样传遍了整条街。	اجتاح خبر الزوج الحارة كالنار.
《哈拉菲什》，第238页	消息像火一样传遍全街。	طار الخبر في الحارة مثل النار.

出处	译文	原句
麦尔哈，第370页	消息传开，整条街燃烧起来。	اشتعلت الحارة بالخبر
情宫，第18页	我在受等待的烈火煎熬。	أتلظى في سعير الانتظار
情宫，第361页	你别把灾难点着了。	لا تشعلي الفتنة
麦尔哈，第544页	这场灾难的烟火也烧到了赛卜阿、阿勒巴耶和阿基勒的身上。	أضرم نارها السبع وعلباية والعجل
我们街区的孩子，第163页	火焰从那个悲惨的街区中迸发出来。	تندلع النيران في الحارة التعيسة
情宫，第7页	只是聚会的气氛总是带着欢乐的电荷，稍一摩擦就会燃起大火。	لكن جو المجلس كان محشوا بكهرباء لطيفة بحيث أن أي لمسة كانت تحدث اشتعالا

附表 2：马哈福兹"水"隐喻例句

出处	译文	原句
情宫，第224页	每天见面她总要说些不三不四的话，明言暗指，让我听了火冒三丈浑身发烧，然后还要我宽容忍让！你们把我看成是一个冰人似的。	وما من مرة نتلاقى إلا وتسمعني- تصريحا أو تلميحا- كلمة تهيج الدم وتسم البدن، ثم أطالب أنا بالحلم! كأني مخلوقة من ثلج
情宫，第344页	他在嘈杂的人潮中开出一条路。	هو يشق بين تيار البشر الصاخب سبيلا
431	高西姆拿起一块石头，用力掷出去，紧接着是雨点般的石头倾泻而下，下面的人群迅速后撤，犹如退潮一般。	فتناول قاسم حجرا وقذف به بكل قوته، وتواصل انهمار الأحجار، وأسرعت الموجة المرتدة حتى أوشكت أن تنقلب جريا
154	突然，人群中传来两个姑娘的尖叫。	ثم ندت صرخات رفيعة حادة من الوسط عن فتاتين غرقتا في لجة الزحام
87	当他意识到自己是这处大宅邸的子嗣，这个生命中的一滴这个神奇的事实时，他的心跳得更加的猛烈了。	وزاد قلبه خفقانا حينما تمثلت لخاطره هذه الحقيقة العجيبة وهى أنه مخلوق من سلالة هذا البيت ونطفة من هذه الحياة
304	愤怒而疯狂的人群潮水般涌向首领家，砸东西的声音直传到了管理人的卧室。	اكتسحت أمواج الغاضبين بيت القوة حتى ترامت أصوات الكسر والتحطيم إلى مثوى الناظر في بيته
153	杰拜勒睁着双眼朝比肩接踵的人群望着。	فقلّبت عيناه بين أمواج البشر المتلاطمة
麦尔哈，第407页	围观的人流奔腾而来。	تدفق سيل المتفرجين
麦尔哈，第505页	平民们洪水般地涌上街头。	خرجوا من دور العصابة كالسيل
麦尔哈，第562页	洪流般地向霸王赛卜阿手下人冲去。	تدفقوا كسيل فاجتاحوا رجل السبع الذين أخذوا
我们街区的孩子，第29页	他将她的盖头揭开，就像饮到了最好的淡水。	رفع النقاب عن وجهها الذي طلعه في أحسن رواء
情宫，第169页	一头乌黑的秀发遮住了后脑勺，散垂到两鬓，随着轻盈的步伐，波浪起伏般飘动。梳齿般整齐、丝绸般的刘海一根根垂在前额上。一圈黑发衬托着那张圆月般的面孔，天使般姣妍好美艳。	كانت هالة شعرها الأسود تحدق بقذالها وعارضيها وتموس بحركة مشيتها نوسانا تموجيا، أما أسلاك قصتها الحريرية فلسلكت على الجبين كأسنان المشط، وفي وسط هذه الهالة بدا الوجه البدري في طابع من الحسن أنيق ملائكي
情宫，第215页	她的一圈黑发荡起波浪。	تموجت هالة شعرها الأسود
情宫，第196页	她穿着一件茜香色连衣裙，外面罩着一件带金黄色纽扣的蓝色羊毛衫，棕色的皮肤犹如晴朗的天空，又似清澈的流水。	كانت ترتدي فستانا كمونيا وسترة صوفية زرقاء ذات أزرار مذهبة، وقد تجلت بشرتها السمراء في عمق السماء الصافية وصفاء الماء المقطر
我们街区的孩子，第25页	他的舌头像喷泉一样，把家里的秘密、奇闻、荒谬的传统和屈辱性的胆怯滔滔不绝地说个够。	ثم ينطلق لسانه كالنافورة بأسرار أسرته وأعاجيبها، وتقاليدها السخيفة وجبنها المهين
麦尔哈，第51页	他们说像洪水一样的上吐下泻，人就垮下来，被死神吞噬了。	يتحدثون عن فيه وسهيل مثل الفيضان ثم ينهار الشخص ويلتهمه الموت
我们街区的孩子，第134页	喊声、呼救声、呻吟声此起彼伏，不绝于耳。	تلاطمت أمواج الصراخ والاستغاثة والتأوهات
我们街区的孩子，第146页	街上高声响起了喝彩声和咒骂声。	وتعالت في الحارة موجة تهليل صاخبة يتخللها سباب فاحش
我们街区的孩子，第340页	他在妇女欢快的颤音伴随下，向新娘走去。	فاتجه نحوها يخوض أمواجا من الزغاريد
麦尔哈，第393页	广场上的歌声此起彼伏，就像滚滚的热浪一样把他淹没了。	غمرته الأناشيد مثل أمواج دافقة
麦尔哈，第497页	一时间怨声载道，呻吟声此起彼伏。	تلاطمت الشكاوى والأنات
我们街区的孩子，第21页	艾德海姆听任自己沉静在玫瑰般的思潮中。	استسلم أدهم إلى تيار أفكاره الوردية

- 161 -

出处	中文	النص
قصر الشوق، ص. 71	他好不容易才从思绪中摆脱出来。	هو ينزع بمشقة من تيار الوجد
قصر الشوق، ص. 7	她的两眼一直注视着靠在沙发背上的丈夫的脑袋，脑海里却浮现出马路上的种种情景。后来，她不再想这些，把注意力全部集中到丈夫身上。	كانت ذكريات الطريق ترتسم على مخيلتها وراء عينين لا تفارقان الرأس المتوسد المسند الكنبة، فلما انقطع التيار تركز انتباهها في الرجل.
قصر الشوق، ص. 371	一想起它，他的心里直到现在还充满向往和眷恋。	من ينبوع ذكرياتها يمتلئ قلبه الآن شوقا وحنينا.
قصر الشوق، ص. 13	仿佛法赫米没有离开人世，他对儿子的怀念早已烟消云散，每当我痛苦不堪时他甚至还要责备我。	كأن فهمي لم يمت، وكأن ذكراه قد تبخرت، بل يلومني كلما لج بي الحزن.
ملحمة الحرافيش، ص. 178	纳基这一族人郁闷在心中的悲哀、平民们的忧愁都迸发出来，怀念着祖先的伟业。	ثارت مكامن الأحزان في قلوب آل الناجي والحرافيش، وانسابت عليهم الذكريات مترعة بالأسى.
قصر الشوق، ص. 268	天边出现了一种令人不安的景象，但没多久就像难堪的记忆一样淹没在遗忘的海洋里，因为意志已经溶解在酒杯里。	في الأفق قلق يلوح، ثم لا يلبث أن يغرق في بحر النسيان، كالذكرى المستعصية ذلك أن الإرادة ذائبة في كأس من الخمر.
قصر الشوق، ص. 111	但是对姑娘的欲望已经渗透到他的血液中了。	لكن الرغبة في الفتاة كانت قد تسربت إلى دمه.
ملحمة الحرافيش، ص. 121	在洪水的推动下，他急速行动，情欲把世上一切都吞噬了。	تهاوى تحت دفعة طوفان فالتهمت الغريزة الكون كله.
ملحمة الحرافيش، ص. 146	诱惑的波浪排山倒海。	ارتفعت موجة الإغراء كالجبل.
ملحمة الحرافيش، ص. 155	贪食的身体向诱惑和屈辱投降。	استسلم الجسد الشره إلى تيار الإغراء والاستهانة.
ملحمة الحرافيش، ص. 257	思念之情是源源不断的泪泉。	تدفق الشوق في حناياه ينبوعا ساخنا.
ملحمة الحرافيش، ص. 504	希望正从他身上悄悄溜走，他完全陷入了失望的汪洋大海之中。	انجلت عنه هموم الأمل فغاص في اليأس.
قصر الشوق، ص. 342	但酒将你抬到女神的宝座前，让你看见那些淹没在欢声笑语的波涛中值得同情的矛盾。	لكن الخمر ترفعك إلى عرش الآلهة فترى هذه المتناقضات غارقة في أمواج الفكاهة المقهقهة، مستحقة للعطف.
قصر الشوق، ص. 259	他心中涌起喜悦的浪涛。	انبعثت فيه موجة من النشاط والسرور.
قصر الشوق، ص. 93	可是他的害怕隐藏在欢乐的潮水中，未曾消散，就像痛苦有时在麻醉的作用下隐藏起来一样。	غير أن مخاوفه كمنت تحت تيار المرح دون أن تتبدد كما يكمن الألم إلى حين تحت تأثير المخدر.
ملحمة الحرافيش، ص. 397	从天而降的欢乐浪潮淹没了他，令他说不出话来。	فاجتاحه تيار سماوي من الأفراح أخرسه.
ملحمة الحرافيش، ص. 43	天空绽出孩童般的欢乐。	قطرت السماء فرحة من أفراح الطفولة.
ملحمة الحرافيش، ص. 382	阿齐宰的心中充满了悲伤，这悲伤很快便沉入了愤恨的大海之中。	لم تخل الحنايا من أسى ولكن سرعان ما غرق الأسى في خضم الحقد والغضب.
ملحمة الحرافيش، ص. 519	齐亚伍心中怒火炽然，但没有冲破地下室的墙壁，阿舒尔也因此陷入了痛苦的汪洋大海之中，他惆怅到了极点。	تلظى ضياء بالغضب، ولكن شرره لم يجاوز جدران البدروم، ما عاشور فغاص في الحزن حتى فنه هامته.
ملحمة الحرافيش، ص. 450	她就是他一生怨恨的根源。	أنها كانت ينبوع العداوة والمقت في حياته.
قصر الشوق، ص. 94	他两只眼睛如饥似渴地注视着她的婀娜身姿，心中泛起迷恋和痛苦的阵阵波涛。	راحت عيناه ترتويان من هيئة جسمها اللطيف بنهم ولطما وهو يستقبل موجات متتابعة من الأشواق والآلام.
قصر الشوق، ص. 207	他本想逃避痛苦，却被卷进了痛苦的急流之中。	غاض قلبه في أعماق صدره كأنما يحاول الفرار من الألم ولكنه غرق في عباب الألم.
قصر الشوق، ص. 243	他的心漂浮在幸福的波涛之上，仿佛醉了似的随波起伏。	طفا قلبه فوق موجة من السعادة ترنح فوقها كالثمل.
قصر الشوق، ص. 178	他感到了一股在人间难以享受到的幸福的暖流。	هو يتلقى موجة عالية من السعادة التي عزت على البشر.
ملحمة الحرافيش، ص. 171	不幸也渗入家里。	تغلغلت التعاسة في جوف داره.
ملحمة الحرافيش، ص. 105	他心中无比宽阔，用人们的爱戴和推崇浇灌他心中的饥渴。	امتلأت أعطافه بالعظمة الحقيقة، وروى ظمأ قلبه بحب الناس وأعجابهم.
ملحمة الحرافيش، ص. 145	新的爱情如喧嚣的波涛淹没了她，但她的根底坚强，难以驾驭的情欲造成的痛苦是多么煎熬啊。	الحب الجديد غطاها كالموجة الصاخبة ولكن جذورها راسخة، ما أعذب الألم في محن الأهواء الجامحة.
قصر الشوق، ص. 302	当一个想象浮上心头，一种想法掠过脑际、	إذا بخيال يطوف أو فكرة تخطر أو منظر يرى

	一幅情景跃入眼帘时，他还会从似睡非睡中醒来，带着爱情俘虏的脚镣纵身跳进情海中沉溺。	فيستيقظ من غفوته ويلقى نفسه غريقا في بحر الهوى مكبلا بأصفاد الأسر.
قصر الشوق، ص.38	他俩的感情是牢固、稳定的，不受表面争吵的影响，犹如一条深河，水面上波涛汹涌，却不会改变它的流向。	ظلت عواطفهما قوية ثابتة لا تتأثر بما يكدر الظاهر؛ كأنها التيارات المائية العميقة التي لا يتحول مجراها بفورات السطح وتشنجاته.
قصر الشوق، ص.73	爱情是从宗教的泉源中涌出的一股清泉！	الحب من منبع الدين يقطر صافيا!
قصر الشوق، ص.160	她过去、现在都像他的第二位妈妈，待他的深情宛如不竭的源泉。	كانت ولا تزال أمه الثانية ومورد حنان لا ينضب.
أولاد حارتنا، ص.59	半年过去了，你严酷的冰雪何时才能消溶？	مضى نصف عام فمتى يذوب ثلج قسوتك؟
قصر الشوق، ص.185	所有这一切品质，都在用爱浇灌着你那干渴的心田。	كل أولئك صفاته فارو بالعشق قلبك الظامئ.
قصر الشوق، ص.15-16	在那件丑事传开之后，她的人品曾使他的心激荡起。	ثم ذكر بالتالي اهتمام القديم بشخصيتها الذي جاش به صدره عقب ذيوع الفضيحة.
ملحمة الحرافيش، ص.76	我希望善良之河能延续下去，好让这个孩子在里面游泳。	أما أنا فأرغب في أن يمتد نهر الخير حتى يسبح فيه هذا الولد!
ملحمة الحرافيش، ص.15	阿舒尔完全处于黑暗之中。闪烁的星光流淌进他的心田。	امتلأ عاشور بأنفاس الليل، انسابت إلى قلبه نظرات النجوم المتلقة.
أولاد حارتنا، ص.431	高西姆拿起一块石头，用力掷下去，紧接着是雨点般的石头倾泻而下，下面的人群迅速后撤，犹如退潮一般。	فتناول قاسم حجرا وقذف به بكل قوته وتواصل انهمار الأحجار، وأسرعت الموجة المرتدة حتى أوشكت أن تنقلب جريا.
أولاد حارتنا، ص.430	他又看见萨迪克等人将大棒拿起，以对付那些冒着砖雨顽固向上冲的人。	شاهد بعض رجال صادق وهم يقبضون على النبابيت استعدادا للقاء المصرين على الصعود تحت وابل الطوب.
أولاد حارتنا، ص.431	他向男男女女一示意，石块砖头像瓢泼大雨一般向下洒去。	أشار إلى الرجل والنساء فانهال الطوب كالمطر حتى توقفت طليعة المهاجمين.
أولاد حارتنا، ص.430	他又看见萨迪克等人将大棒拿起，以对付那些冒着砖雨顽固向上冲的人。	شاهد بعض رجال صادق وهم يقبضون على النبابيت استعدادا للقاء المصرين على الصعود تحت وابل الطوب.
ملحمة الحرافيش، ص.507	霎那间，平民们沸腾起来，砖头块飞也似地朝萨马哈投去。在砖雨之下，萨马哈的凶狠气焰完全消失了。	سرعان ما انفجر الحرافيش وانهال الطوب على الرجل. توقف هجومه تماما تحت المطر.
قصر الشوق، ص.225	好大的雨！天黑前胡同都会变成海洋。	قطرا! ستجعل الحارات بحورا قبل الليل.
قصر الشوق، ص.178	诗是你的神圣的语言，我不敢尝试。在黑夜里，我的泪水是诗的源泉。	الشعر لغتك المقدسة فلا أمتهنه، غاضت دموعي ينابيعه في سواد الليالي.
قصر الشوق، ص.370	不瞒你说，我面对种种神话传说，手足无措，但我在波涛汹涌的大海之中发现了一块三棱石，从今以后我把它称为科学、哲学和理想之石。	لا أخفي عنك أني قد ضقت بالأساطير ذرعا غير أني في خضم الموج العاتي عثرت على صخرة مثلثة الأضلاع سأدعوها من الآن فصاعدا صخرة العلم والفلسفة والمثل الأعلى.
قصر الشوق، ص.52	这种知识吸引着他，使他渴望在知识的海洋里畅游。	ما شاكل ذلك من المعارف التي يستهويه النهل من منابعها.
قصر الشوق، ص.303	像全权证婚人这样一个与你毫不相干的男人，却堵住了你生命之河的流水，这难道不是让人难过的事吗？但是，区区小虫能够蛀空最伟大人物的坟墓。	أليس من المحزن أن يسد مجرى حياتك رجل لا شأن له كهذا المأذون؟ ولكن دودة حقيرة هي التي تأكل جدث أكبر الكبراء.
أولاد حارتنا، ص.26	因此，生活在那大房子里又回复正常，就像一场地震迫使人们逃走后，人们又回到自己的住处一样。	لذلك أخذت الحياة تعود إلى مجراها المألوف في البيت الكبير كما يعود السكان إلى ديارهم عقب زلزال أكرههم على الفرار منها.
ملحمة الحرافيش، ص.250	生活之流并未中断。	لكن تيار الحياة لا ينقطع.
ملحمة الحرافيش، ص.163	那时的冲动将被遮掩过去，生活之流还像往常一样的流淌过去吗？	هل يبدل الستار على نزوة الماضي ويمضي تيار الحياة في مجراه المألوف؟
ملحمة الحرافيش، ص.100	铁一般的意志想擀干和榨尽对方的生命之水。	إرادة صلبة تروم اعتصار الخصم وتصفية ماء حياته.
قصر الشوق، ص.340	或许它进化了生命河道中的垃圾和污垢，让压力的生命奔腾向前，好像他是第一次绝对自由，彻底苏醒起来。生命一旦从肉体的束缚、社会的桎梏、往事的回忆和对未来的恐惧中解放出来，生命的苏醒就是一种自然的	لعله طهر مجرى الحياة من الزبد والرواسب فتطلقت وثبة الحياة المكبوتة كما انطلقت أول مرة حرية مطلقة ونشوة خالصة، فهذا هو الشعور الطبيعي بوثبة الحياة إذا تحررت من ربقة الجسد وأغلال المجتمع وذكريات التاريخ ومخاوف المستقبل، موسيقى رائقة نقية تقطر

出处	译文	原句
	感觉。清新、优美的音乐来自愉快的心情，又给人心旷神怡的感受。	طربا وتصدر عن طرب.
أولاد حارتنا، ص. 118	终于，哈姆丹家族失去了耐性，在他们的街上掀起了暴乱的风潮。	ونفد صبر آل حمدان فاصطخبت في حيهم أمواج التمرد.
أولاد حارتنا، ص. 303	所有同拉法阿有过联系或者可能有过联系的人都遭到了侵袭。	نصب الاعتداء كالمطر على كل من له صلة أو شبهة صلة برفاعة أو بأحد من رجاله.
ملحمة الحرافيش، ص.334	祖海莱在叛逆和动荡的漩涡中挣扎着，生活的面貌应该改变了，实力才是改变宇宙的后盾。	عاشت في دوامة من التمرد والتحفز. على الحياة أن تغير وجهها. القوة كفيلة بأن تغير أبعاد الكون.
أولاد حارتنا، ص. 163	突然，正当沉浸在悲惨往过中的他被浪潮推向安全之岸。	وإذا بموجة تدفع ذكرياته الغارقة في الأسى إلى بر الأمان.
ملحمة الحرافيش، ص.51	把他推入无休止的事件之中，使之溶化在事件的激流当中。	يدفعه في تيار الأحداث اللانهائية فيذوب في عبابها.
ملحمة الحرافيش، ص.141	在欢乐的时刻，降下一朵云，幸运者将登上它直达苍穹。到那时，他将不留意那来历不明的阵阵光涛。	في لحظات الرضى تهبط سحابة فيمتطيها ذو الحظ السعيد فترتفع به في جوف القبة، عند ذلك لا يبالي بالموجات المثبطة التي يتلقاها من المجهول.
ملحمة الحرافيش، ص.311	这个决定不啻是个晴天霹雳。	كان القرار أهوج.
ملحمة الحرافيش، ص.468	事情就像滚滚流去的大河里的波浪一样，一件接着一件地发生。	تدافقت الأحداث مثل زبد النهر الأغبر.
ملحمة الحرافيش، ص.505	一股空前未有的洪流荡涤着整条街道。	اجتاح الحارة طوفان لم تعرفه من قبل.
أولاد حارتنا، ص. 271	尤布米在女人的脸上、脖子上印下雨点般的吻痕。	فراح يمطر خدها وعنقها بالقبل.
ملحمة الحرافيش، ص.183	反对意见似牛毛细雨洒下，乌云密布，黑暗笼罩。	تناثرت الاعتراضات مثل الرذاذ وقد تلاحقت السحائب الراكمة فانعقدت خيمة دكناء.

附表3：马哈福兹"光"隐喻例句

出处	译文	原句
قصر الشوق، ص.161	女神发出的光芒使天地万物在它的照耀下呈现出崭新的面貌。	من المعبودة ينبثق نور تتبدى فيه الكائنات خلقا جديدا.
قصر الشوق، ص.220	他已经丧失了被她接受的幸福，就决不能再失去见到她并在她灿烂的光芒照耀下观看世界的幸福。	فإنه أن خسر سعادة القبول عندها فلن تضيع سعادة رؤيتها ورؤية الدنيا بعد ذلك في مجتلى ضوئها البهيج.
قصر الشوق، ص. 62	你这照亮黑暗的光，那样会比蜜还甜。	كذلك الذي من الشهد يا نور الظلام!
أولاد حارتنا، ص.26	他发现乌梅玛照亮了他的心，唤起了他的情。	وجد أميمة تضيء خواطره وتدفئ مشاعره.
قصر الشوق، ص.119	白希洁光焕发，满面生辉。	أضاء الوجه الرقراق بابتسامة بثت فيه حيوية جديدة.
قصر الشوق، ص.191	他朝她抬起眼睛，像崇拜者那样对她点头致意，她报之以闪耀着光辉的温柔微笑，照亮了他的美梦。	يرفع نحوها عينيه حانيا رأسه في ولاء العابد، فترد تحيته بابتسامة رقيقة ذات وميض يضيء له أحلام المنام.
ملحمة الحرافيش، ص.22	他喜欢那被微笑点亮的黑暗。	أنه يألف ظلمته المشعشعة بالبسمات.
ملحمة الحرافيش، ص.193	目光里琴弦拨动，弹奏美妙乐曲，她的美光彩照人，他也因胜利而容光焕发。	النظرة في أوتارها عزف النغم فتوهج جمالها كالشعاع، واكتسى بطلة الظفر المبهرج.
ملحمة الحرافيش، ص.391	他的面孔闪烁着独特的美的光芒。	يتلألأ بالجمال الفريد وجهه.
أولاد حارتنا، ص.156	杰拜勒恍然大悟。	أضاء وجه جبل بنور التذكر المباغت.
أولاد حارتنا، ص.201	人们不想去揭开杀死吉德拉的凶手，也不去想带有想象色彩的杰巴拉维会见杰拜勒的情形。	لو يبالوا أن يكشفوا عن قاتل قدره، صور لقاء الجبلاوي بجبل في هالات من نور الخيال.
ملحمة الحرافيش، ص.341	他的两眼中闪烁着贪婪的光芒。	تشع عيناه ببريق الرغبة.
قصر الشوق، ص.76	她一脸对他欢迎的高兴神色，他向她伸出手臂，紧紧地拥抱了她，这时，祖贝黛两条描过的眉毛中间隐藏着责备的神色。	أن أضاءه وجهها نور الترحيب والسرور، فمد نحوها ذراعيه فشدت عليهما، وعند ذلك زوت ما بين حاجبيها المزجوجين آية عتاب.
أولاد حارتنا، ص. 217	喜悦之情闪烁在阿卜黛的眼中和嘴角，她说。	قالت عبدة بفرح تلألأ في عينها وثغرها.
أولاد حارتنا، ص. 202	街道上闪烁着喜悦的光芒。	وأشرقت أنوار الأفراح في حيهم.
ملحمة الحرافيش، ص.463	她的脸上泛出喜悦的光芒。	أضاء وجها بالفرح.
أولاد حارتنا، ص. 72	他俊美的双眸发出喜悦的光芒。	شعت عيناه الجميلتان نور ابتهاج.
ملحمة الحرافيش، ص.419	贾拉勒的两眼里闪烁着惊喜的光芒。	لمعت عينا جلال بضوء بهيج.

出处	译文	原句
ملحمة الحرافيش، ص.418	贾拉勒的脸上闪烁着兴奋的光芒。	متنور وجه جلال بالارتياح.
قصر الشوق، ص.8	他们脸上充满喜悦。	إشراق وجوههم بالبشر الصادق
ملحمة الحرافيش، ص.301	他眼中放出光芒。	بضوء الحماس المشع من عينيه
قصر الشوق، ص.312	但是，四年来照亮他心房的那种美好光辉的情感哪儿去了呢？	لكن أين يمضي الشعور الباهر الرائع الذي نور قلبه أربعة أعوام؟
قصر الشوق، ص.21	你胸中怀着爱情的光辉和秘密，走路都那么自豪得意。一种超过生活和生命的东西使你傲气十足，你通过一条铺满幸福玫瑰的桥梁直上云霄。	أنت تسير مزهوا فخورا بما تحمل بين جنبيك من نور الحب وأسراره. يزدهيك علو فوق الحياة والأحياء ويصل أسبابك بالسموات جسر مفروش بورود السعادة.
قصر الشوق، ص.334	在这里，第一次散发出爱情的光芒。	هنا بدت أول مرة باعثة شعاع الحب.
قصر الشوق، ص.392	至于让周围拜谒者容光焕发的盲目幸福，早已被他毫不遗憾地摒弃了。他心里已经打定主意要睁着眼睛过日子，怎么还能放弃科学的光芒去换取盲目的幸福呢？	أما السعادة العمياء التي تضيء وجوه الطائفين من حوله فقد نبذها هو غير آسف، وكيف يشتري السعادة بالنور وقد عاهد نفسه على أن يعيش مفتح العينين.
قصر الشوق، ص.198	真的，在他漫长的恋爱史里不乏勾人心魂、充满希望的时刻，常常用幻想的幸福照亮他昏暗的心。	الحق أن تاريخ حبه الطويل لم يعدم لحظات أمل خلاب كل يضيء ظلمات قلبه بسعادة وهمية.
قصر الشوق، ص.308	真理是光。	الحقيقة نور.
قصر الشوق، ص.328-227	他将奉献自己的一生去发扬真主的光辉，难道这不是真理的光辉吗？	يكرس حياته لنشر نور الله، أليس هو نور الحقيقة؟
قصر الشوق، ص.209	神圣的现实之光照亮了他的理智，却扼杀了他的心灵。	منظر يضيء العقل بقبس من الحقيقة المقدسة ويقتل القلب قتلا.
ملحمة الحرافيش، ص.192	她的眼睛一亮，闪现出思索和了解的渴望。	تألقت عيناها وجرى في لونهما المشرق التماع التفكير والنهم للمعرفة.
قصر الشوق، ص.71	正如你所指出的那样，人们总是被权势和地位弄得眼花缭乱！	الناس كما أشرت إلى شيء من هذا تبهرهم أضواء القوة والنفوذ!
ملحمة الحرافيش، ص.214	穆海莱比雅将在夜色的掩护下来到这里，对爱情和生活的祝祷照亮了她的心。	ستجيء مهلبية متلفعة بالظلام، يضيء قلبها في الظلمة بما ينبض به من ابتهال للحب والحياة.
أولاد حارتنا، ص.500	这样正好将最为明显的我们犯罪的证据提供给人家！	بذلك نقدم أسطع دليل على جريمتنا!

附表 4：马哈福兹"风"隐喻例句

出处	译文	原句
ملحمة الحرافيش، ص.36	阿舒尔像阵风飞驰而去。	انطلق مثل عاصفة.
ملحمة الحرافيش، ص.84	我们应该想法对付五旬风。	علينا أن نعيد التفكير لمواجهة الخماسين.
ملحمة الحرافيش، ص.135	风暴似地闯进了门。	مرق من بابها مثل عاصفة.
ملحمة الحرافيش، ص.325	难道她就像风一样，毫无目的地摆动柱子吗？	أهي مثل الريح تزعزع الأركان بلا تيه؟
ملحمة الحرافيش، ص.373	祖海莱一分钟都没有休息，她像惠风一样，带着露珠的芳香闯入了阿齐兹师傅的房间。	لم تفرط في دقيقة بلا عمل. اقتحمت حجرة المعلم عزيز مثل نسمة ثملة بالندى والعطر.
ملحمة الحرافيش، ص.13	他的样貌让他想到横在路上的石头，夹带着灰尘的五旬风和节日里挑衅的坟墓，他活该受到诅咒。	تذكره صورته المغروسة في الأرض بصخرة مدببة تعترض الطريق، بهبة من هبات الخماسين المثقلة بالغبار، بقبر يتجلى في الأعياد متحديا، يجب الانتفاع به عليه اللعنة!
ملحمة الحرافيش، ص.430	她那童年时代的记忆就像一场尘土风暴一样朝她袭来，令人窒息。	اجتاحتها ذكريات صباها مثل عاصفة ترابية خانقة.
أولاد حارتنا، ص.433	不好的猜测如尘土在暴风中到处飞扬。	انتشر سوء الظن انتشار التراب في العاصفة.
قصر الشوق، ص.325	过去两年，在麦阿里和赫雅姆掀起的怀疑风暴前，他的信仰是坚定的。	لقد ثبتت عقيدته طوال العامين الماضيين أمام عواصف الشك التي أرسلها المعري والخيام.
قصر الشوق، ص.238	海迪洁心中第一次有了舒适的感觉。	هفت على نفس خديجة نسمة راحة لأول مرة.
ملحمة الحرافيش، ص.18	阿舒尔的怒气骤生，犹如风暴，席卷修道院围墙。	عصف الغضب بعاشور، اجتاحت عاصفة جدران معبد الليل.
ملحمة الحرافيش، ص.358	他失望，他愤怒，这失望和愤怒就像风暴把他那犹豫之心卷上了七重天。	اجتاحه غضب يائس عصف بتردده ونثره في الهواء.
أولاد حارتنا، ص.13	但疯狂的愤怒将伊德里斯左右住。	ولكن إدريس كانت تعصف به عواصف الغضب المجنونة.
ملحمة الحرافيش، ص.162	赫德尔的心中思潮起伏，忐忑不安。	عصفت الأحزان والقلق بقلب خضر.

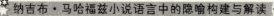

出处	译文	原句
麦尔哈菲什、页411.	贾拉勒感到烦闷，失望和忧虑的风在他的心中拍打。	مغنى جلال بقلب أجوف تتلاطم فيه رياح الكآبة والقلق.
麦尔哈菲什、页248.	她的心怦怦直跳，两种矛盾的情感激烈交锋，如同肉甜核苦的杏一般。	نبض قلبها بالعواصف المتناقضة مثل مشمشة حلوة النسيج مرة النواة!
麦尔哈菲什、页529.	齐亚伍解除了婚约，这引起了一场愤怒与讥笑的风暴。	أثار فسخ خطبة ضياء عاصفة من السخط والتهكم.
宫间街、页117.	在这种急风暴雨的气氛中，思宫街那边却让他出乎意料地碰上了第一件开心事。	في قصر الشوق صادفته أول مفاجأة سعيدة في هذا الجو العاصف!
宫间街、页318.	因为他相信父亲迟早会知道他的秘密，并不怀疑自己遇到自从做了那件事情后就等待着的暴风。	لأنه كان واثقا من أنه سيقف على سره عاجلا أو آجلا، ولم يشك في أنه ملاق العاصفة التي توقع هبوبها منذ أقدم على فعلته.
宫间街、页328.	他从各种神话的梦想中清醒过来直面纯粹的现实，把那场暴风抛在身后，在那场暴风中他与无知进行了搏斗。	يستيقظ من حلم الأساطير ليواجه الحقيقة المجردة، مخلفا وراءه تلك العاصفة - التي صارع فيها الجهل.
我们街区的孩子们、页302.	消息像五月风一般席卷大地。（埃及自三月中旬到五月上旬来自南方的热季风。）	وانتشر الخبر كخبر الخماسين.
我们街区的孩子们、页382-383.	要泽克莱亚嘱咐高西姆呆在家里，以将这场狂风暴雨忘掉。	طلب إلى زكريا أن ينصح قاسم بالتزام داره حتى تنسى الزوبعة.
麦尔哈菲什、页106.	这次显示力量的飓风和胜利也带来了污泥和垃圾。	الزوبعة المثلة بالقوة والنصر تشرب بالأترية والقاذورات.
麦尔哈菲什、页110.	地平线上风暴乍起，风暴最好夭折，舍姆苏·丁奋战风暴的侵袭，以期最终得到安宁、平静。	ثمة عاصفة تتوثب في الأفق، من المستحسن أن تنقصف بوادرها وأن يخوض ضرباتها ليحظى في النهاية بالهدوء والاستقرار.
麦尔哈菲什、页150.	他对吹来的新风感到亲切，觉得眼花缭乱，星星之火将要燎原。	غير أنه أنس رياحا جديدة تهب على جوه المستقر، وشررا يتطاير يوشك أن يشعل حرائق الأركان.
麦尔哈菲什、页305.	沉寂预示着风暴来临。	ثمة صمت ينذر بهبوب عاصفة.
麦尔哈菲什、页351.	晚上，穆罕默德·安沃尔回到家里，顿时感到一场风暴正在等着他。	وجد محمد أنور عاصفة في انتظاره.
麦尔哈菲什、页496.	不料风云突变，天际阴沉，紧接着吹来一场意外的风暴。	لكن سرعان ما اكفهر الأفق وأنذر بعواصف لم تخطر على البال.
麦尔哈菲什、页535.	刹那之间，一场风暴席卷了这座雅致的新住宅。	اجتاحت الدار الأنيقة عاصفة من الجنون.
我们街区的孩子们、页17.	但是家庭气氛和美，弥漫两种香气，那就是对父亲威力及其智慧的恭顺。	ولكن جو البيت المعبق بشذى الرياحين، الخاضع لقوة الأدب وحكمته.

附表5：马哈福兹"植物"隐喻例句

出处	译文	原句
我们街区的孩子们、页345.	天空几乎万里无云，只有几片白色玫瑰花瓣般的浮云。	سماء صافية ما عدا قطعا صغيرة من السحب متفرقة كأوراق الورد الأبيض.
我们街区的孩子们、页406-407.	欢呼声冲破黑暗，天边现出耀眼的白玫瑰色的海洋。	وقد ابتهج الأفق بالنور المتدفق كأنه بحيرة من الورد الأبيض.
宫间街、页388.	这世界缺了你，连一把葱皮都不值。	الدنيا لا تساوي قشرة بصلة من غيرك.
麦尔哈菲什、页566.	贾拉勒宣礼塔连根拔起之夜，整条街欢腾起来。	عندما اقتلعت مئذنة جلال من جذورها أحيت الحارة ليلة رقص وطرب.
宫间街、页19.	你所具有的无比的魔力，像茉莉花和素馨花那样芳香醉人。	وما شئت من سحر يكتنفك مزريا بكل وصف ممكن كعرف الفل والياسمين.
宫间街、页61.	在我看来你是位漂亮年轻的姑娘，像花儿般明艳动人，像明月一样照亮夜空。	رأيت شابة جميلة كالزهرة؛ تطلع في ظلام الليل كقمر.
宫间街、页116.	他像一棵被伐倒的树。	كأنه مقطوع من شجرة.
宫间街、页211.	无论怎样，他都觉得自己像片树叶，被狂风从头头上扫去，飘落在垃圾堆上。	أنه على الحالين يرى كأنه ورقة شجر انتزعتها ريح عاتية من فنن وغصن وألقت بها في عث النفايات.
我们街区的孩子们、页472.	祝贺你已痊愈，街区的玫瑰。	مبارك عليك الشفاء يا وردة حارتنا.
我们街区的孩子们、页102.	那么，胡马姆被害了，工作上的一朵花，可爱的认真严肃的人被杀死了。	إذن قتل همام، زهرة العمل وحبيب الجد.
我们街区的孩子们、页142.	艾布·塞利厄咳嗽得弯下了腰去，如一株狂风	فتساءل أبو سريع بعد سعال تقوس له ظهره كأنه سنبلة في مهب ريح عاتية.

出处	中文	العربية
ملحمة الحرافيش، ص.19	中的麦穗，之后他问。 修道院大门在呼唤他，低声细语地对他说：来敲门吧，请进来，享受幸福、恬静和快乐吧！变成一颗桑葚，饱含香醇，必将遇上圣洁之手快地将你采摘。	البوابة تناديه. تهمس في قلبه أن أطرق، استأذن، أدخل، فر بالنعيم والهدوء والطرب، تحول إلى ثمرة توت، امتلئ بالرحيق العذب، انغث الحريري، وسوف تقطفك أيد طاهرة في فرح وحبور.
ملحمة الحرافيش، ص.100	然而舍姆苏·丁是一根青枝，多么容易折断啊！	ولكن شمس الدين عود ما أخضر ما أيسر أن ينكسر.
ملحمة الحرافيش، ص.125	舍姆苏·丁觉得自己被连根拔起，太阳不再照耀了。	شعر بأنه يقتلع من جذوره وأن الشمس لم تعد تشرق.
ملحمة الحرافيش، ص.205	他像向日葵一样总是张望她居住的小巷。	مال نحو منعطفها مثل عباد الشمس.
ملحمة الحرافيش، ص.343	她穿着一件深蓝色的长袍来了，就像一朵鲜艳的玫瑰花。	جاءت في جلباب كحلي كوردة نضرة.
ملحمة الحرافيش، ص.352	她的丈夫终将明白，她至少不是被砍断的一根树枝。	سيعلم الزوج أنها ليست مقطوعة من شجرة على الأقل.
ملحمة الحرافيش، ص.400	枯萎凋谢就像狡猾、卑劣、背叛的敌人，悄悄地渗进这朵鲜艳的玫瑰花。	تسلل الذبول إلى الوردة الناضرة مثل عدو ماكر خسيس خائن.
ملحمة الحرافيش، ص.436	贾拉勒很快就甩掉了齐娜特，齐娜特不过是玫瑰花园中的一小朵花儿罢了。	سرعان ما تحرر من سطوة زينات فلم تعد إلا وردة جميلة في حديقة ملأى بالورود.
ملحمة الحرافيش، ص.437	她认为自己像盛开的花儿那般地枯萎凋谢了。	رأت أنها تذبل بقدر ما يزدهر.
ملحمة الحرافيش، ص.520	阿舒尔健康地成长着，苗壮挺秀，犹如一棵桑树。	كان عاشور ينمو نموا فذا كشجرة توت.
قصر الشوق، ص.185	你看她脚下的黄沙使她寸步难行，脚步再也轻快不起来，只好吃力地迈着大步，上身像被和风吹拂的柔枝那样摇晃。	انظر إليها، أن الرمال تعوق مشيتها فتبانت خفتها واتسعت خطواتها وتمايل أعلاها كالغصن الثمل بالنسيم الواني.
قصر الشوق، ص.185	因为那时你的心尚未萌芽，而今天它已是枝叶繁茂，嫩枝绿叶已通过了爱情欢乐和痛苦的雨露滋润。	لأن برعمة قلبك لم تكن تفتحت...أما اليوم فأوراقها ندية برضاب الهوى تقطر بهجة وتنز ألما.
ملحمة الحرافيش، ص.41	面容似含苞欲放的花朵。	قسمات دقيقة مثل البراعم.
ملحمة الحرافيش، ص.238	锦葵叶一样的胡子？	شارب مثل خرطة الملوخية.
ملحمة الحرافيش، ص.346	玫瑰花似的嘴唇绽出的微笑。	بسمة الثغر الوردي.
ملحمة الحرافيش، ص.11	阿舒尔生得高大魁梧，酷似修道院的大门，他的胳膊象古老围墙的石头般结实，小腿似桑树树干般坚韧。	نما نموا هائلا مثل بوابة التكية، طوله فارع، عرضه منبسط، ساعده حجر من أحجار أحجار السور العتيق، ساقه جذع شجرة توت.
أولاد حارتنا، ص.392	盖玛尔苍白的脸上绽出一丝苍白的微笑，像树枝上一朵凋谢的鲜花。	فانفرجت شفتاها الشاحبتان عن ابتسامة كالزهرة الذابلة في عود ناضب.
ملحمة الحرافيش، ص.269	你的名声犹如玫瑰。	سمعتك كالورد.
أولاد حارتنا، ص.20	艾德海姆回到了基金管理处，心中充满莫名的、馨香般的美感。	رجع أدهم إلى إدارة الوقف بقلب مفعم بجمال غامض كالعبير.
ملحمة الحرافيش، ص.165	它把他拉到了枝叶茂盛的希望之树上。	جذبته إلى شجرة الآمال المورقة.
ملحمة الحرافيش، ص.448	日子一天天过去了，希望重新萌发了。	تمر الأيام وتنبت من جديد آمال.
أولاد حارتنا، ص.21	艾德海姆听任自己沉静在玫瑰般的思想中。	استسلم أدهم إلى تيار أفكاره الوردية.
قصر الشوق، ص.138	目睹这些景物，历历往事涌上心头，犹如树冠上结出的累累硕果，在风中窃窃私语，倾诉着爱情、痛苦和崇拜之心。	تلوذ قلبه بذكريات انعقدت فوق هاماتها كالثمار تسار بحديث الوجد والألم والعبادة وقد غدت ظلا للحبيب ونفحة من روحه وانعكاسا لسلامه.
قصر الشوق، ص.254	现在是你收获在迷恋的心中播下的幻想结出的苦果的时候了。祈求真主使你的泪水成为医治忧伤的良药。	آن لك أن تحصد ثمر ما زرعت من أحلام في قلبك الغر، توسل إلى الله أن يجعل الدموع دواء للأحزان.
ملحمة الحرافيش، ص.513	由于法特哈·巴布的死，街区从它玫瑰般的梦中醒来了。	بموت فتح الباب صحت الحارة من حلمها الوردي.
ملحمة الحرافيش، ص.227	靠着她逃避那根深蒂固的苦恼。	لاذ بحضنها من همومه الراسخة.
ملحمة الحرافيش، ص.222	有一种强烈的感情正在成熟。	نضجت علاقة قوية.
قصر الشوق، ص.201	失望不能把我心中的爱情连根拔掉，但无论如何它把我从希望的欺骗中拯救了出来！	هيهات أن يقتلع اليأس جذور الحب من قلبي، ولكنه على أي حال منجاة من كرائب الآمال!
قصر الشوق، ص.248	素馨花香气袭人，使他迷醉，这种香味的本质是什么？它的神秘、诱人和令人捉摸不透与爱情何其相似，也许它的奥秘可以解开爱情的秘密。	فعمه شذا ياسمين ساحرا أسرا ولكن ما هويته؟، ما أشبه بالحب، في سحره وأسره وغموضه، لعل سر هذا يفضي إلى ذلك.

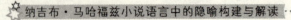
出处	译文	原句
ملحمة الحرافيش، ص.341	她把贾拉勒搂在怀里，这是不容歧视的爱情之果。	ضمت جلال إلى صدرها فقدت لها ثمرة لحب لا يستهان به.
ملحمة الحرافيش، ص.445	齐娜特发现她和贾拉勒的爱情已在她腹中留下了果实，于是她便以她那永恒爱情的力量加倍珍视那爱情之果。	اكتشفت عقب موت جلال بفقرة من الزمن أن جيها قد خلق في بطنها ثمرة فحرصت عليها بقوة حبها الخالد.
قصر الشوق، ص.330	这种深厚的友谊就不会成为过眼烟云。他那颗珍惜友情的心深信这一点，就像深信爱情决不会从他的心中根除一样。	أن هذه الصداقة العميقة لن تضيع هباء، أن قلبه الصدوق يؤمن بهذا كما يؤمن بأن الحب لا تقلع جذوره من القلب أبدا.
ملحمة الحرافيش، ص.307	仇恨的种子真结出了有毒的果实。	بذرة الكراهية تلفظ ثمرتها السامة.
قصر الشوق، ص.108	这是个细微和令人尴尬的问题，其中隐藏着一根芒刺，那就是同法赫米有关的一段旧历史，难道亚辛不记得那些了吗？	المسألة إذن دقيقة حرجة، ثم أن ثمة شوكة حادة تكمن في تضاعيفها- هي- تاريخ قديم يتصل بفهمي، ألا يذكر ياسين ذلك؟
قصر الشوق، ص.370	虽然（爱情）的根是与宗教、神话传奇的根交错在一起。	مع أن جذوره كانت مشتبكة بجذور الدين والأساطير.
أولاد حارتنا، ص.524	你的魔法你不要忘了，我们还要靠它摘果子呢。	لا تنس سحرك الذي يجب أن نجني أزاهر ثمره.
أولاد حارتنا، ص.319	确乎这些人是街区中的好人，一生光辉，留香四溢，结局令人痛苦。	أولئك هم الطيبون حقا من أهل الحارة، سيرة عطرة ونهاية مؤسفة.
أولاد حارتنا، ص.180	等我的计划成熟了。	عندما تنضج خطتي.
أولاد حارتنا، ص.215	孩子要在异乡长大，犹如一根折断的树枝。	وينمو الوليد في أرض غريبة كغصن مقطوع من شجرة.

附表 6：马哈福兹"动物"隐喻例句

出处	译文	原句
قصر الشوق، ص.65	尽管他想到亚辛的兽性和他缺乏远大理想的热情，但没料到会轻易发生这样的事。	لا يتصور أن يكون الأمر سهلا مهما يكن ظنه في حيوانية ياسين وفتور حماسه لمثل العليا.
قصر الشوق، ص.363	让宰努芭留下吧，只要她不骑在我头上。	ألبق زنوبة على شرط ألا تركبني.
قصر الشوق، ص.102	我竟落入无情无义之人的爪子中。	وقعت في مخالب من لا يرحم.
قصر الشوق، ص.307	他会像牲畜似地折腾到天明。	سيصول ويجول كالفحول حتى مطلع الصباح.
قصر الشوق، ص.78	你们喜欢女人只是想骑在她们身上！你们感谢真主吧，小姐！你心里要是真的不想让男人骑，不想让他们给你装进点什么，你能攒下这一身油吗？	لا تودون المرأة إلا مطية! يا ست أمك أحمدي ربنا على ذلك، أكنت تكتنزين هذا الشحم كله لو لم تضمري في نفسك أن تكوني مطية أو حشية؟
قصر الشوق، ص.323	对待那些女人，什么办法都无济于事，只有把她们当牲口骑！	أنهن لا يجدى معهن إلا ضرب المراكيب.
أولاد حارتنا، ص.139	帮我把这畜牲埋掉。	عاوني على إخفاء هذا الحيوان.
أولاد حارتنا، ص.51	你怎么了？这个畜牲，让我们离他远点。	مالك أنت وهذا الوحش؛ فلنبتعد عنه..!
أولاد حارتنا، ص.60	我不过是肮脏的畜生。	إني لم أعد إلا حيوانا قذرا.
أولاد حارتنا، ص.76	他像一头野兽一般朝她扑过去。	هجم عليها كالوحش.
أولاد حارتنا، ص.79	她是像她父亲一样的人的猎物。	أنها مفترسة مثل أبيها.
أولاد حارتنا، ص.105	如果你是下贱得和畜牲一样，你可以认为自己的行为无辜。	إن أحط الوحوش تثير من فعلتك!
أولاد حارتنا، ص.294	他只要说一句话，就能够把他从这些强人的利爪中解救出来。	إن كلمة منه تستطيع أن تنقذه من مخالب هؤلاء الجبارين.
أولاد حارتنا، ص.304	布尤米疯狂地进攻，像一头野兽似的咆哮着。	هجم بيومي بجنون وهو يصرخ كالوحش.
أولاد حارتنا، ص.325	把你们的嘴巴闭上，畜生！	أسكتوا يا مراشي!
أولاد حارتنا، ص.310	在这条街上，人们的生活比猫、狗和苍蝇这些在垃圾堆里觅食的动物不见得好多少。	في هذا الجزء من الحارة لم تكن تعلو كثيرا عن حياة الكلاب والقطط والذباب التي تعش على رزقها في النفايات وأكرام الزبالة.
أولاد حارتنا، ص.384	萨瓦里斯仍在不停地打着他的俘虏。	لم يكف الرجل عن تكييل الضربات لفريسته.
أولاد حارتنا، ص.384	看到哈桑像头猛兽向他扑来。	لكنه لمح حسن منقضا عليه كالوحش.
أولاد حارتنا، ص.468	我自看见那头野兽打你的主意以来，我就有义务把他们全都解决掉。	منذ رأيت الوحش يتطلع إليك بوجوب القضاء عليهم.
أولاد حارتنا، ص.508	我要把你交给外面的野兽。	سأدفعك إلى الوحوش في الخارج.
أولاد حارتنا، ص.524	突然管理人像一头野兽一般向他扑了过去，用力将他的胖子扼住。	مال الناظر عليه كالوحش فجأة فطوق عنقه بيده.

出处	译文	原文
أولاد حارتنا، ص. 530	管理人是那样肆无忌惮，像发了疯的野兽一般放浪形骸。	الناظر يعربد بلا حدود، مثل وحش مجنون.
ملحمة الحرافيش، ص.164	他向野兽一样扑向弟弟。	انقض عليه كالوحش.
ملحمة الحرافيش، ص.276	她是他行善的猎物。	فريسة إحسانه.
ملحمة الحرافيش، ص.336	禽兽！他根本不懂得什么是财宝！	يا له من وحش لا يدري أي كنز يحوز.
ملحمة الحرافيش، ص.340	畜生是不懂得爱情的。	الحيوان لا يعرف الحب.
ملحمة الحرافيش، ص.361	广场上一片骚动，就像魔术袋，里面装的是耗子、猫和蛇。	بدأ الميدان ساخرا وحافلا بالفتن مثل جراب الحاوى الملىء بالفئران و القطط والثعابين.
ملحمة الحرافيش، ص.407	像对待野兽一样地朝赛迈凯特打去。	أخذ جلال نبوته ووقف ينتظر سمكة العلاج الذي حل مثل وحش صار.
ملحمة الحرافيش، ص.452	他单独遇到一个姑娘时，禁不住兽性发作。	إذا خلا إلى أحداهن انبثق من إهابه وحش منهم.
ملحمة الحرافيش، ص.498	平民们便扑过去争抢食品，他们推拉拥挤，互不相让，宛如暴风中的沙尘。	هجم الحرافيش كالوحوش الضارية تخاطفوا الطعام وتخالطوا مثل ذرات الغبار في يوم عاصف.
ملحمة الحرافيش، ص.565	和野兽在一起是没有生存希望的。	لا أمل مع بقاء الوحوش على قيد الحياة.
ملحمة الحرافيش، ص.506	眼前那个人就是往日吓人的野兽，然而人们陶醉在胜利之火。	ها هو الوحش المخيف ولكنهم سكارى بالنصر لا يخافون.
قصر الشوق، ص. 80	我的骆驼，为你的健康干杯。	صحتك يا جملي.
قصر الشوق، ص.380	起来吧，我的骆驼。	قم يا جملي.
أولاد حارتنا، ص. 341	我看你像匹驯服的骆驼，既不要求什么，也不发号施令或训斥别人。	أراك كالحمل الوديع، لا تطلب ولا تأمر ولا تزجر.
قصر الشوق، ص. 85	他像匹马似的蹦到桌前。	وثب كالجواد إلى المائدة.
قصر الشوق، ص.126	亚辛一看到那个"肉宝贝"出现在面前，便像脱缰的野马兽性大发。	وجد ياسين ذات ((الكنز)) مليئة بين يديه، فانطلق انطلاق الجواد الجامح.
ملحمة الحرافيش، ص.204	他可以从不受管束的快马开始！	نبدأ بالجواد الجامح!
قصر الشوق، ص. 11	最后又出现了这头澳大利亚式的骡子。	وأخيرا هذا البغل الأسترالي.
قصر الشوق، ص.135	那都是过去的事了，凭那头骡子的生命起誓，关上过去的大门吧。	ذلك الماضي! أوصدي ذلك الباب وحياة البغل.
قصر الشوق، ص.227	我比你虔诚得多，蠢骡子！	أنا موحدة أحسن منك يا بغل!
قصر الشوق، ص.316	人们肯定都会笑话他的，把他当做马路上的破烂，他真是一头身穿贵人衣服，却无人饲养的骡子。	ضحكوا عليه بلا ريب، وجدوا في طريقهم لقية، بغلا بلا سانس في ثياب أفندي.
أولاد حارتنا، ص. 529	她像头骡子那么犟。	عنيدة كالبغل.
ملحمة الحرافيش، ص.15	小声点，你这头骡子！	أخفض صوتك يا بغل!
ملحمة الحرافيش، ص.17	你这个卑鄙的骡子，要饭花子。	أيها البغل الخسيس المخلوق للتسول.
ملحمة الحرافيش، ص.211	骡子赖着不走。	البغل متشبث بالأرض.
قصر الشوق، ص. 24	你是头有学士证的大蠢驴。	أنت حمار كبير يحمل البكالوريا.
ملحمة الحرافيش، ص.453	他像一头驴子一样在拉另一头驴。	كأنه حمار يسوق حمارا.
قصر الشوق، ص. 88	毒蛇，毒蛇的女儿，不是她喜欢的人她不愿意！	الأفعى بنت الأفعى لا ترضى إلا بمن تحبه.
أولاد حارتنا، ص. 137	你怎么胆敢从你的洞穴中离开，蛇的儿子？	كيف تجرؤ على مغادرة جحرك يا ابن الأفعى؟
أولاد حارتنا، ص. 161	朝夕和蛇相处，倒使我生出了两条母蛇。	معاشرة الثعابين جعلتني أنجب حيتين!
أولاد حارتنا، ص. 197-196	消息像火一样燃遍全区，人们谈论杰巴勒如何像消除蛇一样消灭了头人。欢呼声似雷鸣响彻云霄。	وجرى الخبر في الحارة كالنار. وقال المتجمهرون بن جبل قد أهلك القدرات كما أهلك الثعابين! وهتف له الجميع بأصوات كالرعد.
أولاد حارتنا، ص. 164	啊，你这条蛇！可别是条黑眼毒蛇。	يا لك من ثعبان! ولكن كن ثعبانا غير سام وحق العينين السوداوين.
أولاد حارتنا، ص. 175	即使他们是蛇的话，也咬不着你。	لو كانوا ثعابين لما استعصى عليك ردعهم.
أولاد حارتنا، ص. 509	说话呀，蛇之子！	أنطق يا ابن الأفاعى.
أولاد حارتنا، ص. 511	蛇之子！	يا ابن الأفاعى.
أولاد حارتنا، ص. 164	他听见布勒基提大声打着哈欠，像翻翻起舞的蛇一样伸懒腰。	سمع البلقيطي يتثاءب بصوت مرتفع متماوج كالحية الراقصة.
ملحمة الحرافيش، ص.216	那条蛇哪里去了？	أين الثعبان؟
ملحمة الحرافيش، ص.231	蛇潜进了平安无事的住宅。	تسلل ثعبان إلى المسكن المطمئن.
ملحمة الحرافيش، ص.255	不要攻击受伤的蛇。	لا تهاجم ثعبانا جريحا.
ملحمة الحرافيش، ص.280	她扬起头，脖子扭向另一边，活似一条蛇。	ارتفع رأسها والتوى عنقها إلى الوراء مثل حية.

ملحمة الحرافيش، ص.299	我过去一直警告你要把他看做是条蛇。	طالما حذرتك بما تعده الأفعى.
ملحمة الحرافيش، ص.300	蛇总是在深处。	الأفعى مغروسة في أعماقه.
ملحمة الحرافيش، ص.308	我不会像那条蛇那样贮存我的遗产。	لم اكتز ميراثي مثلما فعلت الأفعى.
ملحمة الحرافيش، ص.365	你这条蛇!	أيتها الأفعى!
ملحمة الحرافيش، ص.376	她是条蛇。	الأفعى!
ملحمة الحرافيش، ص.377	伊勒法蒂也喜欢她,但她是条毒蛇。	طالما أحبتها ألفت، ولكنها أفعى.
ملحمة الحرافيش، ص.518	他狠如毒蛇。	أنه مؤذ كثعبان.
قصر الشوق، ص. 42	对于这两头享着清福的公牛来说,知识怎会有自身的价值呢?	كيف يكون للعلم قيمة ذاتية عند ثورين سعيدين؟
قصر الشوق، ص. 25	你真难看,像头大水牛。	أنت قبيحة كالجوموسة.
قصر الشوق، ص.318	你大发雷霆,洗刷了自己的耻辱,然而事后你又去找她!至于这头公牛,他的损失多么大啊!	غسلت خزيك بفضيحة كبرى، ولكنك عدت تسعى إليها! أما هذا الثور فما أضيعه!
قصر الشوق، ص.260	你还谈什么坚贞,公牛。	أتتحدث عن الوفاء يا ثور!
قصر الشوق، ص.264	看来你是想当母牛场里的公牛啊,对了,你就是一头公牛嘛。	كأنك تتمنى أن تكون ثورا في حظيرة أبقار، هذا هو أنت!
قصر الشوق، ص.315	这头公牛!	هذا الثور!
أولاد حارتنا، ص. 28	他对此的回答是如一头被激怒的公牛一般冲向婚礼的队伍。	فكان جوابه أن انقض على الموكب كالثور الهائج.
أولاد حارتنا، ص. 208	杰拜勒像一头发情的公牛朝他扑过去。	انقض عليه جبل كالثور الهائج.
أولاد حارتنا، ص. 302	布尤米像一头发情的公牛从里面闯了出来挥舞着棍棒,见人就打,所有的人都吓跑了。	واندفع منه الرجل كالثور الهائج، وراح يضرب بنبوته كل من يصادفه فركض الجميع في فزع.
أولاد حارتنا، ص. 440	他像一头挨宰的公牛一般冲前一步,然后像一扇门似的扑通倒地。	يجري كالثور الذبيح ثم انكب على وجهه كمصراع بوابة.
ملحمة الحرافيش، ص.407	赛迈凯特当即死牛般地倒在地上。	تهاوى سكة العلاج مثل ثور ذبيح.
قصر الشوق، ص. 22	住嘴,狗崽子。	اخرس يا ابن الكلب.
قصر الشوق، ص.313	我不相信这帮走狗。	إني لا أثق في هؤلاء الكلاب.
قصر الشوق، ص.366	狗东西!	الكلب ...!
أولاد حارتنا، ص. 22	住嘴,狗崽子!	اخرس يا الكلب يا ابن الكلب
أولاد حارتنا، ص. 119	我们是这个街区的主人,可却像狗一样挨打。	نحن أسياد هذه الحارة ولكنا نضرب فيها كالكلاب.
أولاد حارتنا، ص. 257	这群狗,狗崽子们!	الكلاب أولاد الكلاب!
أولاد حارتنا، ص. 273	小母狗的街区。	حارة بنت كلب.
أولاد حارتنا، ص. 311	狗崽子。	يا ابن الكلب.
أولاد حارتنا، ص. 312	我为了这只小虫子挨骂受诅咒,鬼精灵的小子们,母狗的街区!	بسبب هذه الحشرة لعنت وسببت، أولاد عفاريت وحارة بنت كلب!
أولاد حارتنا، ص. 380	公正!这群狗,卑劣的东西!	العدل! يا كلاب يا أراذل.
أولاد حارتنا، ص. 424	这条狗————狗该死————他真该死!	الكلب .. حارة كلاب، الويل له!
أولاد حارتنا، ص. 454	啊,狗崽子们!	يا أولاد الكلب!
أولاد حارتنا، ص. 457	胆小的狗崽子们。	أولاد كلب جبناء.
ملحمة الحرافيش، ص.32	喝醉了?狗崽子!	سكارى؟!.. يا كلاب.
ملحمة الحرافيش، ص.106	受了伤的狗吠!	نباح كلب جريح!
ملحمة الحرافيش، ص.187	你们都是下流胚,一群狗。	جميعكم أوغاد وكلاب.
قصر الشوق، ص.130	你真是头猪!你像条狗似的站在我面前流口水时,怎么就没想起说这些话呢?	يا لك من خنزير! لم تذكر هذه الاعتبارات يوم وقفت أمامي سائل اللعاب كالكلب؟
أولاد حارتنا، ص. 204	回到你们的窝里去吧,猪崽子们!	إلى حيث ألقت يا أولاد الخنزير.
ملحمة الحرافيش، ص.286	和他继父一样,是头猪!	إنه خنزير مثل زوج أمه!
ملحمة الحرافيش، ص.466	你这个蠢猪!	أيها الخنزير.
قصر الشوق، ص. 59	过去她就像头羚羊,没这么丰腴的屁股。	كالغزال كانت ولكنها لم تكن تملك هذه الأرداف الحلبية.
قصر الشوق، ص.366	倒霉的是,我找不到体面的位置,只好受这头公山羊的管辖之气!	أنه لمن سوء الحظ ألا أجد مكانا كريما إلا تحت رياسة هذا التيس!
أولاد حارتنا، ص. 186	你要是说这些梦话,你和你的亲人会像绵羊一样被宰掉。	إن عدت إلى هذيانك قضيت على نفسك وعلى أهلك بالذبح كالنعاج.
أولاد حارتنا، ص. 317	将受到照顾的羊只和在首领淫威下的他的街区的孩子们作比较。	يقارن بين ما تلقى هي في رعايته من عطف وما يلقى أولاد حارته تحت غطرسة القوات من هوان.
أولاد حارتنا، ص. 318	奇怪的是这些羊全都不像我们街区里的那些	من عجب أنها ترعى جميعا في إخاء لا ينعم

出处	汉语	阿拉伯语
	人残忍，它们都很温驯！	بمثله أصحابها القساة من أولاد حارتنا!
أولاد حارتنا، ص.325	你们也把嘴巴闭上，羊！	أسكتوا يا غنم!
أولاد حارتنا، ص.519	别出声了，听着，你们听着，你们这些羊！	هس، اسمعوا! اسمعوا يا غنم!
ملحمة الحرافيش، ص.137	他回头望去，只见那孩子才有母山羊那么高。	التفت نحوه فرأه في طول عنزة.
قصر الشوق، ص.61	别躲闪了，小母狮。	لا تزوغي يا بنت اللبؤة.
قصر الشوق، ص.90	我爱你，小母狮。	أحبك برص يا بنت اللبؤة.
قصر الشوق، ص.280	他的话激怒了她。她变得像头盛怒的母狮。	استفزها قوله فبدت كاللبؤة الهائجة.
أولاد حارتنا، ص.135	男子汉中的狮子	أسد في الرجال
أولاد حارتنا، ص.526	她像头母狮一般向那两个拥抱成一团的人冲了过去。	انقضت على الكائن المتلاحم كاللبؤة.
ملحمة الحرافيش، ص.43	你看他难道不像狮子吗?	ألا ترى أنه يشبه الأسد؟!
ملحمة الحرافيش، ص.88	你不要担心那头狮子不见了。	لا تقلق لغياب الأسد.
ملحمة الحرافيش، ص.93	难道猫能代替狮子吗?	هل تخلف القطط الأسود؟
ملحمة الحرافيش، ص.165	他像一头受了伤的狮子朝家走去。	مضى نحو الدار مثل أسد جريح.
ملحمة الحرافيش، ص.308	他想掴她一个耳光，但她像头发怒的母狮准备回击。	هم بأن يلطمها ولكنها تحفزت للرد مثل لبؤة غاضبة.
ملحمة الحرافيش، ص.107	姑娘老虎似的扑向小伙子	كانت الفتاة تثب كالنمر فتلطم الفتى.
ملحمة الحرافيش، ص.365	穆罕默德就像猛虎一样朝她扑了过去。	وثب نحوها كالنمر.
أولاد حارتنا، ص.435	他们马上就会像狼一样地扑来，只要你们软弱的消息一传上山。	أي نبأ يطير عن ضعفكم سيعقبه زحف الجرابيع من الجبل كالذئاب.
ملحمة الحرافيش، ص.453	一到晚上，他便饿狼似的头头潜入到废墟之中去。	يتسلل ليلا إلى الخرابات مثل ذئب جائع.
قصر الشوق، ص.59	她像母鸡一样在观察你。	هي تلمحك كالدجاجة.
أولاد حارتنا، ص.130	伊德里斯像只骄傲的公鸡发起怒来，众目睽睽之下对自己同父异母的兄弟在容貌、肤色、个头等方面的差别数落起来。	انتفخ كالديك المزهو ليعلن للأبصار فوارق الحجم واللون والبهاء بينه وبين أخيه..
أولاد حارتنا، ص.481	你别喊声，师傅，事情还没到我们非得像公鸡一样打架的地步！	لا تصرخ يا معلم، الأمر لا يستوجب أن نتناقر كالديكة!
أولاد حارتنا، ص.271	他将她推开，昂起头，挺胸凹肚，像只火鸡似地。	أطلقها وهو يرفع رأسه ريزرز صدره كالديك الرومي.
قصر الشوق، ص.69	你就会像鱼一样，是个冷血动物。	إنك كالسمك من ذوي الدم البارد!
قصر الشوق، ص. 271-270	但她像绝望的母猫，冲着他的脸吼叫，抬脚踢他的小腹。	لكنها صرخت في وجهه كالهرة اليائسة وركلته في بطنه.
أولاد حارتنا، ص.51	他以令人厌恶的声音唱着：受到欺负，喂，鸭子，喂，猫的胡子。	راح يغني بصوت كريه: حطة يا بطة ويا دقن القطة.
أولاد حارتنا، ص.226	诅咒这些首领们，诅咒正津津有味地嚼着老鼠肉的猫。	اللعنة على الفتوات، وعلى القطط حين تلفظ الفئران أنفاسها بين أسنانها.
ملحمة الحرافيش، ص.93	难道猫能代替狮子吗?	هل تخلف القطط الأسود؟
قصر الشوق، ص.291	够了，别说了！你可怜可怜我这条肮脏的虫子吧，小心提防它。	حسبك، كفاية، ارحم الحشرة القذرة واحذرها.
أولاد حارتنا، ص.359	我们的街区不是虫子就是野兽。	ليس في حارتنا إلا حيوان أو حشرة.
أولاد حارتنا، ص.55	当你知道我们像昆虫一样被踩在脚下，你还如何享受荣华富贵？	كيف تنعم بالحياة الرغيدة وأنت تعلم أننا نداس بالأقدام كالحشرات؟
أولاد حارتنا، ص.400	现在他们到处游荡，像些昆虫，散发着犯罪的气息。	وها هم يدبون في الظلام كالحشرات تفوح من أنفاسهم رائحة الجريمة.
أولاد حارتنا، ص.48	闭嘴，小虫子。	أخرسي يا حشرة.
أولاد حارتنا، ص.287	这些虫子没有资格活下去。	هذه الحشرات لا تستحق الحياة.
أولاد حارتنا، ص.312	我为了这只小虫子挨骂受诅咒，鬼精灵的小子们，母狗的街区！	بسبب هذه الحشرة لعنت وسببت، أولاد عفاريت وحارة بنت كلب!
أولاد حارتنا، ص.128	我把他们像蟑螂一样碾死。	سأدوسهم بقدمي كالصراصير.
أولاد حارتنا، ص.134	这些蟑螂我们该教训他们一下。	علينا نحن تأديب الصراصير.
أولاد حارتنا، ص.55	孩子们像蝗虫一样四散逃跑。	تفرق الغلمان مسرعين كالجراد.
أولاد حارتنا، ص.120	孩子们在咖啡馆前互相出言不逊，像蝗虫一般到处乱跑。	انتشروا أمام القهوة كالجراد وهم يتبادلون السباب.
أولاد حارتنا، ص.401	今天，我看那些魔鬼像蝗虫一般四处活动着。	رأيت اليوم الشياطين منتشرين كالجراد، وأنت وحيد ويتعذر عليك الهرب.

出处	中文	النص العربي
ملحمة الحرافيش، ص. 261	我在梦中看见你是个绿蚂蚱蹦蹦跳跳，你生来是个胆小鬼！	رأيتك في نومي متمطيا جرادة خضراء،أنك خلقت الهواء!
أولاد حارتنا، ص. 265	过去你父亲不服从，后来后悔了，你不要走他的老路，不然我会像捏死臭虫一样把你捏死。	كن أبوك عاصيا ثم ناب، إحذر أن تعيد سيرته وإلا هرستك كما تهرس البقة.
أولاد حارتنا، ص. 303	拉法阿的疯子们像臭虫一般随处可见。	إن مجانين رفاعة منتشرون كالبق.
ملحمة الحرافيش، ص. 237	人们像蚂蚁一样朝现场涌去。	زحف الأهالي نحو المواقع كالنمل.
أولاد حارتنا، ص. 358	我们全得完蛋，会像蚂蚁一样被杀死。	سيقضي علينا جميعا بالهلاك، سنوطأ بالأقدام كالنمل.
أولاد حارتنا، ص. 50	脏货，该死的家伙，毒蝎跟你比起来也算是仁慈的呢！	يا فتر، يا لعين، إن العقرب بالقياس إليك حشرة مستأنسة!
ملحمة الحرافيش، ص. 50	她正在崇拜那个蝎子，什么时候蛰他一下啊？	العقرب تعبده، ما زالت تعبده، فمتى تلسعه؟
ملحمة الحرافيش، ص. 180	她发出一声喊叫，宛如蝎子一样。	مرقت من فيها شهقة سرعان ما تجسدت في صورة عقرب.
أولاد حارتنا، ص. 169	你自从在市场上帮我赶走流氓，你就不再是幻想家了。	لم تكن حالما عندما طردت عني ذباب البشر.
أولاد حارتنا، ص. 449	我们的命在这个世界上就是苍蝇，到了末日就是黄土。	حظنا من الدنيا الذباب ومن الآخرة.
أولاد حارتنا، ص. 379	你还是放心坐下吧，一只苍蝇是搅不乱你的心境的。	عد إلى مجلسك مطمئنا فلا يصح أن تكدر صفوك ذبابة.
قصر الشوق، ص. 301	他当时其实忙得像只蝴蝶，在哪里也待不久。	اذ كان في الواقع كالفراشة يستقر بموضع.
قصر الشوق، ص. 154	这样的情景，这样的谈话，这样的声音，多么让人幸福啊！你想，这还不幸福吗？她是一只蝴蝶，像清晨的微风，散播欢乐，吮吸花露。	ما أسعده بهذا المنظر هذا الحديث، هذا الصوت، تأمل .. أليست هذه هي السعادة؟! فراشة كنيسة الفجر تقطر ألوانا بهيجة وترشف رحيق الأزهار.
أولاد حارتنا، ص. 131-132	在街角，孩子们像蝴蝶一样围着车灯喧闹嬉戏。	ضجت الأركان بغوغاء الغلمان المتجمعين كالفراشات حول مصابيح العربات.
أولاد حارتنا، ص. 22	一天一夜之间艾德海姆变成一只哇哇叫的乌鸦，众人都嫌他。	بين يوم وليلة انقلب أدهم غراب بين ينعق.
أولاد حارتنا، ص. 123	其余的人像群鸽子似地也都拥了进去。	اندفع وراءه الآخرون كالسرب وراء الحمامة.
أولاد حارتنا، ص. 165	这只欢快的鸽子竟在蛇窟里。	هذه الحمامة الزجالة في وكر الثعابين.
قصر الشوق، ص. 178	这只蜜蜂生来就被大自然定为蜂王，花园是她的住所，吸进花浆，酿造蜂蜜。谁对她的宝座虎视眈眈，挨蛰就是报应。	النحلة فطرتها الطبيعة ملكة، البستان مغناها، رحيق الزهر شرابها، الشهد نفثتها، وجزاء الآدمي الطامع بعرشها.. لسعة.
ملحمة الحرافيش، ص. 183	人们发出蜂群般的嗡嗡声。	سرت الهمهمة مثل الطنين.
قصر الشوق، ص. 393	你儿子怎么瘦得像只壁虎？你才是只老壁虎！	ما لابنك كالبرص؟ أنت الأبرص؟
قصر الشوق، ص. 339	动作像兔子似的。	بحركة أرنبية.
أولاد حارتنا، ص. 244	而如今却光只是些兔子和老鼠。	ما هم اليوم إلا فئران أو أرانب.
أولاد حارتنا، ص. 550	他将手下找寻的速度加快，真像个掏窝的兔子。	زادت سرعة يديه في التفتيش حتى بدا كالأرنب الذي يحفر مأوى له.
أولاد حارتنا، ص. 198	一旦认真起来，你就会像乌龟躲进壳里，坐以待毙。	فإذا جد الجد تقهقرتم إلى الجحور وأشعتم التردد والهزيمة؟
أولاد حارتنا، ص. 397	她用清澈的面孔望着他，发出麻雀或夜莺般动听的话语。	ثم تتطلع إليه بوجهها الصافي وتحدثه بلغة العصافير والبلابل.
أولاد حارتنا، ص. 513	我们在他的羽翼下并不安全。	لن نكون في كنفه آمنين.
أولاد حارتنا، ص. 546	他躲在管理人的羽翼之下。	انطوى تحت جناح الناظر.
أولاد حارتنا، ص. 264	尽管如老鹰爪子里的小鸟，拉法阿仍不慌不忙地说。	لكن رفاعة قال بهدوء على الرغم أنه بدا كعصفور بين مخالب نسر.
ملحمة الحرافيش، ص. 122	舍姆苏·丁发现自己飞翔不止。每到一站都沉醉在快乐之中，得到新的启示。	رأى شمس الدين أنه يطير بلا توقف. عند كل محطة نهزه نشوة سرور ورلهام.
ملحمة الحرافيش، ص. 202	费莱里有一千只眼，你怎么挣扎也逃不脱他的掌心。	الظلي مائة عين، لقد طوقك تحت جناحيه.
ملحمة الحرافيش، ص. 394	贾拉勒和黑夜、声音、寒冷，和整个世界结下了友谊，他决定像神鸟一样，飞越那重重障碍。	عقد صداقة مع الظلمة مع الصوت، مع البرد، مع الدنيا كلها صمم على الطيران فوق العقبات مثل طائر خرافي.

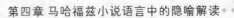

أولاد حارتنا، ص. 354	她如身陷囚笼的老鼠，可是不想认输。	بدت كفأر في مصيدة، لكنها أبت أن تستسلم.
423	他周围是一群老鼠，这太容易了，要把他们消灭。	حوله مجموعة من الفئران وما أيسر إبادتهم.
ملحمة الحرافيش، ص. 20	他遇上一个中等身材、相貌丑陋的人，仿佛他的祖宗就是耗子。	صادفه رجل ربعة فتيح الوجه كأن أصله فأر.
ملحمة الحرافيش، ص. 20	牛的躯体，小鸟的心。	جسم ثور وقلب عصفورة!
ملحمة الحرافيش، ص. 80	也许法官们欣赏他的魁梧和狮子般的面庞。	لعل القضاة أعجبوا بعملقه، وبصورة الأسد المرسومة في صفحة وجهه.
قصر الشوق، ص. 16	象牙般白嫩的面孔。	وجه عاجي
أولاد حارتنا، ص. 327	滚蛋，猫头鹰脸。	غر يا وجه البومة
ملحمة الحرافيش، ص. 13	胡子像山羊角。	وشارب مثل قرن الكبش.
ملحمة الحرافيش، ص. 224	那人是不是有山羊胡子？	أله لحية مثل فروة الخروف؟
11	他不时用那雄鹰般有穿透力的目光审视儿子们。	راح يتفحصهم هنيهة بعينيه النافذتين كأعين الصقر.
قصر الشوق، ص. 280	天啊，难道娇弱的指甲就这样变成了猛兽的利爪！	يا رب السماوات أهكذا تستحيل الأظفار المدللة الى مخالب!
قصر الشوق، ص. 273	用牛哞般的声音。	بصوت كالخوار
قصر الشوق، ص. 185	阿依黛报以轻盈温柔的笑声，宛如鸽子咕咕叫一样，从而抹掉了独特的贵族式的争执在他心里留下的淡淡阴影。	كافأته عايدة بضحكة رقيقة خافتة كسجع الحمام، مسحت عن قلبه الأثر الخفيف الذي تركه النزاع الأرستقراطي البديع.
قصر الشوق، ص. 265	流浪儿和捡馍头的人发出喧嚣吵闹的声音，犹如苍蝇在嗡嗡叫。	غلمان الطوار ولاقطو الأعقاب ينشرون حولهم لغطا كطنين الذباب.
أولاد حارتنا، ص. 128	宰格莱托的声音好似牛吼。	قال رزقط بصوت كالخوار.
89	远处伊德里斯狮吼般的诅咒和辱骂声向他们传来。	هنا ترامى إليهم صوت إدريس كالهدير وهو يلعن ويسب.
أولاد حارتنا، ص. 383	萨瓦里斯牛一般的吼声响起在大街上。	ارتفع من الطريق صوت سوارس كالخوار.
أولاد حارتنا، ص. 481	牛一般的吼声。	صوت كالخوار
ملحمة الحرافيش، ص. 343	驴叫似的声音。	بصوت مثل النهيق
ملحمة الحرافيش، ص. 523	不要像驴一样叫。	لا تنهق كالحمار.
قصر الشوق، ص. 67	这家地下咖啡馆犹如一头绝种动物的腹腔，它的身体日久年深埋在历史的灰烬下，只有一个大脑袋还在地面上。它张开大口，露出獠牙，那就是咖啡馆的入口，一条长长的台阶通到它的身子内部。	بدا المقهى المدفون كجوف حيوان من الحيوانات المنقرضة طمر تحت ركام التاريخ إلا رأسه الكبير؛ فقد تشبث بسطح الأرض فاغرا فاه عن أنياب بارزة على هيئة مدخل ذو سلم طويل.
قصر الشوق، ص. 258	路两边相距很近，显得很亲热，就像驯服的动物。	ضيق ما بين جانبيه يريق عليه تواضعا وألفة فهو كالحيوان الأليف.
أولاد حارتنا، ص. 304	蝗虫一样密集的砖头被情绪激昂的人们扔了出去。	فأرسل الهائجون أسراب الطوب كالجراد.
أولاد حارتنا، ص. 127	像蜂房一样的街区谁能了解它的本源呢？	من ذا الذي يستطيع أن يعرف أصله في حارة مثل خلية النحل؟
أولاد حارتنا، ص. 134	街区像是一只被石头打中的狗的喉咙。	انقلبت الحارة كحنجرة كلب رمي بحجر.
ملحمة الحرافيش، ص. 174	你能够把我们家变成一个幸福窝。	بوسعك أن تجعلي من دارنا عشا للسعادة.
ملحمة الحرافيش، ص. 488	他没有中断他那狂放行为，不过只限于在他的合法巢穴里。	لم ينقطع عن العربدة ولكنه وفرها لعشه الشرعي.
قصر الشوق، ص. 138	无论如何，现在是令人心花怒放的时刻，他的心和灵魂在幸福的云天里翱翔！	على أى حال فالساعة يرف قلبه وتحلق روحه في أجواء من السمو والسعادة!!
ملحمة الحرافيش، ص. 27	阿舒尔的心中还是起了一些邪念，犹如夏日炎炎下飞过一只苍蝇似的。	رغم ذلك هفت في ضميره الوسواس كما يهفو الذباب في يوم قائظ.
أولاد حارتنا، ص. 164	他诅咒像蝙蝠一样虚妄的念头，晚上在他脑子里做窝，白天在阳光中驱散。	لعن الأوهام التي مثل التي تعشش في الرأس في الظلام وتتبدد في النور كالخفافيش.
أولاد حارتنا، ص. 365	你怎么办，为什么你不从深渊的边缘离开，那是充满沉默和停滞的深渊，是蒙上灰烬的理想的坟墓，是美好回忆和欢乐旋律的狼。	ماذا أنت فاعل؟ لماذا لا تتزحزح عن حافة الهاوية؟ هاوية اليأس المليئة بالصمت والركود، مقبرة الأحلام المغطاة بالرماد، ذئب الذكريات الجميلة والأنغام الطربية.
ملحمة الحرافيش، ص. 475	舍姆苏·丁觉得有一只恐惧之鸟在他的头上盘旋。	شعر شمس الدين بطائر الخوف يحلق فوقه.
قصر الشوق، ص. 339	他热血沸腾，把沿途积满烦恼污垢的角角落落冲刷的干干净净，抱怨的心灵正在一块一	نافت الحرارة الوجدانية ينطلق في الدورة الدموية، يجرف في طريقه الفجوة التي تتجمع

	块卸除忧愁，从中飞出欢乐的鸟儿，叽叽喳喳着唱着歌儿！	بها نفايات الأكدار، قمقم النفس يتفكك لحام أحزانه قطير منه عصافير المسرات مترنمة.
《我们街区的孩子们》，第25页	哀伤像蛛网笼罩着这个家庭。	خيم الحزن على الأسرة كخيوط العنكبوت.
《欲望宫》，第27页	忧愁之神从古墙上滑下来，摇动尾巴。	الأسى تنزلق من فوق السور العتيق تشد بذيلها طيفا من أطياف الليل.
《欲望宫》，第246页	这句话一直随着他的叹息在两宫间街的上空盘旋，现在是否到了该找到它答案的时候了。	هذه الجملة بنصها محلقة في مكان ما من سماء بين القصرين محفوظة بتنهيداته، هل أن له أن يجد لها جوابا؟
《我们街区的孩子们》，第383页	各种指控和嘲笑满天飞。	تطايرت التهم والسخريات.
《哈拉菲什史诗》，第125页	在怀有敌意的街区关于舍姆斯·丁给母亲下毒以阻止她嫁人的流言满天飞。	تطايرت شائعات في الحارات المعادية بأن شمس الدين دس السم لأمه ليمنعها من الزواج.
《欲望宫》，第270页	真相虫子一样在黑暗中蠕动。	تخيلت الحقيقة مثل حشرة ترحف في الظلام.
《哈拉菲什史诗》，第266页	寂静张开双翅，将整个夜空笼罩。	أما الصمت فقد خلا له الجو فتاه ونشر جناحيه.
《我们街区的孩子们》，第44页	这是什么样的蜘蛛网啊！	رأى خيوط العنكبوت.
《我们街区的孩子们》，第45页	是你让睡眠从我的眼睛中飞离了。	أنت الذي طيرت النوم عن عيني.
《我们街区的孩子们》，第14页	杰巴拉维绷着脸喊道，警告的兆头从眼睛里面飞出。	صاح الجبلاوي مقبلا عن عينين تتطاير منها النذر.
《我们街区的孩子们》，第510页	管理人的眼睛里发出警告的火花。	نذر الوعد تتطاير من عينه.
《哈拉菲什史诗》，第498页	岁月露出它尖锐、残酷的犬齿，饥饿的黑影像那疯狂的宣礼塔一样越来越巨大。	كشفت الألم عن أنيابها الحادة القاسية، وتضخم شبح الجوع كالمئذنة المجنونة.

附表7：马哈福兹"建筑物"隐喻例句

出处	译文	原句
《欲望宫》，第177页	（师范学院）我只希望它是一个我展望世界的不错的入门。	أرجو أن تكون مدخلا لا بأس به للدنيا التي أتطلع إليها.
《欲望宫》，第311页	在他看来，那高高的围墙外公馆的阴影活像巨大的城堡。	تراءى له شبح البيت وراء سوره العالي كالقلعة الضخمة.
《欲望宫》，第261页	我发现你的贼眼正死命盯着那个像座拱门一样的女人。	وجدتك تغوص بعينيك في امرأة كالبوابة.
《我们街区的孩子们》，第440页	他像一头挨宰的公牛一般冲前一步，然后像一扇门似的扑通倒地。	يجري كالثور الذبيح ثم انكب على وجهه كمصراع بوابة.
《哈拉菲什史诗》，第11页	阿舒尔生得高大魁梧，酷似修道院的大门，他的胳膊像古老围墙的石头般结实，小腿似桑树树干般坚韧。	نما هائلا مثل بوابة التكية، طوله فارع، عرضه منبسط، ساعده حجر من أحجار من أحجار السور العتيق، ساقه جذع شجرة توت.
《欲望宫》，第271页	他又气又疼地皱紧眉头，摇摇晃晃往后退，像堵墙似的仰面摔倒在地。	تراجع مترنحا مكفهر الوجه من الحنق والألم ثم سقط على وجهه كالبنيان المتهدم.
《我们街区的孩子们》，第138页	地段的小头目盖德拉、雷希、艾卜·塞里阿、贝拉卡特、哈穆达一齐走了进来，似一堵大墙屹立在宰格莱托的身后。	جاء قتوات الأحياء قدره والليثي وأبو سريع وبركات وحمودة فصنعوا جدارا وراء زقطا.
《我们街区的孩子们》，第301页	四个人像一堵墙挡在她面前，厌恶地看着她。	تراءوا لها كجدار يعترض مطاردا في كابوس.
《哈拉菲什史诗》，第40页	在他的眼里，她成了一位面容憔悴，年迈无能的老太婆，简直就像小路上的古墙一样。	تبدت لعينيه ناضبة شاحبة طاعنة في السن مثل جدار السور العتيق.
《哈拉菲什史诗》，第132页	舍姆苏·丁觉得自己在同古城墙搏斗，城墙那装满了历史的琼浆玉液的砖块像经受岁月打击那样抵抗着，搏斗十分激烈，以致舍姆苏·丁以为在同大山抗衡。	شعر شمس الدين بأنه يغالب السور العتيق وأن أحجاره المترعة برحيق التاريخ تمسكه مثل ضريبات الزمن. وحمي الصراع حتى خال شمس الدين أنه يصد جبل.
《哈拉菲什史诗》，第376页	阿齐兹师傅像一堵腐朽的墙，像修道院的大门。	كأنه السور العتيق، كأنه بوابة التكية.
《哈拉菲什史诗》，第566页	他将像那堵古墙一样来维护他的祖先。	لقد مال مرة جده مع هواه وسوف يصمد هو مثل السور العتيق.
《我们街区的孩子们》，第16页	他的对手像座建筑物活动了起来。	تحرك صاحبه كالبنيان.
《哈拉菲什史诗》，第169页	像宣礼塔那样倒在地上。	تهاوى على الأرض كمئذنة.
《哈拉菲什史诗》，第437页	他与众不同一样，就像那座宣礼塔在建筑物中与众不同一样，他像它一样，强健、美丽、不育、神秘。	بل أصبح غريبا بين الناس غرابة المئذنة بين الأبنية. إنه مثلها قوي وجميل وعقيم وغامض.
《哈拉菲什史诗》，第462页	街上的人们都知道了他打死了他的父亲，把	عرف في الحارة بقاتل أبيه. اعتبر لعنة متحركة

出处	译文	原句
	舍姆苏·丁当做一个能动的可恶的东西，与那座不能动的可憎的宣礼塔相提并论。	في مقابل المئذنة تلك اللعنة الثابتة.
ملحمة الحرافيش، ص.562	阿舒尔像一座雄伟的建筑物一样耸立在平民之间，人们用建设的眼光望着它，全然没有毁坏的想法。	انتصب بينهم مثل البناء الشامخ توحي نظرة عينيه بالبناء لا بالهم والتخريب.
ملحمة الحرافيش، ص.153	他吃得肥头大耳，活像宣礼塔顶，两个下巴低垂，酷似魔术布袋。	مضى يمتلئ بالدهن حتى صار وجهه مثل قبة المئذنة وتدلى منه لغد مثل جراب الحاوي.
قصر الشوق، ص.122	他发现自己按耐不住偷看她那丰腴的屁股，他看它就像圆屋顶一样。	وجد نفسه على رغمه وحذره يسترق النظر إلى كزل ما النعين وهو يطالعه كالقبة.
قصر الشوق، ص.340	至于垂到额上的青丝，则是酒馆里醉鬼们心向往之的天房。	أما أسلاك الشعر الأسود المسدل على الجبين فكعبة يتجه إليها الثملون في حانات الوجد.
ملحمة الحرافيش، ص.274	阿齐宰的求救声同歌声混杂在一起，它像古墙一样不屈不挠，呜咽声似擂鼓一般在耳边震响。	استغاثة عزيزة تتردد مع الأناشيد. راسخة مثل السور العتيق. نحيبها متكلس حول طبلة أذنه.
ملحمة الحرافيش، ص.491	那座疯狂的宣礼塔将会倒塌，背信弃义、愚昧莽撞将被掩盖在它的废墟之下。	تتقوض مئذنة الجنون فتتراكم أنقاضها فوق الغدر والخيانة والسفه.
ملحمة الحرافيش، ص.566	我决不亲手将自己兴建的大厦捣毁。	لن أهدم بيدي أعظم ما شيدت من بناء شامخ.
قصر الشوق، ص.144	进入外交界确实很好，既可得到高尚的工作，又可以到处走走。那扇门是很难进的啊。	السلك السياسي حقق بل يهيء لك العمل السامي والسياحة معا. إنه باب ضيق!
أولاد حارتنا، ص. 334	我有勇气，大门是她的女佣人为我敞开的!	لدي ما شجعني فجاريتها هي التي فتحت لي الباب!
ملحمة الحرافيش، ص.14	我将会给你打开谋生的大门，你可以进来，也可以走。	سوف أفتح لك باب الرزق، لك أن تدخل ولك أن تذهب.
ملحمة الحرافيش، ص.17	我的努力白费了! 谋生的大门被你关死了。	أغلقت باب الرزق في وجهك.
ملحمة الحرافيش، ص.366	就这样，一扇可冒险的大门在阿齐兹的面前被打开了。	هكذا انفتح أمامه باب المجهول عن مغامرة مزلزلة.
قصر الشوق، ص.254	明天，你会发现自己的灵魂是空虚的，就像你过去发现侯赛因的陵墓是空的一样。	غدا تلقى روحك خلاء كما لقيت بالأمس ضريح الحسين.
قصر الشوق، ص.247	这是动人心弦的甜美乐曲，但他不知道女神是认真的，还是逢场作戏，在轻柔的微风中希望之门是打开了，还是关上了。	نغمة أسرة، ومناغمة عذبة، ولكنه لا يدري أجد المعبود أم يلهو، وهل تنفتح أبواب الأمل أم توصد في خفة النسيم.
أولاد حارتنا، ص. 92	你把我的心都撕碎了，希望之门都给你关上了。	إنك تقطع قلبي، وتغلق أبواب الأمل في وجهك.
ملحمة الحرافيش، ص.436	他那天真无邪的本质为她打开了希望的大门。	فتحت لها براءته أبواب الأمل البعيد.
قصر الشوق، ص.122	常有怀疑出现，并且徘徊在他的思想意识的门槛上，既不想进去，也不想隐藏。	فلاح له شيء كالشك يتردد على عتبة أدراكه لا يريد أن يدخل ولا يريد أن يختفي.
قصر الشوق، ص.212	清晨一睁开眼睛，各种想法就争先恐后地向他袭来，仿佛它们一直守候在意识的门槛边窥探。	هو يفتح عينيه في الصباح الباكر فاذا بالفكر تخاطفه كأنما كانت على عتبة الوعي ترصده.
قصر الشوق، ص.16	因为想到她必然会想到法赫米，使他下不了手，备感痛苦，并呼唤他关上这扇门，把它看得牢牢的。	لأن أقرانها بذكرى فهمي صده وآلمه وأهاب به أن يغلق هذا الباب وأن يحكم أغلاقه.
ملحمة الحرافيش، ص.54	恐怖敲响他潜意识的大门，呼叫像火舌一样。	دق الرعب أبواب رغبته الغافية. تمطى نداء مثل لسان من لهب.
ملحمة الحرافيش، ص.195	他知道自己在敲击恐怖之门。	يدرك أنه يطرق باب الرعب.
قصر الشوق، ص.190	像狮身人面像一样神奇。你的爱情多么像它，它又多么像你的爱情，它们都是谜，都永存不朽!	عجيب كأبي الهول، ما أشبه حبك به أو ما أشبهه بحبك، كلاهما لغز وخلود!
ملحمة الحرافيش، ص.298	他正在叩击青春的大门。	يطرق بلا شك باب المراهقة.
ملحمة الحرافيش، ص.401	他上前蒙上了她的脸，为她关上了永恒之门。	بد غطت الوجه فأغلقت باب الأبدية.

附表8：马哈福兹"食物"隐喻例句

出处	译文	原句
قصر الشوق، ص. 62	你这照亮黑暗的光，那样会比蜜还甜。	كذلك الذ من الشهد يا نور الظلام!

《宫间街》，123.	他想，她虽然年纪大了些，但是一定比玛利娅更美味可口。	خيل إليه أنها رغم سنها أشهى من مريم وألذ.	
《宫间街》，353.	女人就是女人，秀色可餐，很快就会让你饱的。	المرأة ليست إلا امرأة، طعام لذيذ سرعان ما تشبع منه.	
《宫间街》，258.	要是问你的心："玛利娅在哪里？让你饱尝相思的美貌在哪里？"它就会叹息似地狞笑着回答你："我吃了，也饱了，现在变得厌恶食物的味道了。"	سل قلبك أين مريم؟.. أين الملاحة التي لوعتك؟ يجيبك بضحكة كالتأوه ويقول أكلنا وشبعنا وصرنا نتقزز من رائحة الطعام.	
《宫间街》，291.	我不是一口任人吞吃的食物，我是宰努芭。	لست لقمة سائغة، أنا زنوبة.	
《我们街区的孩子们》，267.	拉法阿原本是父母的全部希望，现在，两位老人完全失望了，与雅塞米娜结婚会使他变得一钱不值。	كان رفاعة معقد آمال والديه فشد ما خابت الآمال. بزواجه من ياسمينة سينتهي الشاب إلى لا شيء، أما الأسرة فصارت مضغة للأفواه ولما يتم الزواج.	
《我们街区的孩子们》，100.	难道你们想成为任何一条街的一口美味的食物，当每一个强有力的头领手中的玩具吗？	تريدون أن تكونوا لقمة سائغة لكل حارة ولعبة بيد كل قوة مقتدر؟	
《我们街区的孩子们》，149.	苏莱曼对自己说，有的女人像干酪，有的女人像黄油和乳汁。	قال سليمان لنفسه أن من النساء من هن من قريش ومنهن من هن زبدة وقشدة.	
《我们街区的孩子们》，428.	难道他俩之间不曾有过黄油和蜂蜜那样甜美又搅在一起的关系吗？	ألم يكونا كالزبدة والعسل حلاوة وامتزاجا؟	
《我们街区的孩子们》，333.	你的舌头比蜜还要甜！	أن لسانك أحلى من الشهد!	
《我们街区的孩子们》，248.	发生的所有事情都是寻常事，不违背习俗和宗教，像椰子似的，坚硬的外壳里面包含的是甜美的汁水。	كل ما يحدث مألوف لا ينكره عرف ولا دين. والقشرة الصلبة المتينة تنطوي على سائل الرحمة العذب مثل جوزة الهند.	
《宫间街》，38.	有时斗嘴本身起到红辣椒的功用——刺激食欲。	النقار نفسه يقوم أحيانا بوظيفة الشطة في تهييج شهوة الطعام.	
《宫间街》，60.	我对自己心里说：问候她吧，她对你问候的回答会比健康和长寿更加宝贵！	قلت لنفسي: أن تحييها وأن ترد تحيتك ألذ من الصحة والعافية!	
《宫间街》，36.	问题是我们的主赐予他的性格就像白德尔•图尔基大叔卖的冰激凌，即使侯赛因清真寺的宣礼塔在晃动，他也不会动一根汗毛。	المسألة: أن رينا أعطاه طبعا مثل دندورمة عم بدر التركي، ولو تحركت مئذنة الحسين ما اهتزت له شعرة..!	
《我们街区的孩子们》，136.	我默默地咀嚼耻辱。	أنا أمضغ المهانة في صمت.	
《宫间街》，343.	他几天来建起来的幻想，顷刻间土崩瓦解了，嘴里感到了苦涩的滋味。	انهدم في لحظة ما أقامه الخيال في أيام. وجرت مرارة الامتعاض في ريقه.	
《我们街区的孩子们》，520.	这种耻辱深深地埋在阿舒尔的心底里，既不能消化吸收，又不能排出体外。	استقرت الإهانة في الأعماق، فهي لا تهضم ولا إلى الخارج فتقذف.	
《我们街区的孩子们》，248.	她的心怦怦直跳，两种矛盾的情感激烈交锋，如同肉甜核苦的杏一般。	نبض قلبها بالعواصف المتناقضة مثل مشمشة حلوة النسيج مرة النواة.	
《我们街区的孩子们》，413.	是什么意思？这个善良的人，是忠诚呢，还是随便一说呢？事实上，它是苦涩的，那滋味。	ماذا تعني الرجل الطيب؟ يقرر الصدق لم يبرر الهوى؟ ولكن للحقيقة طعما مرا في بعض الأحوال.	
《我们街区的孩子们》，148.	爱情是有穿透性的气味。	الحب ذو رائحة نفاذة!	
《我们街区的孩子们》，450.	贾拉勒对他母亲的爱是一种难以捉摸的奇怪感情，就像黎明前的封斋饭，在空气中不断蒸发，化成了一块寒冷的顽石。	يبدو له حبه لأمه عاطفة غريبة مضللة كأنها سحر أسود، يتخرر في الهواء مخلفة حجرا باردا شديد القسوة.	
《我们街区的孩子们》，192.	也许正是她的缘故，他才没尝到幸福的滋味。	لعله بسببها لم يذق السعادة طعما.	
《我们街区的孩子们》，453.	话挺甜。	كلام حلو.	
《我们街区的孩子们》，119.	你的话跟桔子一样甜。	كلامك كالبرتقال السكري!	
《宫间街》，357-358.	生活的滋味则愈发苦涩了。	أما مذاق الحياة فازداد مرارة.	
《我们街区的孩子们》，141.	我能闻到死亡的气味。	للموت رائحة أعرفها.	
《我们街区的孩子们》，171.	他尝到了成功和赚钱的喜悦。	ذاق حلاوة النجاح والربح.	
《我们街区的孩子们》，159.	你在生活中尝过失败的滋味吗？	هل ذقت الهزيمة في حياتك؟	
《我们街区的孩子们》，501.	自犯下那次罪过之后，阿尔法那不知睡觉滋味的脸，就像死人的脸。	بدا وجه عرفة الذي لم يذق طعم النوم منذ ارتكب جريمته كوجه ميت.	

附表 9：事件隐喻常用喻体举例

与"植物"相关的事件作喻体：

زاره طيفها في هلوسة المخاوف كما تساقط أوراق الياسمين على حشائش جافة تسعى بينها الحشرات.(أولاد حارتنا، ص. 163)

译文：姑娘的情影造访他恐惧的梦呓，就像素馨花叶落入枯草丛中，很多虫子在上面爬来爬去。

تلك السجايا التي تجذب الحب والرضا كما تجذب الزهور الفراش.(بين القصرين، ص.90)

译文：这些品性就像鲜花招引蝴蝶似的，带来友爱和舒心。

与"鸟"相关的事件作喻体：

ها هو أبوه يسعى في كامل صحته وعافيته، وقد استردت عضلاته قوتها، وعيناه بريقهما الجذاب. ثم رجع إلى أصحابه وأحبابه كما يرجع الطير إلى الشجرة الغناء.(قصر الشوق، ص.396)

译文：这是他已经完全康复的父亲，他的四肢肌肉恢复了力量，两只眼睛炯炯有神，就像小鸟回到歌唱的树上一样，回到了自己的朋友和亲人中间。

تطلع إليها طويلا، أول الأمر بلهفة كأنه طائر مقصوص الجناح يتطلع الى عشه فوق الشجرة.(قصر الشوق، ص.311)

译文：他久久地注视着那个房间，最初只是哀叹，就像一只被剪去翅膀的小鸟望着树上的鸟窝一样。

与"狗"相关的事件作喻体：

لكن تصوروا كلبا قد عثر على عظمة وهو في طريقه إلى المطبخ فهل يتعفف؟(قصر الشوق، ص.123)

译文：然而你们设想一下，一条狗在去厨房的半路上遇到一块骨头，它能克制得住吗？

ولكن كلب البيت بفقد حمايته اذا عض يد المحسنين إليه.(أولاد حارتنا، ص. 379)

译文：但是，一条家狗要是咬了有恩于他的人，它会失去保护的。

与"猫""老鼠"相关的事件作喻体：

جرى بصره على جسمها في عجلة ونهم كما يجري الفأر على جوال أرز ليجد لنفسه منفذا.(بين القصرين، ص.97-98)

译文：他那贪婪的目光匆匆地在她身上打量了一遍，活像一只老鼠围着米袋绕圈，想找个洞钻进去。

تبادل ياسين وفهمي نظرة فضحت أحساسهما بالخناق الذي أخذ بضيق حولهما سريعا ولكن واحدا منهما لم يجرؤ على أن يفتح فيه أن ينتهي به الكلام إلى أن يقع عليه الاختيار ليكون كبش الفداء فاستسلما لانتظار ما يجيء به النقاش كما يستسلم الفأر للهرة.(بين القصرين، ص.223)

译文：亚辛和法赫米对望了一眼，他们清楚绞索已经开始迅速收紧了。他们谁也不敢开口接茬，以免被选中当替罪羊，只好像老鼠见了猫一样，老老实实等待商讨的结果。

与"太阳"相关的事件作喻体：

إنكار حبك عبث كإنكار الشمس في رابعة النهار.(قصر الشوق، ص.309)

译文：否认你的爱情就像否认晌午的太阳一样徒劳。

ما أسعدني في مرمى ناظريك وما أتعسني، أني أحيا تحت نظرتك كما تحيا اليابسة بمقلة الشمس.(قصر الشوق، ص.178)

译文：在你目光的注视下我是多么幸福，又是多么痛苦啊。我生活在你的目光下就像大地生活在太阳的目光下。

ثم تبين له ذبول في عينها واحمرار يخلفه البكاء كما تخلف الشمس الشفق.(أولاد حارتنا، ص. 389)

译文：他发现妻子眼中的憔悴，哭泣后留下的红眼就像太阳留下的晚霞。

ستعود الى مكانتك عندما تنفذ شروط وقفيتك دون اغتيال ناظر أو اعتداء فتوة. كعودة الشمس غدا الى كبد السماء.(أولاد حارتنا، ص. 429)

译文：当没有了经管人的暗杀或是头人的压迫，继承的条件得以实施时，你就回到了原来的地位，就像明天太阳又回到当空一样。

与"月亮"相关的事件作喻体：

ونظر الجميع إلى الغد كأنما ينظرون إلى بزوغ البدر في ليلة من ليالي الربيع.(أولاد حارتنا، ص. 442)

译文：人人向往明天，如同在春之夜盼望圆月一样。

لكن القمر أقرب منالا من حلمك.(قصر الشوق، ص.223)

译文：可是要你忍让真比上天揽月还难啊！

"云遮太阳"和"云遮月"事件作喻体：

تألم سليمان لذلك غاية الألم، وقال إن أثر الشمس يمحى وراء الغيوم. وأنه لا كرامة لعاجز.(ملحمة الحرافيش، ص.171)

译文：苏莱曼为此极端痛苦，说太阳的光辉隐没在乌云后，不怜悯一个无能为力的人。

هكذا انتهت سيرة فتح الباب وجهاده. مثل صحوة قصيرة مشرقة في يوم طويل ملبد بالغيوم.(ملحمة الحرافيش، ص.512)

译文：法特哈·巴布的名声和斗争就这样结束了，宛如终日遮天的乌云中短暂的灿烂的阳光。

كانت سعادته سماء تظهر في جنباتها قطع السحاب، وأحيانا تركض حتى تخفي وجه الشمس.وقد يدهمه في أعذب اللحظات قلق غامض فيفتر حماسه.(ملحمة الحرافيش، ص.532)

译文：他的幸福就像飘着几片云的天空，云彩在天空飘动，有时候会将太阳的脸遮住。

يمتلئ قلبه الآن شوقا وحنينا، ومسرة يغشاها حزن وان كسحابة شفافة تغشى وجه القمر.(قصر الشوق، ص.371)

译文：现在他的心里充满了向往和眷恋，但这欢乐被蒙上了一丝忧愁，哪怕它只是像一片薄云遮住月亮的脸。

فرفع أبوه وجها متجهما نقيض الارتياح الساري في أعماقه كالغمامة السوداء المظلة لوجه القمر.(أولاد حارتنا، ص.241)

译文：父亲抬起愠怒忧郁的脸，内心满不高兴，犹如月亮被乌云遮没一般。

سرح فكره إلى الممر الضيق حيث ترك عاشور في مثل سن ابنه. وكما تعبر سحابة وجه القمر فتحجب نوره اقتحمه خاطر مظلم.(ملحمة الحرافيش، ص.282-283)

译文：他的思绪飞到那条窄路，阿舒尔在他儿子这个年纪时，被丢弃在那儿，像云彩遮月那样匆匆而过，阴暗想法的闯入遮住了它的光明。

حقا أن الفرح الراهن ينسي أشياء ما كان يتصور أنه ينساها لحظة ولكن خاطرة الأسى تغشي فؤاده الجذل كما تغشي السحابة الصغيرة وجه القمر في ليلة صافية السماء.(بين القصرين، ص.265)

译文：确实，当前的欢乐让他忘记很多他在某个时刻忘记的事情，但那无忧无虑的心灵上蒙上的那丝愁绪，犹如晴朗的夜空中遮住了皎洁月亮的一丝云。

تغير الجو القاتم إلى جو بهيج كما تبدو وسط السحاب المكفهر فجوة زرقاء على غير انتظار فتنداح بمعجزة عجيبة حتى تشمل القبة السماوية في دقائق معدودات ثم تضيئ الشمس.(بين القصرين، ص.190)

译文：沉闷的气氛变成了欢快的气氛，宛如满天乌云之中出人意料地露出一线蓝色，并奇迹般地迅速扩大，几分钟内整个天穹就放晴，阳光普照了。

与"山谷"相关的事件作喻体：

الظاهر أنك في واد وأني في واد.(قصر الشوق، ص. 99)

译文：显然你在一个山谷，我在另一个山谷（你是你，我是我）。

فؤاد في واد وهو في واد، على ذلك فهما صديقان.(قصر الشوق، ص. 74)

译文：富阿德在一个山谷，他在一个山谷（并非志同道合），尽管如此，他们是
对好朋友。

شعر بأن كلا منهما في واد، وما أبعد المدى بين وادي اللذة ووادي العمل.(قصر الشوق، ص.343)

译文：他感到他俩不在一个山谷里，享受的山谷和工作的山谷之间的距离是多
么遥远啊！

与"战斗"相关的事件作喻体：

كان كمال يولي المباراة اهتماما عصبيا، كأنه يخوض في معركة تتوقف على نتائجها حياته أو كرامته.(قصر الشوق، ص. 68)

译文：凯马勒对这场比赛有种神经质似的重视，好像他在进行一场其结果决定
其生命与尊严的战斗。

شعر براحة وقتية؛ كراحة التي يجدها الملاكم الموشك على السقوط اذا أدركه الجرس المؤذن بانتهاء الجولة غير الأخيرة.(قصر الشوق، ص.286)

译文：他感到暂时的轻松，就像一个行将倒下的拳击手听到宣布这一回合——
不是最后回合——结束的铃声感到的轻松一样。

اليوم عليه أن يناضل أباه، غير أنه كان في الجولة الأولى معذبا محموما..أما في هذه الجولة فهو خائف مرتعب.(قصر الشوق، ص.323)

译文：今天，他必须和父亲进行斗争。但他在第一回合中受尽折磨，周身发烧；
在这一回合中，他又诚惶诚恐，胆战心惊。

عند ذاك خطر له أن يلطمها بما يعرف- مما تظن أنه يجهله- من ماضي سيرتها، بحديث ((الفكهاني)) الأسود، قذيفة يصبها على رأسها بغتة فتنتشره اربا ويثار بها أفظع الثأر.(بين القصرين، ص.128)

译文：这时，他闪过一个念头：用她认为他还不知道的她过去的那件事去刺激
她，把她与水果店老板的丑事当做一颗炮弹突然打到她的头上，让她脑袋开花，
他也可以痛痛快快地报仇。

与"生病"相关的事件作喻体：

تمنيه لو كان للحب مركز معروف في الكائن البشرى لعله يبتره كما يبتر العضو الثائر بالجراحة؟(قصر الشوق، ص. 221)

译文：他真希望在人类世界有一个为人所知的爱情中心，也许他会像动外科手术割去患病的器官那样，把爱情割弃。

ذكر ذلك المنظر ذاهلا، ومع أن الألم كان يسري في روحه كما يسري السم في الدم.(قصر الشوق، ص.200)

译文：他心烦意乱地回忆那情景，尽管痛苦就像毒素渗入血液一样，渗入他的灵魂。

غير أن مخاوفه كمنت تحت تيار المرح دون أن تتبدد كما يكمن الألم إلى حين تحت تأثير المخدر.(قصر الشوق، ص. 93)

译文：可是他的害怕隐藏在欢乐的潮水下，未曾消散，就像痛苦有时在麻醉的作用下隐藏起来一样。

لكنه كان يؤمن ايمانا عميقا بخلود الحب؛ فكان عليه أن يصبر كما ينبغي لانسان مقدور عليه بأن يصاحب داء إلى آخر العمر.(قصر الشوق، ص.241)

译文：他深信爱情是永恒的，所以他应该忍耐，像一个人命中注定要与疾病相伴终身的人那样。

与"塞东西"相关的事件作喻体：

راح يدفع الطمأنية في نفسه كما يدفع سدادا غليظا في فوهة ضيقة.(قصر الشوق، ص.295)

译文：他竭力把"安心"塞到自己的心里，就像把大塞子往窄瓶口塞一样。

القلب اللهج بالآمال ينسى أو يتناسى الزواج كالكأس المترعة بالويسكي لا تتسع للصودا.(قصر الشوق، ص.371)

译文：那颗满怀希望的心正在忘却或假装忘却婚姻，就像斟满威士忌的酒杯再也容纳不下苏打水一样。

与"吃东西"相关的事件作喻体：

ماذا يفيد الجائع أن أعرضت عنه، وأنت تقولين له: ((على الله))؟! الجائع يريد الطعام، الطعام الشهي اللذيذ.(قصر الشوق، ص. 100)

译文：对于一个饥肠辘辘的人，你不给他饭吃，只对他说"愿真主周济你"有什么用呢。饿肚子的人要的是食物，是可口的美食。

أما عائشة فقد اعترضت تيار سرورها ملاحظة أمها كما تعترض الحلق- وهو نشوان بازدراد لذيذة شهية-
شوكة حادة مدسوسة في الطعام.(بين القصرين، ص.161)

译文：至于阿依莎，母亲的话阻断了她欢乐的潮水，就像食物里的一根尖刺卡住了喉咙，阻断了享受美食的快感一样。

تنهد تنهد الراحة والظفر مطمئنا إلى جني ثمرة صبره فسال لعاب شهوته كما يتحلب ريق الجائع النهم اذا
تطايرت إلى أنفه رائحة الشواء الذي يهيأ له.(بين القصرين، ص.252)

译文：他相信自己的耐心终于有了收获，便获得胜利似的惬意地舒了一口气，馋得流出淫荡的口水，就像一个饿汉闻到了为他准备的烤肉的香味。

اشتد انفعاله وتهدج صوته وهو ينطق العبارة الأخيرة كأنما يلفظ شظية.(بين القصرين، ص.113)

译文：他激动得声音都颤抖了，说出这最后一句话时，就好像把一块骨头吐了出来。

بدا له الحب على مثال غريب بعض الشيء...كالطعام! تشعر به بقوة وهو على المائدة، ثم وهو في المعدة، ثم
وهو في الأمعاء على نحو ما، ثم وهو في الدم على نحو آخر، حتى يستحيل خلايا ثم تتجدد الخلايا بمرور
الزمن فلا يبقى منه أثر.(السكرية، ص926-927)

译文：在他看来爱情这东西有点奇怪，就像食品一样！它在餐桌上你强烈地感受着它，然后把它吃进胃里，接着它经过肠子，又以另一种方式随着血液运行，最后变成了细胞。随着时间的推移，细胞不断更新，它就什么也不存在了。

与"泥里打滚"相关的事件作喻体：

هل خطر لها ببال أنه يتمرغ في التراب مناشدة لعطف زهد فيها عوادة السكاري!؟(قصر الشوق، ص.134)

译文：她会不会想到他为了赢得那个被醉汉们冷落的女琵琶手的同情，已经在泥里打滚了呢？

الليلة يشيع الأوركسترا حلمك إلى القبر، أتذكر الذي رأيت من ثقب الباب؟. أسفي على الآلهة التي تتمرغ في
التراب.(قصر الشوق، ص.300)

译文：今夜管弦乐队要为你的梦想送葬，你还记得你从门缝里看到过的那种情景吗？我真为女神惋惜啊，她将在泥土里打滚！

لا لفقد الحبيب فأنك ما طعمت يوما في امتلاكه، ولكن لنزوله من علياء سمانه. لتمرغه في الوحل بعد حياة
عريضة فوق السحاب.(قصر الشوق، ص.308)

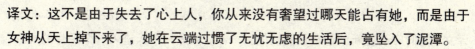

译文：这不是由于失去了心上人，你从来没有奢望过哪天能占有她，而是由于女神从天上掉下来了，她在云端过惯了无忧无虑的生活后，竟坠入了泥潭。

أما كرامة أسرتنا فتتمرغ الساعة في التراب في ثوب إدريس.(أولاد حارتنا، ص. 22)

译文：我们家的尊严此刻在土地上在伊德里斯的衣服上打滚。

　　与"孩子"相关的事件作喻体：

مع أنه غادر الحجرة مرتبكا وجلا لنهرة أبيه إلا أنه لم يخل من ارتياح عميق اذ أدرك أن تلك النهرة لا تعني طرده فحسب ولكن أيضا أن السيد سيتكفل بنفقات زواجه، ومضى كالطفل الذي يضيق أبوه بإلحاحه في طلب قرش فينقده إياه ويدفعه خارجا فينسى شدة الدفعة في فرحة الظفر.(بين القصرين، ص.292)

译文：尽管由于父亲的训斥，他离开房间时有些慌乱和害怕，但心里却深感宽慰，因为他意识那声呵斥，并不只是意味着赶他出房间，还说明父亲将承担他的结婚费用。他像个缠着父亲要一个基尔什的孩子，父亲烦了，给了他一个基尔什就把他推出去，孩子在胜利的欢乐中忘掉了被狠狠地一推。

ها هو يعود حاملا علبة الحلوى كأنه طفل يلهى عن البكاء ببضع قطع من الشيكولاطة.(قصر الشوق ص.311)

译文：啊，他正拿着那个糖果盒回去，像个得了几块巧克力就不哭的孩子。

قد قبض على راحتها في حرص شديد كما بقبض الطفل على لعبته بين أطفال يتخاطفونها.(بين القصرين، ص.75)

译文：他恋恋不舍地抓紧母亲的手，就像小孩子使劲抓住抢到手的玩具一样。

　　与"异乡人"相关的事件作喻体：

جملة ((نحن جبران منذ بعيد)) حزت في قلبه كالخنجر فأطاحت به كما تطيح النوى بالغريب.(قصر الشوق ص.204)

译文："我们很早就是邻居"这句话宛如匕首扎进了他心里，使他心碎，就像目的地让异乡人心碎一样。

إلا أنها باتت تشتاق إليهم اشتياق المغترب في بلد بعيد إلى أحباب فرق الدهر بينه وبينهم.(بين القصرين، ص.240-241)

译文：尽管如此，她还是十分思念他们，就像在遥远的异国他乡的人思念久别的亲人。

عليهم أن يخلقون أنصافهم الجميلة خلقا جديدا، كمن يدخل بلدا غريبا فعليه أن يتكلم بلغته حتى يبلغ ما

- 183 -

يريد.(السكرية، ص.887)

译文：他们应该重新创造自己美丽的另一半，就像一个人进入一个陌生的国家，他应该说当地的语言，以便达到他所想要的。

لم تزل توغل في دنيا خاصة خلقتها لنفسها، وعاشت فيها وحدها، وحدها سواء أكانت منفردة في حجرتها أو جالسة بينهم، إلا ساعات متباعدة تثوب فيها إليهم كالعائد من سفر، ثم لا تلبث أن تواصل الرحيل.(السكرية، ص.905)

译文：她一直生活在她为自己创造的世界里，她一个人生活，不管是她单独在自己房间里还是坐在大家中间。偶尔，她会清醒过来，就像归来的游子，不久又要继续自己的旅程。

لكنه لا يسعه إلا أن يكتم ما يضطرم في أعماق نفسه، وسيظل سرا مرعبا يتهدده، فهو كالمطارد، أو كالغريب.(بين القصرين، ص.875)

译文：但是他只能把在心底里翻腾的想法掩藏起来，它将是一个会一直威胁他的可怕秘密，使他像个受驱赶的人，像个异乡人。

与"犯罪"相关的事件作喻体：

إلا أن انتشاره في هذه الساعة من الصباح كان إيذانا بذهاب السيد، فالنفوس تتلقاه بارتياح غير منكور على براءته، كارتياح الأسير إلى صليل السلاسل وهي تنفك عن يديه وقدميه.(بين القصرين، ص.29)

译文：然而香味在早晨这个时刻的飘散宣告艾哈迈德离家，大家的心里就会有一种不可名状的快乐，就好像被打开手铐、脚镣的俘虏那样高兴。

شعرت الأم- للصمت الذي قوبل به سؤالها- بعزلة المذنب اذا تخطى عنه رفاقه حين انكشاف تهمته. (بين القصرين، ص.188)

译文：母亲见他们听到问题后全都沉默不语，感到自己仿佛是案发时被同伙抛出的罪犯一样孤立无援。

ما باله يقيم لكن من البيت سجنا مؤبدا؟(بين القصرين، ص.200)

译文：他怎么想的，干嘛要把家弄得像个无期徒刑犯的监狱呢？

كرهت جمالها الذي بدا في عينيها أداة تنكيل وتعذيب كما يبدو البدر الساطع في عين المطارد. (بين القصرين، ص.247-248)

译文：她讨厌她的美，在她眼中那就是一种惩罚和折磨人的工具，就像被追捕者眼中皎洁的明月一样。

إلى الأمام طريق الآلام، سيرى عما قليل دكان الفاكهة فيغض البصر ويتسلل كاللص الهارب. (بين القصرين، ص.427)

译文：前面就是那条令人痛心的马路了，快要见到那家水果店了，他低下目光，像逃跑的小偷那样悄悄地溜了过去。

与"词语"相关的事件作喻体：

شكوای في الحق منصبة على الجمال نفسه!...هو...هو الذي مللت لحد السقم، كاللفظ الجديد يبهرك معناه لأول مرة ثم لا تزال تردده وتستعمله حتى يستوى عندك وألفاظ مثل ((الكلب)) و((الدودة)) و((الدرس)) وسائر الأشياء المبتذلة، يفقد جدته وحلاوته، وربما نسيت معناه نفسه فغدا مجرد لفظ غريب لا معنى له ولا وجه لاستعماله، ولعله لو عثر عليه الغير في إنشائك أخذهم العجب لبراعتك على حين يأخذك العجب لغفلتهم.(بين القصرين، ص.341)

译文：事实上，我的抱怨就是集中在"美"本身！正是它，使我厌烦得像得了不治之症，它就像一个新词，当你第一次理解它的含义时感到很有意思，等你反复地使用它，你就觉得它和"狗""虫""功课"和其他用滥的词一样失去了新鲜感和美感，也许你会忘记它的原义，而成为一个既无意义，也无处可用的怪词。也许别人在你的文章中发现了这个词，会欣赏你的才学，而你却对他们的无知感到惊讶。

قاموس حياته لم يعرف للحب من معنى سوى الألم، ذلك الألم العجيب الذي يحرق النفس حتى تبصر على ضوء نيرانه المتقدة عجائب من أسرار الحياة، ثم لا تخلف وراءها إلا حطاما.(السكرية، ص.863)

译文：他生活的词典里，爱情的意义就是痛苦，这种奇特的痛苦燃烧着他的心，在燃烧的熊熊火光中，他看到了生活秘密的奇迹，但这些留下的只是浮华和虚荣。

ألم جديد يضاف الى معجم الآلام الذي يحمله على صدره.(قصر الشوق ص.211)

译文：一种新的痛苦又收进了压在他心上的那本痛苦词典中。

تتطور الأشياء بالمناسبات كما تتطور الألفاظ بما تستجد من معان جديدة.(قصر الشوق، ص.297)

译文：事物由于各种原因有所发展，就像词汇由于意义的更新而发展。

سوف تطالب بقاموس جديد عند الكشف عن الكلمات المأثورة مثل: حب، زواج، غيرة، الوفاء، الماضي.(السكرية، ص.938)

译文：你需要一本新的词典去查找诸如爱情、婚姻、猜忌、忠诚、过去等词汇的新含义！

与"溺水"相关的事件作喻体：

كأنه غريق توهم في تخبطه أنه يرى تمساحا يتوثب لمهاجمته ثم تبين له أن ما رأى أعشاب طافية ولكن فرحته للنجاة من الخطر الوهمي لم تكد تتنفس حتى اختنقت تحت ضغط الخطر الحقيقي المحيط به.(بين القصرين، ص.441)

译文：他像一个落水的人，在拼命挣扎之中好像看见一条鳄鱼向他袭来，后来看清那不过是水草，他正庆幸自己从鳄鱼侵袭的幻念中得救时，却马上由于真正包围他的危险而窒息。

فهمي العاق الذي رمى بنفسه إلى التيار بلا حزام نجاة.(بين القصرين، ص.456)

译文：法赫米这个逆子，连救生圈都不要，就投身到这个洪流之中。

لا بد للغريق من صخرة يلوذ بها أو فليغرق، وإذا لم يكن للحياة معنى فلم لا نخلق لها معنى؟!(السكرية، ص.914)

译文：溺水者一定要登上岩石才能获救，否则就要淹死。如果生活没有什么意义，我们为什么不为它创造意义呢？

附表 10：不同喻体映射至"时间""爱""悲伤"隐喻举例

不同喻体映射至"زمن（时间）"：

تستطيع أن توقف عجلة الزمن؟(قصر الشوق، ص.181)

译文：你能让时光的车轮停止转动？

تنساب عربة الزمن مكللة بالزهو والحياء. صلصلة عجلاتها المدوية لا يسمعها أحد.(ملحمة الحرافيش، ص.127)

译文：时光之车带着光辉和羞涩疾行，车轮咯吱咯吱的声音谁也听不见。

هذان الرجلان العجيبان لا يبدو أنهما يتغيران مع الزمن، كأنهما بمنأى عن تياره.(قصر الشوق، ص. 30)

译文：看不出这两个奇怪的男人随着时间有什么变化，似乎他们居住在时间流水冲刷不到的地方。

يغرق أفكاره في هموم الحياة اليومية ولكنها تأبى إلا أن تغرق في مجرى الزمن.(ملحمة الحرافيش، ص.252)

译文：他使自己的思想沉浸在日常生活的烦恼中，但是思想只沉浸在时光的河道中。

إننا نستعدي الشمس والقمر على خط الزمان المستقيم لندوره لتعود إلينا الذكريات الضائعة.(قصر الشوق، ص.335)

译文：我们让日月沿着时光的直线倒行吧，以便让那些丢失的记忆重新回来。

أي شيء يمكن أن يلين قلبك اذا كان ذلك الزمن الطويل لم يلينه؟(أولاد حارتنا، ص. 92)

译文：那么长的时光都不能使它变软，能使你心肠变软的是什么？

تتابعت الثواني منصهرة في الأتون الملتهب.(ملحمة الحرافيش، ص.100)

译文：时间一分一秒地过去，熔化在火热的熔炉中。

لن يطهرك الزمن من جريمتك. (ملحمة الحرافيش، ص.183)

译文：时光不能洗刷你的罪名。

不同喻体映射至"حب（爱）"：

الحب من منبع الدين يقطر صافيا!(قصر الشوق، ص. 73)

译文：爱情是从宗教的泉源中涌出的一股清泉！

هيهات أن يقتلع اليأس جذور الحب من قلبي، ولكنه على أي حال منجاة من كواذب الآمال!(قصر الشوق، ص.201)

译文：失望不能把我心中的爱情连根拔掉，但无论如何它把我从希望的欺骗中拯救了出来！

كما ينبغي لقلب أترع بشراب الحب الطهور.(قصر الشوق، ص. 72)

译文：就像一个饱尝了纯洁爱情的心灵应有的感觉那样。

الحب ذو رائحة نفاذة!(ملحمة الحرافيش، ص.148)

译文：爱情是富有穿透力的气味。

الحب حمل ذو مقبضين متباعدين خلق لتحمله يدان.. فكيف يحمله وحده؟(قصر الشوق، ص.255)

译文：爱情是一种重负，两段各有一个把手，需要两只手才能把它举起来，单靠一只手怎能抬起来呢？

أنت تسير مزهوا بما تحمل بين جنبيك من نور الحب وأسراره.. (قصر الشوق، ص.21)

译文：你胸中怀着爱情的光辉和秘密，走路都那么自豪得意。

هنا بدت أول مرة باعثة شعاع الحب.(قصر الشوق، ص.334)

译文：在这里，第一次散发出爱情的光芒。

أن هذه المخلوقة الجميلة ألذ من أنغام عودها؛ لسانها سوط، وحبها نار، وعاشقها شهيد.(قصر الشوق، ص.

(102

译文：这位美人比她的琵琶曲更动人。她的舌头是鞭子，她的爱情是烈火，爱慕她的人都是殉难者。

صاحبك مصاب بالداء الذي هصرك!(قصر الشوق، ص.204)

译文：你朋友得了那种摧毁你的病！

والحب مرض غير أنه كالسرطان لم تكتشف جرثومته بعد.(قصر الشوق، ص.391)

译文：爱情是一种病，但它犹如癌症，其病菌至今尚未发现。

الحب عذابه وملاذه.(قصر الشوق، ص.312)

译文：爱情是他的痛苦，也是他的避难所。

ألا يمكن أن يكون للحب- كهذا اللحن وككل شيء- نهاية؟!(قصر الشوق، ص.302)

译文：难道爱情就不能像这乐曲或所有事情一样有个终结吗？

عجيب كأبي الهول، ما أشبه حبك به أو ما أشبهه بحيك، كلاهما لغز وخلود!(قصر الشوق، ص.190)

译文：像狮身人面像一样神奇。你的爱情多么像它，它又多么像你的爱情，它们都是谜，都永存不朽！

تراءى له حبه معلقا فوق رأسه كالقدر، يشده إليه بأسلاك من الألم المبرح، أشبه ما يكون في جبريته وقوته بالظاهرة الكونية، فتأمله بعين ملؤها الإكبار والحزن.(قصر الشوق، ص.256)

译文：爱情在他看来就像天命一样压在他头上，并用痛苦拧成绳索将他紧紧拴住，其威力之强大，俨如宇宙现象，他只能用充满崇敬和忧愁的目光注视着它。

سرعان ما ربطهما الحب برباط متين.(ملحمة الحرافيش، ص.318)

译文：很快爱情就把他俩紧紧拴在一起。

فغمه شذا ياسمين ساحرا آسرا ولكن ما هويته؟، ما أشبه بالحب، في سحره وأسره وغموضه، لعل سر هذا يفضي إلى ذلك.(قصر الشوق، ص.248)

译文：素馨花香气袭人，使他迷醉，这种香味的本质是什么？它的神秘、诱人和令人捉摸不透与爱情何其相似，也许它的奥秘可以解开爱情的秘密。

ضمت جلال إلى صدرها فتبدى لها ثمرة لحب لا يستهان به.(ملحمة الحرافيش، ص.341)

译文：她把贾拉勒搂在怀里，这是不容轻视的爱情之果。

غير أن قضبان السجن بدت أطوع للتحطيم وأرق أمام الزمام من أغلال الحب الأثيرية التي تستأثر المشاعر في القلب والأفكار في العقل والأعصاب في الجسد ثم لا تؤذن بانحلال.(قصر الشوق، ص.221)

译文：然而监狱的铁窗比爱情枷锁的控制更细、更容易打破，爱情的枷锁束缚人心中的感情、头脑里的思想、躯体里的神经，而且还不能解开。

لكن الحب اكتسح كل شيء في فصله الوردي.(ملحمة الحرافيش، ص.225)

译文：但爱情用它玫瑰的属性荡平一切。

إن الحب كالزلزال الذي يرج الجامع والكنيسة والماخور على السواء.(السكرية، ص.861)

译文：爱情就像是地震，会让清真寺、教堂和妓院统统震动。

不同喻体映射至 "حب（悲伤）"：

الحزن كالجمر المدفون تحت الرماد.(أولاد حارتنا، ص. 59)

译文：忧愁如埋在灰烬中的火炭。

كان يكنز المال كأنما يتحصن به حيال الموت والأحزان والفردوس المفقود. وكان ينطلق نحو الكفاخ من مركز منغرس في أرض الأحزان والهموم متحديا الألم والمجهول.(ملحمة الحرافيش، ص.175)

译文：他敛聚金钱想以它为堡垒抵御死亡和忧愁。他从悲哀的土地出发，投入战斗，向痛苦和愚昧挑衅。

في هاوية اليأس والحزن(ملحمة الحرافيش، ص.438)

译文：在痛苦和失望的深谷里。

خيم الحزن على الأسرة كخيوط العنكبوت.(أولاد حارتنا، ص. 25)

译文：哀伤像蛛网笼罩着这个家庭。

وتكاثفت سحب الأحزان المخيمة على المجلس.(أولاد حارتنا، ص. 175)

译文：悲哀的阴云笼罩着在座的人。

وخيم الحزن على الحارة المكللة بالحداد، لكن أنفاسه الحارة قطرت حقدا ومقتا ورغبة في الانتقام.(أولاد حارتنا، ص. 433)

译文：街区里为死去的人戴孝、悲哀，仇恨笼罩全区，孕育着复仇的种子。

تراكمت فوقه الأحزان.(ملحمة الحرافيش، ص.266)

译文：他经常处于愁云悲雾中。

تلظى ضياء بالغضب، ولكن شرره لم يجاوز جدران البدروم، ما عاشور فغاص في الحزن حتى قمة هامته.(ملحمة الحرافيش، ص.519)

译文：兑亚伍心中怒火炽然，但没有冲破地下室的墙壁，阿舒尔也因此陷入了痛苦的汪洋大海之中，他惆怅到了极点。

الحزن كالوباء يوجب العزلة.(ملحمة الحرافيش، ص.295)

译文：忧愁像瘟疫，不得不隐居。

فتر وجده وباخ، وغشيه حزن غليظ.(قصر الشوق ص.16)

译文：他躁动的感情平息了下来，陷入深深的悲伤之中。

وران عليه حزن شامل عميق فغطى حتى على مخاوفه.(أولاد حارتنا، ص. 294)

译文：他十分忧郁，以至于将恐惧都盖过去了。

لحن الحزن الخافت المتردد تحت سطح الأنوار الباهرة والانتصارات المتألقة.(ملحمة الحرافيش، ص.416)

译文：低回在五颜六色灯光下的阴郁哀曲将永远响在他的耳际。

附表 11：马哈福兹"音乐"隐喻举例

صدر عنهم أوركسترا رباعي مكون من بوقين وكمان وصفارة. (قصر الشوق، ص.175)

译文：他们组成有两只小号、一把提琴和一支短笛的四重奏管弦乐队。

استرجع صداها لتستعيد رنين الحب في أوتار ثغره، والحب لحن قديم غير أنه يضحى جديدا عجيبا في ترنيمة خالفة. (قصر الشوق، ص.171)

译文：好好地回味它们吧，让爱情的曲调在口弦上回味。爱情是一支古老的曲子，却可以弹出新奇的不同调子。

هل يمكن أن يسمع أنينه الخافت في ذلك الأوركسترا الكوني اللانهائي؟!(قصر الشوق، ص.358)

译文：在这无穷无尽的宇宙管弦乐中，能听得到他的低声呻吟吗？

الله...الله، النفس شعشعت واستحالت أغنية، وانقلبت الأعضاء آلات طرب، والدنيا حلوة. (قصر الشوق، ص.353)

译文：真主啊真主，心灵闪闪发光，化作歌声，肢体变成各种乐器，世界多么美好。

أميمة ترسل تنهدة عميقة مثل ختام أغنية حزينة. (أولاد حارتنا، ص. 67)

译文：乌梅玛发出的深深叹息就像一支忧伤曲子的结尾。

تكاد تشملها نغمة صبا وانية متصلة إلا أن تقطعها في فترات متباعدة سعلة أو ضحكة أو قرقرة مدخن منهم. (قصر الشوق، ص. 67)

译文：（咖啡馆里）仿佛一直回荡着一首轻柔的青春乐曲，时而被咳嗽声、笑声或吸水烟的咕噜声打断。

في الإمكان أن يصير كل ربع كالبيت الكبير وان ينقلب الأنين ألحانا. (أولاد حارتنا، ص. 216)

译文：有可能每个院落都变成大宅邸，呻吟都化为旋律。

جعلت هى تقترب في خفة وتبختر كأنها نغمة حلوة مجسمة. (قصر الشوق، ص.169)

译文：她轻盈傲慢地走近，犹如一首曼妙生动的曲子。

لن أسمعك لحن السمع والطاعة. (أولاد حارتنا، ص. 15)

译文：我绝不会让你听到遵命的乐曲。

مع أن هذا السؤال كان متوقعا من بادئ الامر إلا أنه وقع من نفسيهما- بعد الهدوء العجيب غير المنتظر- موقع الانزعاج فخافا أن يكون مقدمة لتغيير طبقة النغمة التى ارتاحا إليها ارتياح النجاة.(بين القصرين، ص.198)

译文：尽管这个问题一开始就在预料之中，但在未料到的不寻常的平静后，这个问题让他们很慌乱，生怕它是改变母亲顺利过关曲调的一个前奏。

أعقب حديث المجاملات صمت قصير فأخذت السيدة تتهيأ للحديث الجدي الذي جاءت من أجله كما يتهيأ المطرب للغناء بعد الفراغ من عزف المقدمة الموسيقية.(بين القصرين، ص.230)

译文：客套话之后是短暂的沉默，客人准备进入正题，就像歌手序曲奏完后准备开唱一样。

اندس تساؤله في الحديث كما تندس نغمة غريبة مقتبسة في لحن شرقي صميم.(بين القصرين، ص.316)

译文：他的问题插入到大家的谈话中，犹如一段奇怪的外来曲调插进一首地道的东方乐曲中。

ما أجمل هذه النغمة، المأساة أنها يمكن أن تصدر عن قلب فارغ، كالمغني الذي يذوب في نغمة حزينة شاكية وقلبه ثمل بالسعادة والفوز. (قصر الشوق، ص.282)

译文：这曲调多么美啊！可悲的是它出自空荡荡的心，就像一个歌手沉醉在幽怨诉说的歌曲里，他的心却陶醉在幸福和成功中。

يقول بلسانه ((اللهم التوبة)) على حين يقتصر قبله على طلب الغفران والعفو والرحمة كأنهما آلتان موسيقيتان تعزفان معا في أوركسترا واحد فتصدر عنهما نغمتان مختلفتان.(بين القصرين، ص.414)

译文：他嘴里说"真主啊，我忏悔！"而心里仅仅是要求宽恕和怜悯，他的口和心仿佛是两件乐器，在同一个管弦乐队里奏出两种不同的音调。

ينبغي أن يتلمس وسيلة أو أخرى- الوقت بعد الوقت- ليحسن الهرب من نفسه وأفكاره وخيبته، حتى المغني المجيد اذا أطال في تقاسيم الليالي انبعث في نفس السامع الشوق إلى الدخول في الدور.(بين القصرين، ص.314)

译文：他应该不时寻找各种方法摆脱自己的烦恼、忧虑和失望，即使是一个好的歌手，如果在晚会上老是唱同一首歌，那么观众的心中就会萌发对下一个节目的渴望。

ترى هل عايدة منظرا معادا ونغمة مكررة ؟(قصر الشوق، ص.352)

译文：难道阿依黛也是那种千篇一律、老调重弹的人吗？

كانت بهزة رأسها وابتسامتها كالآلة الموسيقية المصاحبة للمغني اذا غيرت عزفها تمهيدا لدخول المغني في طبقة جديدة من النغم. (قصر الشوق، ص.119)

译文：她的摇头和微笑犹如给歌手伴奏的乐器，如果调整了调门，就准备让歌手进入新的曲调。

صوت أو بالحرى نغمة حلوة ما أن تتردد في مسمعيه حتى تعزف أوتار قلبه مجاوبة إياها من الأعماق كأنها عناصر مؤلفة في لحن واحد. (قصر الشوق، ص.195)

译文：这声音，更贴切地说这甜美的曲调只要在他耳畔响起，他的心弦随即就从心底弹起与之共鸣，仿佛是一首乐曲的组成要素。

كان يرى هذه الصورة بذاكرته لا بحواسه كالنغمة الساحرة تفني في سماعها فلا نذكر منها شيئا حتى تفاجئنا مفاجأة سعيدة في اللحظات الأولى من الاستيقاظ أو في ساعة انسجام، فتتردد في أعماق الشعور في لحن متكامل. (قصر الشوق، ص.153)

译文：他是凭着记忆而不是感官欣赏这幅容貌，就像一首迷人的乐曲，在听它的时候，乐曲消失了，我们什么都记不起来了，直至如梦初醒琴瑟和谐的那一刻，突然一阵幸福感袭来，乐曲完整地在感觉深处回响起来。

نفذت هذه الجملة المعطرة بالحب الملحنة بالصوت الملائكي في قلبه فطيرته نشوة وطربا، كالنغمة الساحرة التي تند فجأة في تضاعيف أغنية فوق المنتظر والمألوف والمتخيل من الأنغام، فتترك السامع بين العقل والجنون. (قصر الشوق، ص. 171)

译文：这一句由仙女般的声音说出的散发着爱情芳香的话沁入他的心里，使他如痴如醉，飘飘然起来；就像在突然插入的增加了歌曲的期待、想象、不落入俗套的迷人旋律，让听者处于理智和疯狂中。

كأن الطرب والشراب والراقصات ليست إلا ألحان الموت، وكأنني أشم رائحة القبور في أصص الأزهار. (أولاد حارتنا، ص. 541)

译文：好像兴奋、吃喝、舞女不过是死神的歌曲，我仿佛从花盆中闻到的也是坟墓的气息。

ما عدا ذلك طوى وتلاشى في نغمة جديدة غامرة. (ملحمة الحرافيش، ص.42)

译文：除此之外，一切都消失在新的华丽乐曲中。

أرسله إلى الكتاب، وسكب في قلبه أعذب ألحان الحياة. (ملحمة الحرافيش، ص.94)

译文：他把他送进学堂，在他心中注入了最美好的生活曲调。

تردد اسم زهيرة على الألسنة كأنشودة للجبروت والقسوة. (ملحمة الحرافيش، ص.369)

译文：祖海莱的名字被当做威严、冷酷的歌曲在人们口中流传。

نغمة آسرة، ومناغمة عذبة، ولكنه لا يدري أيجد المعبود أم يلهو، وهل تتفتح أبواب الأمل أم توصد في خفة النسيم. (قصر الشوق، ص.247)

译文：这是动人心弦的甜美乐曲，但他不知道女神是认真的，还是逢场作戏，在轻柔的微风中希望之门是打开了，还是关上了。

ألا يمكن أن تنتهي عواطفه المتأججة في ذروتها إلى ختام كذلك؟ ألا يمكن أن يكون للحب- كهذا اللحن وككل شيء- نهاية؟! (قصر الشوق، ص.302)

译文：难道自己火一般的感情就不能在到达顶峰后旋即结束吗？难道爱情就不能像这乐曲或所有事情一样有个终结吗？

بين هذه وتلك تجاوب كالذي بين أنغام الآلات المترامية من بعيد. (قصر الشوق، ص. 300)

译文：两者互相呼应，就像从远处传来的各种乐器奏出的乐曲一样。

تتابعت دقات قلب همام في نشوة من الأفراح، ولبث ينتظر أنغاما جديدة يستكمل بها هذا اللحن البديع. (أولاد حارتنا، ص. 89)

译文：胡马姆的心在喜悦的沉醉中不停地怦怦直跳。他等待着用新的旋律完成这奇妙的乐曲。

هفت عليه ذكريات أخيه الراحل مثل لحن كامن حزين تنهد في أعماق النفس. (قصر الشوق، ص.221)

译文：有关已故哥哥的记忆就像心底深处一首深藏伤感的乐曲涌上他的心头。

الفرحة والنور. عندما يصير الحلم نغمة تشدو في الأذن والقلب. (ملحمة الحرافيش، ص.25)

译文：当梦想变成了在耳畔和心间吟唱的乐曲时，眼前一片喜悦和光明。

أوتار قلبك تنقبض باعثة لحنا جنائزيا. (قصر الشوق، ص.208)

译文：你的心弦绷紧，奏出凄婉的送葬曲。

مهما يكن من أمر الحب الذي مات الذي مات فقلبه يبعث حنينا مسكرا، وأوتار الأعماق التي تهتكت أخذت تصعد أنغاما

بالغة في الخفوت والحزن.(السكرية، ص.927)

译文：尽管爱情已经死亡，他的心里还是产生一种甜蜜的怀念，那已断了线的心弦仍然奏出如诉如泣极其伤感的旋律。

على رغم أنه أول من هز أوتار أذنيه بأنغام الشعر ونفثات القصص. (قصر الشوق، ص. 23-24)

译文：尽管他是第一个用诗的曲调、故事的气息拨动他耳弦的人。

في حنجرتها، وتر يذكر من بعيد بتلك الموسيقى الخالدة، وقد تجد العين نوعا من الشبه بين بشرة المختنق وأديم السماء الصافية. (قصر الشوق، ص.342)

译文：她的喉咙里仿佛有根琴弦，使你远远地想起那种永存的音乐，也许你的眼睛会在令人窒息的外表和晴朗的天空中间发现相似之处。

بعثت النظرة في أوتارها عزف النغم فتوهج جمالها كالشعاع، واكتسى بحلة الظفر المبهرجة. (ملحمة الحرافيش، ص.193)

译文：目光里琴弦拨动，弹奏出乐曲，她的美光彩照人，他也因胜利而容光焕发。

عند ذلك تراءت قسمات المعبودة رموزا موسيقية للحن سماوي مرموقة على صفحة الوجه الملائكي. (قصر الشوق، ص. 246)

译文：此刻，女神那天使般的面孔上的表情，就是那支来自上天的引人注目的乐曲的乐谱。

معانيها المترنمة تختفي وراء ألفاظها الأعجمية كما يختفي أبواه وراء وجوه الغرباء. (ملحمة الحرافيش، ص.19)

译文：歌词大意隐藏在波斯语的词句中，犹如他的双亲消失在一张张陌生人的脸后。

تابعه مستسلما كما يتابع نغمة حلوة. (قصر الشوق، ص.338)

译文：他顺从地享受着这种感觉，就像欣赏一支美妙的乐曲。

أتذكر ذلك النداء الذي نزل على غير انتظار؟، أعني أتذكر النغمة الطبيعية التي تجسمها؟.. لم يكن قولا؛ ولكن نغما وسحرا استقر في الأعماق كي يغرد دواما بصوت غير مسموع ينصت إليه فؤادك في سعادة سماوية لا يدريها أحد سواك. (قصر الشوق، ص. 20)

译文：你还记得那突如其来的呼唤吗？我是说，你还记得那天成的歌声吗？那不是说话，而是乐曲和魔力，它扎根于你的内心，用一种听不见的声音一直歌唱，你的心仔细聆听，感到除你之外谁也体会不到的天赐的幸福。

أما جملة سألوا عنك فما أشبهها بأنغام الصبا في بساطة معناها وشديد نفاذها في النفس.(السكرية، ص.927)

译文："他们问到你"这句话多么像一曲有意义的沁入人心的青春旋律啊！

طمع في نغمة واحدة فوهب لحنا كاملا!(السكرية، ص.934)

译文：他本来只奢望听一个曲调，没想到赏赐给了他一个乐章。

ساد الصمت مرة أخرى كاللازمة بين النغمة والنغمة.(السكرية، ص.938)

译文：一阵沉默，就像两个曲调之间必须有一个间歇。

附表12：马哈福兹"疾病"隐喻举例

ذكر ذلك المنظر ذاهلا، ومع أن الألم كان يسري في روحه كما يسري السم في الدم.(قصر الشوق، ص.200)

译文：他心烦意乱地回忆那情景，尽管痛苦就像毒素渗入血液一样，渗入他的灵魂。

غير أن مخاوفه كمنت تحت تيار المرح دون أن تتبدد كما يكمن الألم إلى حين تحت تأثير المخدر.(قصر الشوق، ص. 93)

译文：可是他的害怕隐藏在欢乐的潮水下，未曾消散，就像痛苦有时在麻醉的作用下隐藏起来一样。

تمنيه لو كان للحب مركز معروف في الكائن البشرى لعله يبتره كما يبتر العضو الثائر بالجراحة؟(قصر الشوق، ص. 221)

译文：他真希望在人类世界有一个为人所知的爱情中心，也许他会像动外科手术割去患病的器官那样，把爱情割弃。

لكنه كان يؤمن ايمانا عميقا بخلود الحب؛ فكان عليه أن يصبر كما ينبغي لانسان مقدور عليه بأن يصاحب داء إلى آخر العمر.(قصر الشوق، ص. 241)

译文：他深信爱情是永恒的，所以他应该忍耐，像一个人命中注定要与疾病相伴终身的人那样。

لا قدر عندي لمن يأنف مني كأني بصقة معدية!(قصر الشوق ص.285)

译文：对我嗤之以鼻并视我为传染吐沫的人，在我心中是没有地位的。

لكنهم يعودون مثل بعض الدمامل الغامضة.(أولاد حارتنا، ص. 467)

译文：可是他们就像是一种神秘的脓疮一样又回来了。

لكن تبقى بعد ذلك الحقيقة قرحة دامية. وقد جاء الوباء ليهلك أى رجل من العابثين بها.(ملحمة الحرافيش، ص.124)

译文：但是此后真相一直如流血的脓疮，疫病伤害着每一个嬉戏它的人。

انطوى على قرحة أفسدت عليه مذاق حياته الخاصة.(ملحمة الحرافيش، ص.174)

译文：他因为这个腐坏他个人生活品味的脓疮而抑郁。

مضت هى تألف الحياة الجديدة، تعاشر جرحها معاشرة التسليم.(ملحمة الحرافيش، ص.50)

译文：她已经习惯了新生活，以接受的态度与她的创伤相处（听天由命）。

لولا أن آفة حارتنا النسيان ما انتكس بها مثال طيب.ولكن آفة حارتنا النسيان.(أولاد حارتنا، ص. 210)

译文：若不是有遗忘的瘟疫发生在我们街区， 他仍不失为楷模。但是遗忘的瘟疫在我们街区发生了。

أمسكت الأيدي عن الضرب كأنما شلت.(أولاد حارتنا، ص. 439)

译文：手像是瘫痪了一般，不能动弹了。

انتسرب الألم إلى مستقر له في الأعماق يؤدي فيه وظيفته من غير أن يعطل سائر الوظائف الحيوية كأنه عضو أصيل في الجسم أو قوة جوهرية في الروح، أو أنه كان مرضا حادا هائجا ثم أزمن فزايلته الأعراض العنيفة واستقر.(قصر الشوق ص.241)

译文：痛苦在他内心深处安家，在不妨碍其他生理机能的情况下，尽其职责，像身体里一个固有的器官或灵魂中一种本质的力量，或某一来势凶猛的急症，时间长了，强烈的症状消失后，病情就稳定了。

والحب مرض غير أنه كالسرطان لم تكتشف جرثومته بعد.(قصر الشوق ص.391)

译文：爱情是一种病，但它犹如癌症，其病菌至今尚未发现。

العشق داء أعراضه جوع دائم.(قصر الشوق ص.258)

译文：热恋是种疾病，其症状就是总有饥饿感。

غشيته كآبة دائمة مثل المرض المزمن.(ملحمة الحرافيش، ص.125)

译文：持久的忧郁就像慢性病一样把他包裹住了。

الحزن كالوباء يوجب العزلة.(ملحمة الحرافيش، ص.295)

译文：忧愁像瘟疫，不得不隐居。

من لحظات الحياة الحية لحظة يقوم البكاء فيها مقام البنج في العملية الجراحية.(قصر الشوق ص.180)

译文：现实生活中会有这样的时刻，眼泪就像手术中的麻醉剂。

غير أن مخاوفه كمنت تحت تيار المرح دون أن تتبدد كما يكمن الألم إلى حين تحت تأثير المخدر.(قصر الشوق ص. 93)

译文：可是他的害怕隐藏在欢乐的潮水下，未曾消散，就像痛苦有时在麻醉的作用下隐藏起来一样。

ومضى متهاديا إلى الحمام إلى الدش البارد..الدواء الوحيد الذي يغير عليه بدنه فيعيد إلى رأسه اتزانه وإلى نفسه اعتدالها.(قصر الشوق ص.14)

译文：他缓缓走进浴室里去冲凉，这是他改善肌体、恢复头脑清醒和身体平衡的唯一良方。

هى نفس الحلقة التي تدور فيها شهوته حتى غدا الدواء نوعا من الداء.(قصر الشوق ص.126)

译文：这同样是怪圈，他的欲望在其中打转，弄得连药也变成了某一种病。

العدل خير دواء.(ملحمة الحرافيش، ص.563)

译文：公正是最好的药物。

ها هو الساعة يتلقى هذه الجملة الساخرة الحاسمة كالدواء المر ليتداوي بها مستقبلا من كواذب الآمال.(قصر الشوق ص.198)

译文：啊，在这个时刻他听到这句尖锐的嘲笑，如苦口良药，使他将来不再受虚假希望的欺骗。

داو أي مرض بسكرة وضحكة ولعبة.(قصر الشوق ص.388)

译文：治什么病的药都是三个字：醉、笑、玩。

شعرت بقلق موجع كالمرض.(أولاد حارتنا، ص. 287)

译文：她像是生了病，感到痛苦的不安。

لكنه كان يؤمن ايمانا عميقا بخلود الحب؛ فكان عليه أن يصبر كما ينبغي لانسان مقدور عليه بأن يصاحب داء إلى آخر العمر.(قصر الشوق ص.241)

译文：他深信爱情是永恒的，他应该忍耐，像一个人命中注定要与疾病相伴终身的人那样。

لكنها كانت في فترات ضعف كنوبات الحمى ثم يفيق إلى نفسه.(قصر الشوق ص.293)

译文：但是这种软弱的时刻就像阵阵发热那样间歇发作，然后他又清醒过来。

هذا الشعور الرطيب جدير بالتذوق، كالفرجة السعيدة على أثر وجع ضرس وضرباته.(قصر الشوق ص.

(245

译文：这种柔情的感觉值得玩味，就像一阵剧烈的牙痛进攻之后感到片刻的幸福。

قاتل الله الملل كيف يمازج النفس كما تمازج مرارة المرض اللعاب!(قصر الشوق ص.258)

译文：愿真主杀死厌倦心理吧，它怎么会像生病的苦味渗进唾沫中那样渗进我心里呢？

تمنيه لو كان للحب مركز معروف في الكائن البشرى لعله يبتره كما يبتر العضو الثائر بالجراحة؟(قصر الشوق ص.221)

译文：他真希望世界上有一个为人所知的爱情中心，也许他会像动外科手术割去患病的器官那样，把爱情割弃。

لعلها تضمد جرح كرامته التي قست عليها الخيانة وتقدم العمر.(قصر الشوق ص.374)

译文：也许她能包扎好他自尊的伤口，情妇的背叛和年龄的增长曾使他的自尊心受到残酷的创伤。

致 谢

光阴荏苒，从 2002 年 10 月学习第一个阿拉伯字母到今天完成本书，十年时光悄然而逝，有太多回忆值得珍藏，有太多人需要感谢。

首先，我想衷心感谢我的导师国少华教授。此时此刻，我深感惭愧，虽然研究了马哈福兹小说语言隐喻，却未能学到其半点皮毛，哪怕创作出一个隐喻来表达我对老师的深深感激，但在这里却仅仅能用"感谢"这两个苍白的字眼来表达。

我很幸运，因为上苍赐予了我与老师的这段缘分，是老师指引我走上阿拉伯语语言学研究的道路，是老师身体力行地教会我如何治学，是老师潜移默化地教导我如何做人。在博士学习的三年时间里，由于工作关系，我未能常常在老师身边聆听教诲，但老师严谨的治学态度和对真理孜孜不倦的追求深深影响着我。这三年中，每每我在学习上稍有懈怠，总会梦到老师鞭策我，梦醒之后，我顿感一阵紧迫感，必须马上看书学习才能稍觉安心踏实。国老师在严厉的外表之下深藏着一颗最柔软的慈母心，三年中，无论见面、打电话、发邮件，老师总是牵挂我的身体，让我觉得自己让老师如此牵挂实属不该。在治学的道路上，我总能仰望到老师在远方对我微笑招手，感觉老师可望而不可即；但在学习生活中，老师逐字逐句给我修改文章，对我嘘寒问暖，我又感到老师就在我的身边。感谢老师在我身上倾注的心血，想起老师对我的百般关怀，我的心里

-1-

总是感慨万千、语无伦次。师恩太重，难以回报，我只能时刻谨记老师的教诲，好好做人，好好治学，好好育人，不辱没师名。

感谢谢秩荣教授、葛铁鹰教授、周烈教授、蒋传瑛教授、叶良英副教授对本书提出的宝贵建议和意见；感谢谢杨师姐为本书提供宝贵资料；感谢赛勒玛老师对本书撰写提供的帮助。

感谢所有教过我、帮助过我的老师们，谢谢你们！感谢所有关心我的同学、朋友和同事，谢谢你们！

感谢父母对我的关爱和支持，感谢我的爱人在本书撰写期间承担所有家务，让我专心写作。

最后，感谢马哈福兹，感谢博大精深的阿拉伯文学和文化。